일상이 고고학

나 혼자 경복궁 여행

일상이 고고학

나 혼자 경복궁 여행

조선 최고 전성기 경복궁을 거닐다

황윤 역사 여행 에세이

일상이___고고학 17

책읽는고양이

프롤로그

인왕산에서 저 아래에 위치한 경복궁을 바라본다. 아침 일찍 집에서 출발하여 지하철 첫차로 평촌역에서 무악재역으로 이동한 후 오랜만에 인왕산 등산을 즐기고 있다. 얼마 전 호암미술관에서 18세기 조선 시대를 대표하는 화가 겸재 정선의 전시가 있어 방문했다가 국보로 지정된 '인왕제색도'를 만나서 그런지 갑자기 인왕산을 오르고 싶다는 생각이 들었거든. 생각나면 잊기 전에 바로 실천으로 옮겨야지. 하하.

열심히 오르고 올라 정상에 도착. 얼마 전 서울을 방문한 외국인 관광객들이 북한산, 남산, 인왕산, 낙산 등 한양도성과 연결된 산을 등산으로 즐긴다는 뉴스를 본 적이 있는데, 오늘따라 특별히 관심을 두고 살펴보니 정말로 등산을 하는 외국인이 유독 많이 보인다. 도시 근처에 산이 있다는 것이 매력적이라는 외국인 관광객의 인터뷰도 유튜브를 통해 여럿 본 적이 있다.

우리는 산과 도시가 함께 어울리는 형태가 무척

익숙하지만 세계 주요 큰 도시들 중 은근 보기 드문 모습이라 한다. 내가 방문해본 도시들만 해도 뉴욕의 경우 도심 근처에 높다란 산이 없고, 도쿄나 베이징 등도 도심 주변에 높다란 산이 없다. 듣기로 이들 도시에서는 도심에서 차로 꽤 이동해야 산을 만날 수 있다고 한다. 덕분에 짧은 일정으로 여행하는 외국인 관광객이 산까지 방문하기란 쉽지 않다. 반면 서울은 아예 산으로 둘러싸인 도시라는 사실.

광화문 쪽에서 바라본 경복궁의 남쪽 모습이 익숙해서 그런지 서쪽에서 내려다본 모습은 또 새롭네. 그렇게 한동안 근정전, 경회루 등 경복궁 주요 건물들을 바라보니 오랜만에 경복궁에 가보고 싶다는 생각이 스친다. 매번 국립고궁박물관만 들르고 과거에 많이 방문했다는 핑계로 근정전 안으로는 근래엔 들어가지 않았으니까.

더하여 경복궁을 구경하면서 단순히 지금 모습이 아닌 더 깊게 들어가 조선 전기 경복궁의 모습을 그려보는 시간을 가져보면 어떨까 싶다. 한마디로 임진왜란으로 폐허가 되기 전의 모습을 상상해보는 시간이랄까? 현재 경복궁은 임진왜란 후 270여 년간 폐허로 있다가 고종 시절 흥선대원군의 주도로 재건된 모습이다. 물론 일제 강점기인 고종 때 경복궁 건물 중 근정전, 경회루 등을 제외한 대다수의

인왕산에서 바라본 경복궁.

전각이 헐리는 바람에 1990년부터 지금까지 복원 작업이 계속 이어지는 중이다. 계획에 따르면 2040년대까지 계속된다고 한다.

조선 전기 경복궁의 모습을 들여다보다보면 우리가 그동안 놓친 경복궁의 또 다른 매력을 찾을 수 있지 않을까? 사실 경복궁을 처음 지은 인물은 조선을 세운 태조 이성계지만, 전체적인 궁의 모습을 완성시킨 인물은 다름 아닌 태조의 손자인 세종대왕이니 말이지. 그런 만큼 조선 전기 경복궁을 이야기하면 자연스럽게 세종대왕에 대한 언급을 많이 할 듯싶다. 룰루랄라. 우리 역사의 전성기 시절 중 하나를 이야기할 생각에 기분이 벌써 좋아지네. 그럼 지금부터 경복궁을 향하여 하산.

차례

프롤로그 ── 4

1. 산과 어우러진 경복궁 그리고 풍수지리
좌청룡 우백호 ── 14

한양이 수도로 정해진 과정 ── 22

인왕산 호랑이 ── 27

수성동 계곡 ── 32

2. 육조거리
경복궁 서쪽에 살던 사람들 ── 36

안산 역할을 한 황토현 ── 42

육조거리 조성 이야기 ── 50

그림으로 본 조선 전기 육조거리 ── 60

3. 경복궁의 정문, 광화문
광화문 월대와 산대놀이 ── 70

창건 당시 경복궁 모습 ── 80

경복궁으로 재천도 ── 86

조선 전기 광화문 모습 ── 90

4. 근정전으로 들어가는 문

홍례문 —— 100

세종 때 지어진 이름들 —— 104

근정문에서 개최된 행사 —— 110

영제교와 풍수지리 —— 116

5. 궁궐의 중심, 근정전

융문루와 융무루 —— 128

근정전 마당과 박석 —— 138

근정전 월대 —— 145

조선 전기 근정전과 청기와 —— 152

조선 전기 궁궐 지붕 —— 161

근정전 전돌과 어좌 —— 172

일월오봉도 —— 183

일월경과 오봉도 그리고 병풍 —— 192

6. 세자의 공간, 동궁

동궁의 위치 —— 204

동궁이 만들어진 과정 —— 210

문종과 대리청정 —— 216

문종 이후 경복궁 동궁 —— 228

7. 왕비의 영역과 후원

자경전과 교태전 —— 234

소헌왕후와 세종의 후궁들 —— 242

궁궐 안 종묘, 문소전 —— 250

경복궁 후원의 모습 —— 259

불교에 심취한 세종 —— 264

8. 한글이 만들어진 장소

아미산 —— 272

과학의 공간, 흠경각 —— 281

임금의 침소, 강녕전 —— 289

훈민정음이 창제되다 —— 296

다양한 목적으로 사용된 사정전 —— 304

9. 집현전과 경회루

수정전과 궐내각사 —— 312

집현전 —— 315

의정부의 정승들 —— 322

사라진 경회루 담장 —— 341

경회루를 만든 태종, 계속된 업그레이드 —— 346

조선 전기 경회루의 모습 —— 353

임진왜란 후 경복궁 —— 360

에필로그 —— 369

참고문헌 —— 372

1. 산과 어우러진 경복궁 그리고 풍수지리

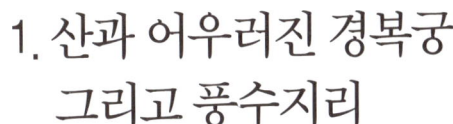

좌청룡 우백호

인왕산의 경사진 바위를 조심스럽게 내려가며 이야기를 시작하자.

태조(이성계)께서 등극하신 뒤 팔도(八道)의 관찰사에게 명하여 무학을 찾게 하였으나, 해가 넘어도 찾지 못하였다. 이에 경기·황해·평안 3도의 관찰사가 합동하여 그를 찾았다. 황해도 곡산 고달산에 이르자, 산 밑에 초가집이 있는데 한 고승이 홀로 거처한다는 말을 듣고, 3도 관찰사가 부하를 데리고 그 동네로 들어가 세 사람의 인끈을 소나무 가지에 걸어두고, 그 초가집에 당도하니, 한 늙은 승려가 쇠코잠방이를 입고 몸소 밭을 매고 있었다.

3도 관찰사가 앞으로 나아가 묻기를, "이 암자는 누가 처음 세웠습니까." 라 하니, "내가 손수 세운 것이오." 라 하였다. "무엇을 보신 바가 있어 이곳에 자리를 잡았습니까." 라 하니, "저 삼인봉(三印峯) 때문에 자리 잡았습니다." 라 하였다. "어찌하여 삼인이라 하십니까." 라 하니, "만일 이곳에 집을 짓게 되

해 질 무렵 광화문 왼편으로 인왕산, 오른쪽으로 북악산이 보인다. 경복궁 서쪽에 인왕산이, 북쪽에 북악산이 위치하고 있다.

면, 3도 관찰사가 골짜기 가운데 있는 나무 위에 세 개의 인(印)을 걸 때가 있을 것입니다. 이에 삼인이라 합니다."라 하였다. 3도 관찰사가 크게 기뻐하여 그의 손을 잡으며, "이분이 무학임에 틀림없다."라 하고, 그와 함께 돌아와 태조에게 아뢰었다.

태조는 크게 기뻐하여 스승의 예로써 대접하고, 이내 수도 삼을 고을을 물으니, 무학이 바로 한양을 점쳐 말하기를, "인왕산을 진산으로 삼고, 북악산과 남산을 청룡과 백호로 삼으시오."라 하였다. 정도전이 난색을 보이며 말하기를, "예로부터 제왕은 모두 남면(南面)하고 다스렸다는 말은 들었어도 동향하였다는 말은 듣지 못하였습니다."라 하니, 무학이 말하기를 "내 말을 듣지 아니하면, 200년을 지나서 내 말을 다시 생각할 것입니다."라 하였다.

태조가 또 원하기를, "내 일생을 마친 뒤에 묻을

자리를 보아주십시오."라 하니, 무학이 한 곳을 가리켜 말하기를, "전하의 아들과 손자를 대대로 모두 여기에 장사지내는 것이 좋을 것입니다."라 하였는데, 이곳이 바로 오늘날의 건원릉이다."

차천로, 《오산설림초고(五山說林草藁)》

차천로는 조선 선조 시절 과거시험에 합격하여 광해군 시절까지 활동한 인물로 고려 말부터 조선 초까지 배경으로 한 여러 기이한 이야기를 수집하여 책을 썼다. 이것이 바로 《오산설림초고》다. 특히 《오산설림초고》에 등장하는 무학대사가 한양을 수도로 추천한 내용의 경우 대중에게도 은근 널리 잘 알려져 있다.

이 이야기에 따르면 당시 무학대사는 인왕산을 주산으로 삼고 북악산과 남산을 각각 좌청룡 우백호로 두어야 한다고 주장했는데, 이를 정도전이 적극 반대하였다. 예로부터 왕이란 북쪽에 앉아 남쪽을 바라봐야 하건만 만일 인왕산을 주산으로 삼아 궁궐을 세우면 왕이 동쪽을 바라보게 되어 옳지 못하다는 것. 결국 태조 이성계는 정도전의 의견대로 북악산을 주산으로 삼고 좌청룡은 낙산, 우백호는 인왕산을 삼아 경복궁을 세웠다. 그러자 무학대사는 자신의 의견을 따르지 않으면 200년 뒤 나라에 큰일이 벌어질 것이라 예상하였는데, 실제로도 200년 뒤 임진왜란이 벌어지며 나라는 큰 위기에 빠지고 경복궁은 불타 사라지고 말았다. 물론 해당 이야기는 실제 역사라기보다 당시 사람들에게 유행하던 설화로 보면 좋겠다.

이처럼 풍수지리에서는 장소를 고르는 데 주산과 더불어 좌청룡 및 우백호를 무척 중요하게 여긴다. 이때 좌청룡의 경우 장남, 공직, 명예 등을 주관하고, 우백호는 장남 아닌 자손 그리고 딸, 며느리, 재산 등을 주관하니 당연하게도 산끼리 균형이 맞으면 좋은데, 문제는 한양의 경우 북악산은 343m, 인왕산은 338m로 엇비슷한 반면 낙산은 145m, 남산은 262m라는 점이다. 그런 만큼 무학대사 의견대로 인왕산을 주산으로 삼으면 좌청룡인 북악산이 343m, 우백호인 남산이 262m가 되어 장남, 즉 적통에게 힘을 실어주는 형태로 어느 정도 균형을 맞출수 있건만, 정도전의 의견대로 북악산을 주산으로 삼는 바람에 좌청룡인 낙산(145m)이 우백호인 인왕산(338m)보다 거의 2배 이상 낮아버렸다. 풍수지리에 따르면 균형이 크게 맞지 않는 것.

그래서일까? 조선 시대에는 장남이 안정적으로 왕위를 계승하기보다 유독 다른 계승자가 정치적 격변을 통해 왕이 되는 불안정한 상황이 타 왕조에 비해 잦았으며, 여성이 수렴청정으로 왕을 대신하여 나라를 다스리거나 또는 왕비의 집안, 즉 외척이 강력한 권력을 보인 경우가 종종 있었다. 한양의 풍수지리를 조선 역사에 빗대보니, 참으로 그럴듯하여 얼핏 무섭게 느껴지기도 하네. 과연 우리 집은 풍수지리적으로 어떤지 식은땀이 휴.

이러한 조선 시대의 풍수지리적 관점이 잘 표현된 작품으로 한양을 표현한 도성도(都城圖)라는 지도가 있다. 지금까지 전해져 오는 여러 도성도 중에서 19세기 김정호가 제작한 수선전도(首善全圖)가 우리에게는 가장 잘 알려져 있지. 살펴보면 지도에 기본적으로 필요한 궁궐과 행정구역 및 성문, 도로 등의 표기 + 이상적인 도시 이미지를 합쳐 한양을 표현한 결과 실제 측정에 따르면 타원형에 가깝지만 도성도에서는 정사각형에 가까운 이상적인 모습으로 묘사한 것이 특징이다. 더 나아가 한양을 둘러싼 산도 실제 산의 높이가 아닌 풍수지리에 비추어 이상적인 형태를 보이고 있으니, 전체적으로 도시 주위를 균형 있게 감싸고 있는 모습으로 묘사되었음을 알 수 있다.

영의정 황희, 예조 판서 신상, 지신사 안숭선 등에게 명하여, 목멱산(남산)에 올라서 산수(山水)의

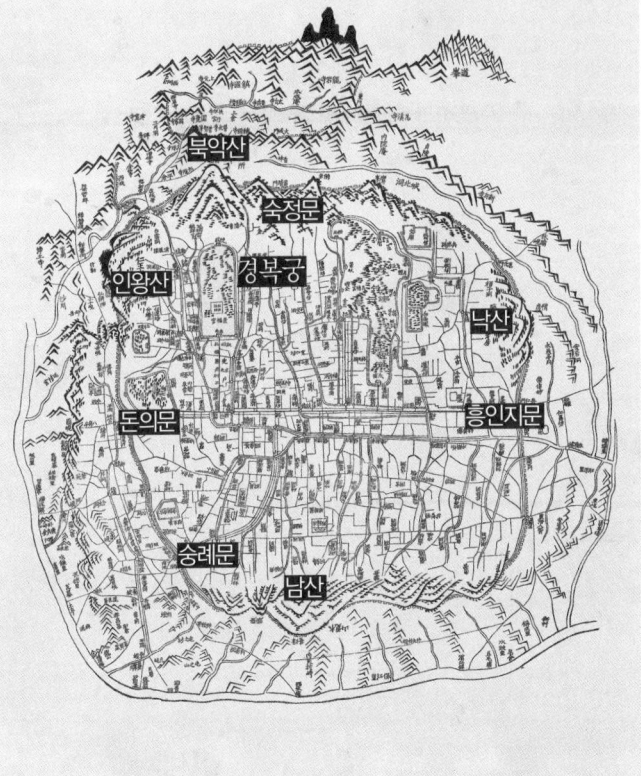

首善全圖

'수선전도(首善全圖)'. 김정호가 제작한 19세기 지도, 수도인 한양을 정사각형에 가까운 형태로 그렸다.

내맥을 탐지해보고 풍수학 하는 이들을 시켜 최양선의 주장을 서로 토론하게 하니, 이양달, 고중안, 정앙은 백악(白岳, 북악산)을 주산으로 삼아 경복궁의 터가 명당이라 하고, 이진, 신효창의 말은 최양선과 같아 경복궁은 명당이 아니라 하였다. 이에 황희가 화공을 시켜 삼각산의 지형을 그림으로 만들어 올리고, 풍수학 하는 이들을 시켜 각기 소견을 써서 올리도록 하여 곧 집현전으로 내려보냈다.

《조선왕조실록》 세종 15년(1433) 7월 9일

기록에 따르면 이러한 도성도는 조선 전기부터 그려졌는데, 마침 위 기록에 따르면 풍수적으로 한양과 경복궁의 위치가 명당이 맞는지에 대한 토의가 태조를 넘어 세종 시대에도 여전히 이어지고 있어 주목된다. 세종의 명으로 영의정 황희를 필두로 여러 풍수학자들이 남산에 올라 한양 전체를 바라본 후 산수의 내맥을 조사하여 도성도를 그렸을 정도니까. 급기야 1433년 7월 18일에는 세종이 직접 북악산에 올라 경복궁이 명당이 맞는지 눈으로 확인하기도 하였다. 이처럼 경복궁이 명당인지 아닌지에 대한 고민은 조선 내내 큰 화두였던 모양이다.

그럼 슬슬 한양이 수도로 정해진 과정을 살펴보기로 하자.

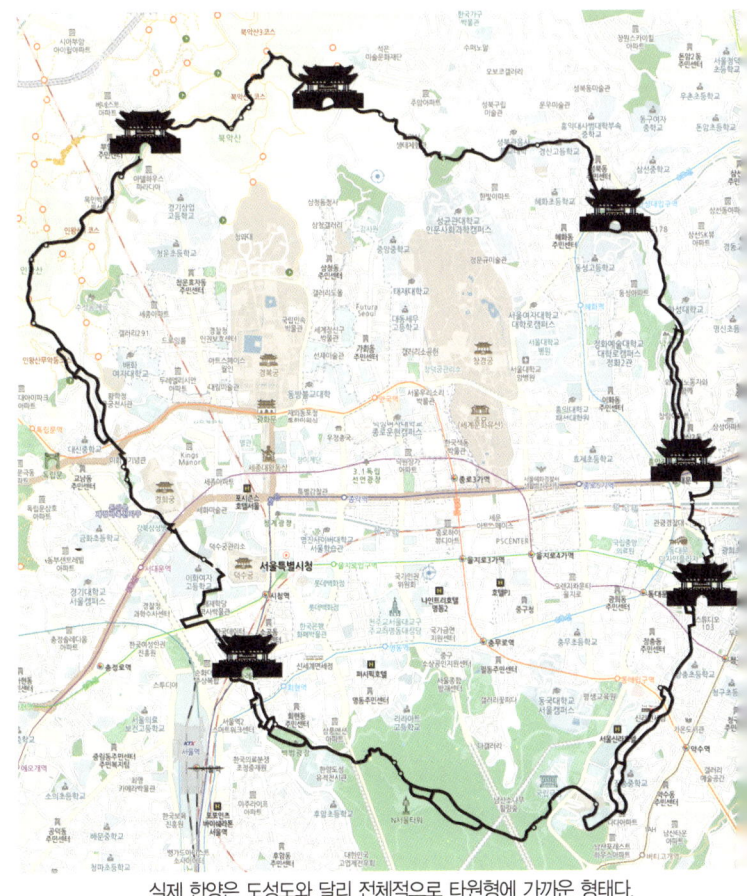

실제 한양은 도성도와 달리 전체적으로 타원형에 가까운 형태다.
ⓒ한양도성

한양이 수도로 정해진 과정

임금(태조)이 말하기를,

"도읍을 옮기는 일은 세가대족(世家大族, 수대에 걸쳐 국가 요직에 있는 가문)들이 함께 싫어하는 바이므로, 구실로 삼아 중지시키려는 것이다. 재상들은 개경에 오랫동안 살아서 다른 곳으로 옮기기를 좋아하지 않으니, 도읍을 옮기는 일이 어찌 그들의 본뜻이겠는가? (중략) 예로부터 왕조가 바뀌고 천명(天命)을 받는 군주는 반드시 도읍을 옮기게 마련이다."

《조선왕조실록》 태조 2년(1393) 2월 1일

태조 이성계는 나라를 건국하고 나서 반드시 수도를 옮기고자 하였다. 400여 년간 고려의 수도였던 개경에서 벗어나 새로운 중심지에서 새로운 시작을 원한 것이다. 여기에는 오랜 세월 개경을 근거로 한 기존 권력층을 약화시키는 한편 자신과 자신을 따르는 신진 세력의 취약한 기반을 새로운 근거지를 통해 극복하려는 분명한 목표가 있었다. 이 과정 중 한때 충청도에 위치한 계룡산이 주목되어 태조 이성계가 직접 계룡산 주변을 방문한 적도 있었으나 최종적으로는 지금의 서울, 이 중에서도 무악과 한양으로 선택지가 좁아졌다.

참고로 당시 조선의 수도로 언급된 무악은 현재의 연세대학교가 있는 장소로 풍수지리에 따르면 지금도 서울에서 명당자리로 손꼽히는 장소라 한다. 오죽하면 연세대학교를 세울 때 학교를 세운 선교사들이 풍수지리부터 확인한 것이 아니냐는 말이 전해질 정도. 마찬가지로 이화여대, 고려대, 경희대, 한국외대, 한양대 등도 풍수지리적으로 큰 이견 없이 좋은 자리라 함. 반면 서울대학교의 경우 불기운이 강한 관악산을 남쪽으로 두고 경사 있는 계곡을 따라 자리 잡고 있는데, 이처럼 기운이 센 산을 북쪽도 아닌 남쪽에 바로 둔 것은 풍수지리적으로 그다지 좋지 않다고 하는군.

풍수 얘기를 하다보니 뜬금없이 과거 인사동에서 만난 노년의 풍수가 이야기가 떠오르는걸. 개인적으로 풍수지리에 관심이 많았던 시절이라 차를 마시며 한참 이야기를 나누었는데, 그의 주장에 따르면 본래 서울대학교 본교가 위치했던 동숭동 및 서울대학교 공과대학이 위치한 공릉동은 꽤 괜찮은 명당이었으나 관악산으로 옮기면서 해당 학교의 대한민국 내 영향력, 특히 이공계 힘이 과거보다 줄어들기 시작했다고 한다. 그 결과 먼 훗날에는 학교가 다른 곳으로 옮겨지거나 또는 지금보다 대학 위상이 하락할 수도 있다 하더군.

벌써 15년이나 지난 이야기다. 물론 강한 기운의 관악산과 가까이 하는 바람에 서울대학교가 오히려 학문을 공부하기에 좋은 장소라는 또 다른 풍수학자의 주장도 있었다. 종교 시설이 세워질 만큼 기가 강한 땅에 대학이 위치한 만큼 두뇌가 남달리 뛰어난 학생들이 연구에 집중하는 데 최적의 장소라는 것이지. 이처럼 동일한 장소에 대해 서로 다른 의견을 듣다보면 경복궁을 두고 조선 시대 여러 풍수가들이 길지다 아니다 등으로 다투는 것과 유사하게 다가온다. 참으로 흥미로운 풍수지리의 세계라 하겠다.

어쨌든 다시 이야기로 돌아와 무악 다음으로 언급된 한양은 지금의 경복궁이 위치한 장소다. 당시 태조 이성계는 수도 이전을 위해 이번에는 직접 무악에 들렀는데, 함께한 대부분의 관료들이 무악보다 개경이 풍수적으로 더 좋다면서 반대 의견을 올리는 것이 아닌가? 슬며시 화가 난 태조는 논의를 잠시 멈추고 개경으로 돌아가던 중 한양을 방문했는데, 이곳 산세부터 분위기까지 너무 좋아 보였다.

임금이 남경의 옛 궁궐터에 집터를 살피었는데, 산세를 관망하다가 윤신달 등에게 물었다.

"여기가 어떠냐?"

그가 대답하였다. "우리나라에서는 개경이 제일 좋고 여기가 다음가나, 아쉬운 점은 서북쪽이 낮아서 물과 샘물이 마른 것뿐입니다."

임금이 기뻐하면서 말하였다.

"개경인들 어찌 부족한 점이 없겠는가? 이제 이곳의 형세를 보니, 왕도가 될 만한 곳이다. 더욱이 조운하는 배가 통하고 사방의 거리도 고르니, 백성들에게도 편리할 것이다."

임금이 또 왕사 자초(自超, 무학대사)에게 물었다.

"어떠냐?"

자초가 대답하였다. "여기는 사면이 높고 수려하며 중앙이 평평하니, 성을 쌓아 도읍을 정할 만합니다. 그러나 여러 사람의 의견을 따라서 결정하소서."

임금이 여러 재상들에게 분부하여 의논하게 하니, 모두 말하였다. "꼭 도읍을 옮기려면 이곳이 좋습니다."

하륜이 홀로 말하였다. "산세는 비록 볼 만한 것 같으나, 지리의 술법으로 말하면 좋지 못합니다."

임금이 여러 사람의 말을 듣고 한양을 도읍으로 결정하였다.

《조선왕조실록》 태조 3년(1394) 8월 13일

이에 태조 이성계가 주위에 물어보자 이번에는 무악을 강력히 주장한 하륜을 제외한 무학대사를 포함한 대부분의 신하들이 이곳 한양이 새 나라의 도읍지로 알맞다며 긍정적인 평을 하였다. 그러자 기분이 좋아진 이성계는 곧바로 한양을 새 도읍으로 확정하였지. 다만 이때 이들이 경복궁 터를 두고 왜 남경의 옛 궁궐터라는 표현을 사용했는지 한편으로 궁금해지는구나.

인왕산 호랑이

어느덧 산에서 꽤 내려왔다. 조금만 더 가면 수성동 계곡에 도착할 듯. 아~ 맞다. 인왕산에는 호랑이 조각이 있어 유명한데, 이번 기회에 인왕산 호랑이에 대한 이야기를 잠시 해볼까?

호랑이가 새 도읍의 문하부(門下府, 중앙 관청)로 들어와 사람을 치고 도망갔다. 당시 한양으로 천

인왕산 호랑이상. 청와대와 경복궁을 지키는 호랑이라는 표기가 흥미롭다.

도한 지 겨우 며칠밖에 안 되었는데 호랑이가 많은 사람과 가축을 해치니 사람들이 모두 두려워했다. 왕이 사신을 보내서 백악(白岳), 목멱(木覓), 성황(城隍)에 제사를 지내어 재앙이 물러가도록 빌었다.

《고려사》 공양왕 2년(1390) 9월 25일

놀랍게도 《고려사》에 따르면 고려 마지막 왕인 공양왕 시절 수도를 한양으로 옮겼다는 기록이 있다. 문제는 호랑이의 공격으로 한양 내 사람과 가축이 큰 피해를 보았다는 것. 호랑이가 중앙 관청까지 공격하여 한양 주변의 산신에게 기도까지 올렸다고 한다. 결국 호랑이로 인한 피해 때문인지 몰라도 공양왕은 불과 6개월 간 한양에서 머물다가 개경으로 돌아왔다. 그리고 얼마 뒤인 1392년 공양왕은 폐위된 채 조선이 건국된다.

실제로도 과거 인왕산은 호랑이 서식처로 유명했는데, 《조선왕조실록》 및 《승정원일기》 등에서 인왕산 호랑이에 대한 기록이 여러 번 등장할 정도다. 어떨 때는 아예 산에서 내려와 경복궁에 호랑이가 돌아다녔다고 한다. 요즘에도 산에 사는 멧돼지가 시내로 내려와 사람을 위협했다는 뉴스가 나오곤 하는데, 멧돼지 대신 호랑이로 바꿔 상상해보면 될 듯싶다. 멧돼지만 해도 뉴스에서 그 난리인데,

호랑이면 어이쿠. 이 역시 한양 주변으로 산이 둘러싸여 있어 벌어진 일로 지금과 달리 야생 동물, 특히 여러 육식 동물이 산에 서식했던 만큼 이에 따른 위협이 언제나 존재했던 것이다. 대한민국 영역에서 호랑이가 멸종된 지금은 인왕산에다 호랑이 동상을 세워 과거 호랑이와의 남다른 인연을 설명해 주고 있다.

주목할 점은 고려 말 수도 이전은 공양왕의 뜻이 아닌 이성계 일파의 의도라는 학계의 주장이 있다. 한마디로 1388년 위화도 회군으로 권력을 장악한 이성계와 그를 따르는 신진 사대부들이 공양왕을 새로운 고려 왕으로 추대한 직후 왕을 압박하여 한양으로 수도 이전을 강행했다는 것이지. 관련 내용을 자세히 살펴보면 다음과 같다.

공양왕이 한양에 있는 6개월 동안 조선 건국을 위한 두 가지 중요한 일이 적극 진행되었으니 1. 기존의 고려 권문세족이 보유한 토지를 몰수한 후 이를 바탕으로 새롭게 과전법이라는 제도를 도입하여 이성계를 따르는 신진 사대부들의 경제적 기반을 마련하였고 2. 이성계를 삼군도총제사(三軍都摠制使)로 삼고, 그를 따르는 이들에게 군권을 나눠주어 사실상 고려의 병력 통제를 이성계 일파가 완전히 장악하였다. 바로 이 두 가지 일을 한양으로 천도한 사이 빠른 속도로 마무리한 것이니, 아무래도 개경에서 해당 작업을 진행했다면 이를 막으려는 크고 작은 방해가 상당하지 않았을까?

이렇듯 한양으로 수도를 이전하려는 노력이 조선 개국 전인 고려 말부터 이미 존재했음을 알 수 있다. 뿐만 아니라 《고려사》에도 이미 공민왕 때부터 한양으로 수도 이전이 크게 부각되고 있었다. 공민왕은 원나라 간섭에서 벗어나고자 왕권 강화와 여러 개혁을 추진하였는데, 이 과정에서 개경에서 한양으로 수도를 이전하고자 하였다. 그러나 점을 쳐서 불길하다는 결과가 나오자 천도는 중단된다. 이후 우왕 시절 다시 한 번 한양으로의 수도 이전이 불거졌으나 신하들의 반대로 실패하였다. 이렇듯 두 차례 도전 실패 후 공양왕 시절 다시 한 번 한양으로의 수도 이전이 이루어진 것이며, 조선이 세워지고 얼마 뒤인 1394년부터는 태조 이성계에 의해 다시금 한양을 수도로 삼아 경복궁 건설이 시작되었다. 수도 이전이란 예상보다 훨씬 힘들고 어려운 일인가보다. 하긴 대한민국만 보아도 서울에서 세종으로 수도를 옮긴다는 계획이 무려 20여 년을 넘게 수차례 변경되며 지금까지도 이어지는 모습이 참으로 인상적이다. 이러다 보면 과거 한양의 예시처럼 언젠가 정말로 수도가 세종으로 완전히 옮겨

질지도 모르겠다.

결국 고려 시절 한양에 세운 남경 궁궐, 그러니까 수도 이전 이슈가 불거질 때마다 고려 왕이 머물던 장소를 조선의 궁궐터로 삼게 되었기에 1394년 태조와 그를 따라온 신하들은 경복궁이 지어질 장소를 향해 남경의 옛 궁궐터라는 표현을 사용한 것이다. 이는 곧 남경 궁궐터 위에다 경복궁을 새로 만들었음을 의미하며, 실제로도 1990년대 이후 경복궁 복원 작업을 하면서 고려 후반에 제작된 기와가 경복궁에서 발견되었다. 학계에는 대략 청와대와 경복궁 북쪽 지역을 옛 고려 남경이 위치한 장소로 추정하고 있다.

수성동 계곡

드디어 수성동 계곡에 도착했다. 인왕산 동쪽에 위치한 이곳은 세종대왕의 셋째 아들인 안평대군의 집이 있었다고 전한다. 계곡에는 물이 흐르고 아름다운 형태의 바위와 나무로 가득한 이곳은 서예를 필두로 남다른 예술적 재능을 지녔던 안평대군에게 딱 어울리는 장소처럼 다가오는구나. 수성동(水聲洞)은 그 의미부터 물(水) + 소리(聲) + 골짜기(洞), 즉 물소리가 들리는 계곡이다. 다만 지금은 근현대 도시화 때문인지 몰라도 예전에 비해 갈수록 계곡의 물이 많이 줄어들었으며 비가 충분히 온 다음 날에나 멋진 물소리를 감상할 수 있다.

수성동은 인왕산 기슭에 있으니 골짜기가 그윽하고 깊숙하여 시내와 암석의 빼어남이 있어 여름에 놀며 감상하기에 마땅하다. 혹은 이르기를 이곳이 비해당 터(안평대군의 옛 집터)라 한다. 다리가 있는데 기린교(麒麟橋)라 한다.

《한경지략(漢京識略)》

인왕산 기슭 수성동 계곡의 기린교. 저 뒤로 안평대군 집이 있었다고
전한다. ©박종무

    그러니까 저기 보이는 돌다리, 기린교를 건너 조
금 올라가면 안평대군의 집이 있었구나. 안타깝게
도 계유정난 때 형 수양대군에 의해 죽임을 당한
후, 그의 집은 세종의 형인 효령대군에게 주어졌다
가 임진왜란 때 불타 사라졌다. 지금은 근래 해당
장소에 정자를 하나 세워두어 안평대군에 대한 추
억을 기리고 있을 뿐이지.

    한편 이곳 주변은 1971년 들어와 옥인시범아파
트 9개 동이 들어선 적이 있었으나, 40여 년이 지난

후인 2012년에 기존 아파트를 철거하고 주변 복원 작업을 하여 지금의 자연과 함께하는 계곡이자 공원 모습으로 재탄생되었다고 한다. 무엇보다 한때 아파트가 있었던 장소였음에도 기린교라 불리는 조선 시대 돌다리가 원형 그대로 남아 전해지고 있다는 사실에 안도감이 드는걸. 예전에 옥인시범아파트에 살았던 분과 이야기한 바에 따르면 아파트는 현재 정자가 세워진 주변에 위치하고 있었으며 돌다리 역시 지금 자리에서 아파트 단지와 언제나 함께하고 있었다고 한다. 그러다 2012년 아파트를 철거하던 중 언론에 의해 돌다리가 널리 알려지면서 다시금 기린교라는 옛 이름을 되찾은 것이라고.

자~ 이제 1979년에 만들어졌으며 지금은 문화 예술인들이 많이 사는 주택으로 유명한 수성동 계곡 근처 옥인연립 앞에서 마을버스를 타고 경복궁을 향해 이동해보도록 하자. 사실 걸어서 경복궁까지 불과 25분 정도 걸리지만 버스를 타면 조금 더 빠르니까. 한 15분? 얼마 차이가 나지 않네. 하하.

2. 육조거리

경복궁 서쪽에 살던 사람들

정류장에서 마을버스를 탔다. 큰길보다 마을 골목골목을 이동하는 만큼 이것이야말로 마을버스를 타는 또 하나의 묘미가 아닐까. 잠시 바깥 풍경을 구경하다보니 바로 지금이 아니면 할 수 없는 이야기가 떠오르네. 인왕산 동쪽에서 경복궁 서쪽 사이 동네를 소위 서촌이라 부르는데, 그 범위는 동쪽은 경복궁, 서쪽은 인왕산, 남쪽은 사직단, 북쪽은 북악으로 둘러싸인 부분이다. 아무래도 경복궁과 가까이한 만큼 조선 시대만 하더라도 왕족들이 살던 장소였지. 예를 들면 무안군 이방번, 태종 이방원, 충녕대군, 효령대군, 안평대군 등이 서촌에 거주한 대표적인 인물들이다. 이 중 안평대군의 집은 앞서 수성동 계곡에서 이야기했었군.

대략 살펴보면 경복궁 서쪽으로 태조 이성계의 일곱 번째 아들인 이방번의 저택이 있었다. 그는 다섯째 아들인 이방원이 1398년 1차 왕자의 난을 일으켰을 때 세자였던 이방석과 함께 살해당한 인물이기도 함. 이는 이방번, 이방석이 다름 아닌 태조 이성계와 그의 두 번째 아내였던 신덕왕후 사이에 태어난 아들이었기 때문이다. 그런 만큼 이성계와 첫 번째 아내 신의왕후 사이의 아들인 이방원에게 는 난을 일으킨 이상 반드시 제거해야 할 상대가 되 고 만 것이지.

이후 이방번의 저택은 왕자의 난 이후 태상왕으 로 밀려난 이성계의 궁으로 사용될 계획도 있었으 나, 최종적으로 문종 시절부터 선왕의 후궁이 모여 지내는 궁, 즉 자수궁(慈壽宮)으로 운영되기에 이른 다. 이처럼 은퇴한 후궁들이 지내는 장소가 된 것. 이후로도 새로운 왕이 즉위하면 선왕의 후궁이 지 내는 장소로 조선 전기 내내 이어졌는데, 최종적으 로 1661년 폐지되어 사라졌다. 사용처가 왕실과 연 결되는 등 남달랐던 만큼 당연하게도 면적과 규모 역시 꽤 컸을 것이다. 위치는 지금의 옥인동 일대로 추정.

> 본궁(本宮)에 이어하였으니, 대개 액막이를 위한 것이다. 궁 서쪽에 못을 팠는데, 동서가 170척이고, 남북이 150척이었다. 중간에 작은 누각을 지었는데, 밝고 화려하였다. 임금이 올라가 보고 가까운 신하 를 불러 술자리를 베풀었다.
>
> 《조선왕조실록》 태종 11년(1411) 8월 9일

그런데 태종 이방원도 왕자 시절 경복궁 서쪽의 이방번 저택 근처에 살았다는 사실. 학계에서는 지금의 통인동 지역을 이방원의 저택이 있었던 곳으로 추정하고 있으며, 마침 1차 왕자의 난 때 1살이었던 충녕대군 역시 이곳 저택에서 태어났다. 이후 이방원이 왕이 되자 그가 왕자 시절 살던 집을 장의동(藏義洞) 본궁(本宮)이라 불렀으니, 이는 왕이 된 인물이 임금이 되기 전에 살던 사저를 나름 궁으로 높여 부른 것이다. 무엇보다 규모에 있어서는 이방원이 왕자의 난을 일으킬 때 수백 명의 사병을 동원한 만큼 이들도 함께 지낼 만한 대규모의 저택이었다. 더하여 그가 왕이 된 태종 시절에는 본궁에다가 동서 170척 그리고 남북 150척, 즉 지금 기준으로 동서 52.7m 그리고 남북 46.5m의 인공 연못을 팔 정도로 그 면적이 남달랐다고 전한다.

상왕(태종)이 말하기를,
"주상(세종)이 지금 본궁(本宮)에 계셔서 자주 만나 볼 수가 없으니, 이것이 한이다. 경은 모름지기 역사를 독려하여, 주상이 속히 창덕궁으로 돌아오시도록 하라."

《조선왕조실록》 세종 즉위년(1418) 8월 25일

세종대왕 탄생지이자 장의동 본궁의 추정 영역. 이 당시 왕자의 저택은 상당히 큰 규모로 지어졌다. 스마트서울맵.

왕이 되기 전 인물이 살았던 집인 만큼 그 대우도 남달랐으니, 태종은 자주 장의동 본궁에 들르거나 때로는 거처를 궁 밖으로 나와 아예 본궁으로 옮겨 지내기도 했었다. 마찬가지로 세종 역시 자신이 태어난 장소여서 그런지 몰라도 장의동 본궁에 대한 관심이 높았는데, 충녕대군 시절에는 이곳에서 지내며 미래의 왕이 될 문종, 세조를 낳았으며 즉위 초에는 아예 본궁에서 한동안 나라 일을 보기도 했다. 뿐만 아니라 몸이 아플 때면 본궁으로 가서 휴식을 취하기도 했다.

"장의동에 있는 태종 잠저(潛邸)의 옛터가 이제 더부룩한 풀밭이 되어서 내가 차마 볼 수가 없으니, 다시 궁전을 지어서 부왕의 진영(眞影, 초상화)을 모시는 것이 어떻겠는가."

하니, 모두 아뢰기를,

"원묘(原廟)를 세워서 만대에 가도록 법전을 정하였으니, 따로 궁전을 설치할 수가 없사옵고, 다만 소나무나 심도록 하심이 좋겠습니다."라 하였다.

《조선왕조실록》 세종 15년(1433) 7월 21일

하지만 어느덧 왕이 경복궁에서 주로 지내면서 장의동 본궁은 점차 쇠락해갔다. 어느 정도였냐면 사람이 관리하지 않아 집 안이 풀밭으로 가득해진 모양. 이에 세종은 신하들에게 궁을 새롭게 짓고 태종의 초상화를 본궁에 모시자는 의견을 제안했으나 이미 선왕의 초상화를 모시는 공간이 1432년 들어와 경복궁 내부에 조성된 만큼 본궁에는 왕이 탄생한 중요한 장소임을 강조하기 위해 소나무를 심는 것으로 마무리된다.

세월이 지나고 지나 장의동 본궁이 있었던 곳에는 왕실을 지원하는 여러 관청이 들어섰고 일제강점기를 지나 현대에 들어와서는 22경찰경호대, 통인시장을 필두로 수많은 집이 자리 잡고 있다. 이렇게 이방원의 왕자 시절 거대한 저택은 역사 속으로 완전히 사라졌다. 한편 "세종대왕 나신 곳"이라는 표지석이 통인동 길에 위치하고 있는데, 이를 통해 사람들은 표지석 주변이 세종대왕이 탄생한 장소임을 알 수 있다. 물론 해당 위치는 한때 엄청난 규모를 자랑한 이방원 저택의 일부에 불과하지만.

이렇듯 서촌은 조선 전기만 하더라도 왕족의 커다란 저택이 여럿 위치했으며, 이외에는 경복궁과 관련된 관청 및 관리들이 사는 공간으로 활용되었다. 그러나 임진왜란으로 인해 경복궁이 불타 사라진 이후부터는 일반 평민이나 중인들도 사대부들과 함께 서촌에 살기 시작했으니, 그렇게 여러 신분이 어울리는 공간이자 인왕산을 중심으로 한 명승지 덕분에 문화의 중심지로도 주목받게 된다. 오. 이제 버스에서 내릴 시간.

안산 역할을 한 황토현

세종문화회관에서 내려 북쪽을 바라보자 광화문
이 보인다. 매번 느끼지만 참으로 기품 있게 잘생긴
문이야. 그리고 문 앞으로는 광화문부터 남대문을
거쳐 서울역까지 이어지는 2.2㎞의 세종대로가 시
원하게 뻗어 있다. 도로 양옆으로는 서울종합청사,
외교부, 세종문화회관, 미국대사관, KT광화문지사,
교보생명 등이 위치하며, 세종대왕과 이순신 동상
이 함께하는 광화문광장도 유명하다. 서울을 넘어
세계적으로도 대한민국을 상징하는 장소가 아닐까
싶다.

다만 광화문부터 서울역까지 일직선으로 도로가
이어진 것은 조선 말에서 일제강점기 때 일로 그 이
전만 하더라도 지금의 세종대로 사거리 남쪽으로
그러니까 지금의 덕수궁 북쪽과 조선일보 사옥, 파
이낸스 빌딩 주변으로 야트막한 언덕이 존재했었
다. 언덕의 이름은 황토현(黃土峴)이었으며, 조선
시대만 하더라도 광화문에서 남쪽을 바라보면 지금
과 달리 황토현으로 인해 뷰가 막혀 있었다. 뿐만

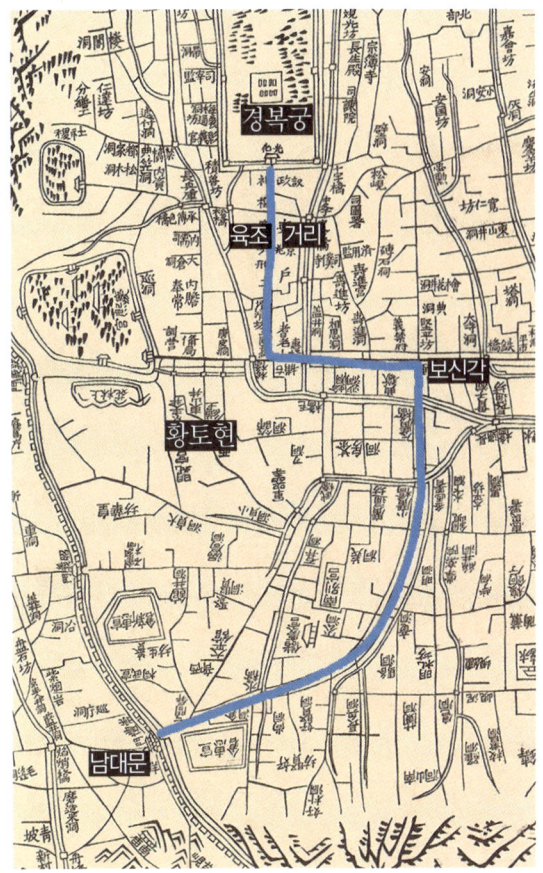

황토현 위치. 지금의 덕수궁 북쪽에 해당하며 황토마루라고도 불렀다.

아니라 광화문에서 남대문까지 이동할 때마저 황토
현을 빙 돌아서 광화문→ 육조거리→ 종로→ 청계
천의 광통교→ 남대문 루트를 이용하였다.

　　그러다 조선 말인 1902년 고종의 명으로 황토현
일부를 평탄화 작업하여 광화문 육조거리와 직선으

조선총독부에서 바라본 남쪽 시가. 지금의 세종대로사거리(광화문네거리)에서 남쪽으로 쭉 이어지는 도로의 모습이 보인다. 국립중앙박물관.

로 연결되는 길이 만들어졌고, 1912년에는 조선총독부가 황토현 평탄화 작업을 하여 덕수궁 동쪽 지역까지 직선 도로가 더욱 확장되었다. 마지막으로 1968년 들어와 덕수궁 동쪽 영역을 도로로 적극 편입하여 도로 폭을 크게 확장한 결과 현재의 세종대로 모습이 갖춰졌다. 그래서일까? 지금도 덕수궁 서쪽에 위치한 후문으로 나와 덕수궁길을 따라 북쪽으로 이동하다보면 평탄하게 쭉 이어지는 덕수궁 동쪽 세종대로와 달리 경사가 꽤 높음을 느낄 수 있다. 옛 황토현의 흔적이라 하겠다.

그렇다면 대부분의 조선 시대 동안 왜 황토현에다 도로를 만들지 않았던 것일까? 안타깝게도 이에

광화문을 중심으로 서쪽은 세종문화회관, 동쪽은 교보빌딩까지 육조가 위치했기에 조선 시대에는 이 주변을 '육조거리' 라 불렀다.

대한 상세한 기록은 없으나 풍수적으로 황토현을 경복궁에게 중요한 산으로 보아 신성시하여 그대로 보존했다는 설이 강하다. 소위 안산(案山) 역할을 했다고 보는 것이다. 참고로 풍수지리에 따르면 주산인 북현무를 중심으로 좌청룡, 우백호가 있고 남쪽에는 남주작이 위치하니, 이때 남주작을 안산이라고도 부른다. 무엇보다 안산은 편안함을 느낄 수 있도록 낮고 아담한 산을 좋다고 여기며, 황토현이 이 부분에 있어 딱 제격이었던 것. 다만 이 경우 남산과 역할이 부딪칠 텐데, 한양도성 전체에서 안산은 남산이나, 세부적으로 경복궁에게는 황토현이 안산 역할을 한다고 이해하면 좋을 듯하다.

광화문광장을 새롭게 조성하면서 현대 건물 사이에 옛 거리의 모습을 보여주는 재미있는 안내판이 설치되었다.

　　어쨌든 황토현으로 남쪽이 막혀 있는 상태에서 광화문을 중심으로 서쪽은 세종문화회관, 동쪽은 교보빌딩까지 육조가 위치했기에 조선 시대에는 이 주변을 '육조거리' 라 불렀다. 참고로 육조란 이조, 호조, 예조, 병조, 형조, 공조 등 조선 시대 6개 주요 행정 기관을 의미함. 사극 영화나 드라마에서 이조 판서, 예조 판서, 병조 판서 등으로 언급되는 이들이 각 육조 기관의 정2품 수장이라 하겠다. 지금 기준으로 보면 장관에 해당하는 엄청난 고위직이다.

　　더하여 조선 시대 정1품이자 지금의 총리에 해당하는 영의정, 좌의정, 우의정이 정사를 의논하는 최고의 행정 기관인 의정부를 비롯하여 군사 및 왕명을 전달하는 사무를 보던 삼군부, 지금의 서울 시청에 해당하는 한성부, 지금의 감사원 역할을 하는 사헌부, 70세 이상의 나이 든 신하를 예우하고자 만든 기로소 등도 육조거리에 위치하였다. 한편 육조거리의 관청들은 매 시기마다 명칭 및 배치가 조금씩 달라졌으나 이 부분까지 설명하자면 너무 복잡해지니 과감히 패스.

주목할 부분은 육조거리 관아들의 경우 동쪽의 관아는 중심 건물이 서쪽을 바라보고 있으며 서쪽의 관아는 중심 건물이 동쪽을 바라보도록 지어졌다는 점이다. 한마디로 경복궁에서 남쪽을 바라보고 있는 임금을 향해 신하들이 도열하듯 관아가 배치된 것. 지금 보아도 꽤나 근사한 디자인인걸. 육조거리와 유사한 시스템은 고려 시절에도 존재했었는데, 고려도 궁궐을 중심으로 서쪽에서 동쪽으로 뻗은 관도(官道)라 불리는 길을 따라 여러 국가 행정 기관이 배치되어 있었다. 마찬가지로 신라 역시 관도라는 길이 있었던 만큼 유사한 도성 시스템이 있었던 것으로 추정하고 있다. 결국 광화문 앞 육조거리도 그 연원을 따라가면 신라, 고려로부터 쭉 이어온 것임을 알 수 있다. 다만 신라, 고려와 달리 조선의 경우 궁 남쪽으로 길을 낸 후 육조 관청을 둔 것이 차이점이라 하겠다.

마침 명나라 태조 주원장이 1368년 수도로 삼은

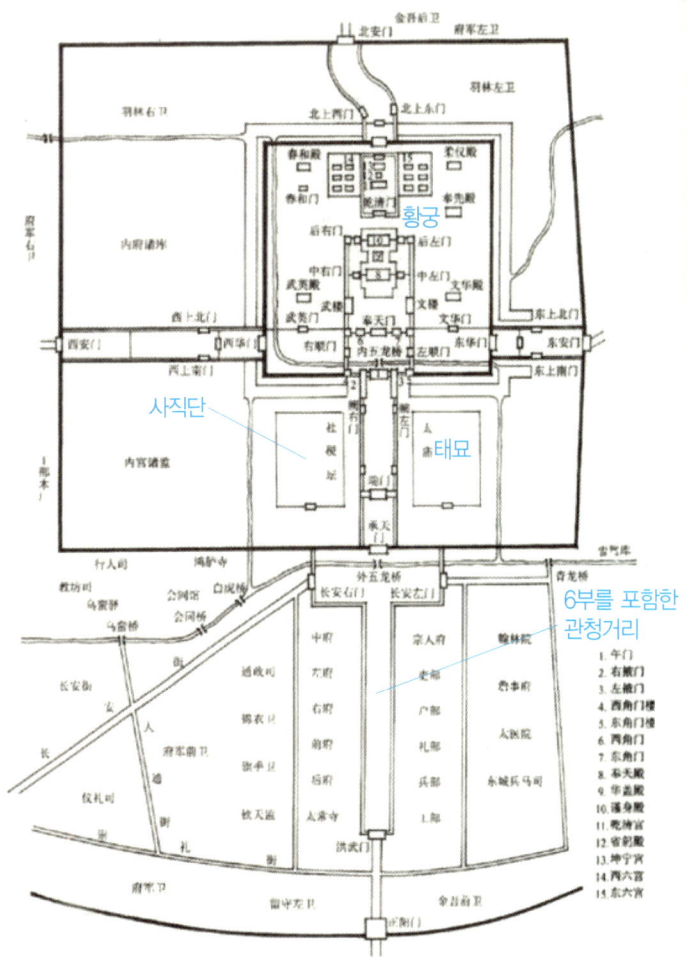

명나라 남경 황궁 복원도.

명나라 남경 황궁 미니어처. ⓒ김현정

남경 디자인을 보면 황궁 남쪽으로 큰 길을 낸 후 우리의 6조에 해당하는 6부를 포함한 주요 관청을 동서로 배치하고 있었다는 사실. 이후 영락제가 1421년 북경으로 수도를 옮기면서 남경의 정치적 지위는 점차 격하되지만, 1392년 건국된 조선에게 는 그동안 명나라로 보낸 사신을 통해 얻은 남경에 대한 정보가 무척 인상적으로 다가올 수밖에. 그런 만큼 학계에서는 조선이 한양으로 수도를 삼으면서 신도시를 만들 때 명나라 남경의 디자인을 일부 참 조한 것으로 보고 있다.

육조거리 조성 이야기

2006년 서울시는 세종대로 중앙에 광화문광장 조성 계획을 발표하였다. 이것이 바로 지금 우리에게는 무척 익숙한 광화문광장의 등장이라 하겠다. 광장을 새롭게 조성하면서 조선 시대 육조거리의 관아 건물 및 도로를 파악하기 위한 발굴 조사를 먼저 실시했는데, 이 과정에서 놀라운 사실이 밝혀졌다. 한양 천도 이전만 하더라도 이 지역 대부분이 일정 기간 물에 잠겨 있거나 젖어 있는 습지였던 것.

아스팔트와 시멘트로 막아버리기 전인 근현대 이전만 하더라도 북악산, 인왕산 등지에서 내려온 물이 경복궁과 육조거리 바깥 좌우를 따라 흐르다 청계천으로 모여 한강으로 이어졌기 때문이다. 비가 많이 내릴 때마다 천을 따라 이 주변이 물에 잠긴 것이니 너무나 자연스럽게 습지로 발전할 수밖에. 이제 나라의 수도가 이곳으로 결정된 만큼 습지를 적극적으로 개척할 필요가 있었다. 실제로 한양을 수도로 정한 후 공사가 한창 진행된 14세기 말에

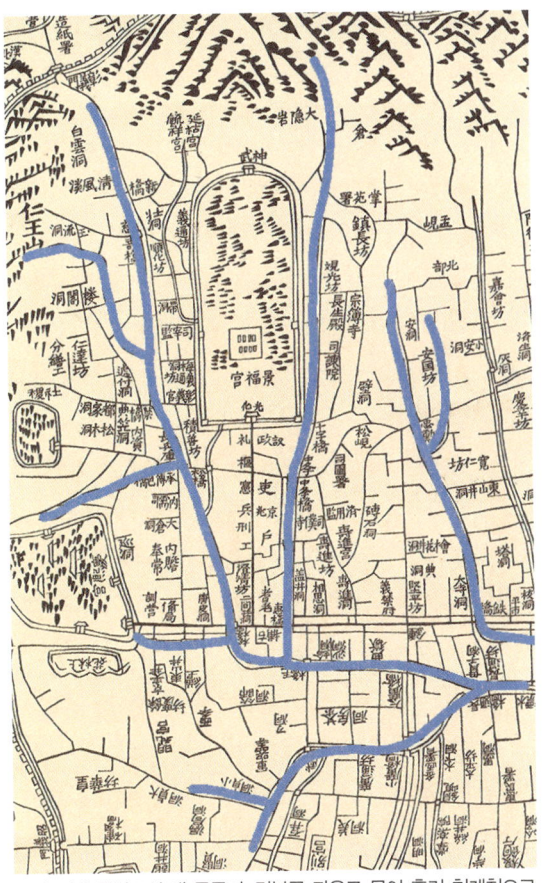

조선 시대 한양도성 내 물줄기. 경복궁 좌우로 물이 흘러 청계천으로 모여들었다. 청계천을 제외한 나머지 물줄기 대부분은 근현대를 지나면서 도로로 변하며 사라졌다.

서 15세기 초반까지의 도로 면을 발굴 조사해보니, 습지 위에다 배수가 잘 되는 입자가 고운 흙인 사질토를 두껍게 쌓은 흔적이 발견되었다. 굉장히 공을 많이 들인 형태라고나 할까? 이후에도 도로 면에 동물 뼈와 기와, 자기 조각 등을 고운 흙과 섞어 수차례 보수한 흔적이 발견되었으니, 당시 육조거리를 얼마나 중요하게 여겼는지 알 수 있다.

광화문 터 또한 습지를 극복하기 위해 10㎝ 굵기의 나무 말뚝을 30~50㎝ 간격으로 촘촘히 박은 후, 그 위에다 잡석과 흙을 마치 시루떡 쌓듯 여러 차례 번갈아가며 쌓은 흔적이 발견되었다. 실제로도 나무 말뚝을 박으면 흙의 수분을 마치 빨대처럼 쭉 빨아들인다고 한다. 이처럼 기반을 단단히 만들지 않았다면 무거운 돌로 만든 문이 오래 버티기 힘들었겠지.

이 광로(廣路, 육조거리)는 길의 너비가 큰 대로임에도 도로 자체가 지닌 질을 비교할 때 우리 동경(도쿄)의 도로가 미치지 못할 정도의 좋은 도로다. 동경의 도로는 맑은 날 다소의 바람이 불어도 먼지가 날아 도로 위에서는 눈을 뜰 수가 없다. 비나 눈이 오면 도처에 진흙 구렁텅이가 되어 나막신의 이가 빠지는 일이 보통이다. 즉 동경의 도로는 수도의 체면이 손상된다 할 정도로 자주 세인의 비난을 면할 수 없는 상태인 반면 경성(한양)의 도로는 장마가 며칠 계속되다가도 날이 개어 반나절만 지나면 길 위에는 물기가 모두 가셔버리고 만다. 큰 집채가 쓰러질 정도의 바람이 불어도 모래 먼지가 행인을 괴롭게 하는 일이 없으니 무슨 이유인가?

시노부 준페이(信夫淳平), 《한반도(韓半島)》

다양한 노력 끝에 육조거리는 비오면 잠기는 습지에서 노면이 고르고 바람이 불어도 먼지가 크게 날리지 않는 데다 배수까지 잘 되는 거리로 탄생하였다. 1897년부터 4년간 주한일본공사를 지낸 시노부 준페이의 글에 따르면 도쿄의 길과 달리 한양의 길은 비가 개면 금방 물기가 사라지고 바람이 불어도 모래 먼지가 없다고 감탄할 정도였다. 19세기 중후반 미국과 유럽을 중심으로 아스팔트 포장도로가 등장하기 전까지만 하더라도 나름 준수한 수준의 길로 인정받았던 것. 이제 육조거리를 어떻게 조성했는지 한번 알아볼까?

판문하부사 권중화, 판삼사사 정도전, 청성백 심덕부, 참찬 문하부사 김주, 좌복야 남은, 중추원 학사 이직 등을 한양에 보내서 종묘·사직·궁궐·시장·도로의 터를 정하게 하였다.

《조선왕조실록》 태조 3년(1394) 9월 9일

태조 이성계는 개경으로 돌아온 후 한양을 수도

로 최종 확정하고 여러 신하를 한양으로 보내 궁궐을 포함한 수도에 필요한 주요 시설의 터를 정하도록 하였다. 이때 파견된 인물 중 정도전은 이미 사극으로 수차례 부각되었듯 고려 말 개혁가이자 이성계와는 남다른 인연으로 유명하다. 예를 들면 1388년 위화도 회군으로 이성계가 정권을 장악하자 토지 개혁에 적극 나섰으며, 조선 건국에 있어서도 큰 역할을 담당하였으니까. 사실상 이성계의 오른팔이자 브레인 역할. 더하여 당시 명나라 수도인 남경을 총 세 번이나 사신으로 방문하여 황제 주원장을 만난 경력도 갖추고 있었다. 그런 그가 한양에 한동안 머물며 전체적인 도시 설계에 관한 내용을 도면으로 작성하였으니, 사실상 한양의 설계자라 불러도 좋을 듯싶다.

얼마 뒤 정도전의 계획을 확인한 이성계는 왕이 머물 궁이 아직 준비가 되지 않았음에도 1394년 10월 25일 개경을 출발, 10월 28일 한양에 도착함으로써 한양 천도를 단행하였다. 더 이상 시간 끌 것 없이 바로 쐐기를 박아버렸다고나 할까. 다만 궁궐이나 관아 등이 아직 준비되지 않았으므로 왕실은 옛한양부의 객사를 임시 궁으로 삼고 관청은 민가에 임시로 수용하도록 하였다. 한마디로 왕이 직접 수도가 만들어지는 것과 함께하겠다는 강력한 의지를 보인 것.

이달에 종묘와 새 궁궐이 준공되었다.

《조선왕조실록》 태조 4년(1395) 9월 29일

삼군부(三軍府)를 지으라고 명하였다.

《조선왕조실록》 태조 6년(1397) 6월 1일

도평의사사(都評議使司)의 새로 건축한 청사에 가서 이를 시찰하였다.

《조선왕조실록》 태조 7년(1398) 5월 4일

왕이 재촉하는 만큼 무척 빠른 속도로 공사가 진행되었는데, 같은 해 12월 4일에 종묘와 경복궁의 공사가 시작되어 불과 이듬해 1395년 9월 29일에 완성되었을 정도였다. 다만 관청은 이보다 늦게 만들어졌으니, 예를 들면 1397년 삼군부 건물을 지으라는 명이 내려졌으며 1398년에는 도평의사사, 즉 나중에 의정부로 명칭이 바뀌는 기관의 완성된 건물을 왕이 직접 방문했다. 앞서 설명하였듯 삼군부는 군사 및 왕명을 전달하는 사무를 보는 중요 기관이고, 의정부는 정승이 운영하는 중요 기관이다. 이처럼 중요 기관의 관청마저 경복궁 완공 후 2~3년 뒤에야 지어질 판이니 다른 6조 관청도 이와 마찬가지가 아니었을까?

> 좌정승 조준과 우정승 김사형에게 신도팔경(新都八景)의 병풍을 주었다. 정도전이 팔경시(八景詩)를 지어 바쳤다.
>
> 《조선왕조실록》 태조 7년(1398) 4월 26일

어쨌든 경복궁과 달리 육조거리가 완전히 자리 잡은 시기는 기록의 미비로 정확히 알 수 없으나, 대략 1398년 4월경이면 어느 정도 윤곽이 잡힌 것은 분명해 보인다. 왜냐하면 태조 이성계가 1401년 영의정이라는 관직이 생기기 전까지 최고 관직으로 군림했던 좌정승, 우정승에게 신도팔경, 즉 새 수도 한양이 그려진 병풍을 주자 정도전이 이에 맞추어 팔경시를 지어 올렸는데, 해당 시에서 다음과 같은 내용이 나오기 때문이다.

> 여러 관아 높은 건물 마주보며 서 있는 것이,
> 列署崇巍相向
> 하늘의 별들이 북두칠성을 둘러싼 것 같도다.
> 有如星拱北辰
> 달 밝은 새벽 관청 거리 물같이 고요한데,

月曉官街如水

말 구슬 소리 들려오고 티끌 한 점 일지 않는도다.

鳴珂不動纖塵

정도전, '진신도팔경시(進新都八景詩)' 중 열시성공(列市成功)

여러 관아의 건물들이 마주보고 있는 장면에 대해 정도전은 북두칠성을 둘러싼 하늘의 별처럼 느껴진다고 묘사하였다. 이때 북두칠성 = 경복궁 및 왕, 하늘의 별 = 여러 관청 및 신하를 의미. 앞서 살펴보았듯 경복궁에서 뻗은 육조거리를 두고 마주보며 서 있는 관청의 모습이 아닌가? 마찬가지로 권근도 한양을 그린 병풍에 맞추어 육조거리에 대해 다음과 같은 시를 썼다.

활줄 같은 곧은 거리 넓기도 한데

弦直長街闊

별처럼 여러 관청 나눠져 있다

星環列署分

천문에 구름같이 모여든 관모를 쓴 관원들

天門冠盖藹如雲

훌륭한 선비들 밝은 임금 보좌하네

濟濟佐明君

정사는 모두 공을 이루고

광화문과 육조거리를 재현한 미니어처. 서울역사박물관. 지금의 널찍한 길은 조선 시대부터 이어온 것이다. ⓒ황윤

庶政皆凝績

인재도 사람마다 뛰어났구나

英材惣惣出群

갈도 소리 거리를 뒤덮었는데

籠街喝道遞相聞

퇴식 때라 한창 시끄럽구나

退食正紛紛

권근, 《양촌집(陽村集)》 중 열서성공(列署星拱)

이처럼 당시 지어진 시에 따르면 육조 앞 육조거리 역시 이쯤 되어 어느 정도 완성된 것이 분명해 보인다. 궁과 중앙 관청이 큰 도로와 함께 연결되어 수도로서 권위가 잡힌 것. 발굴 조사에 따르면 조선 시대 육조거리는 최대 폭 58m, 길이 500m에 다다르는 형태로서 조선 시대에 만들어진 도로 중 가장 폭이 넓은 형태였다. 게다가 습지를 적극 개척하여 만든 도로인 만큼 경복궁 및 육조 관청과 더불어 조선 전기 토목 건설의 수준을 잘 보여주는 증거라 하겠다. 이러한 육조 대로는 1968년 박정희 정부의 주도로 기존보다 더 넓게 확장하여 폭 100m에 왕복 20차로의 더욱 넓은 도로로 변모하게 된다.

육조거리는 황토현 앞에서 동쪽으로 꺾어 동대문까지 이어졌는데, 이것이 바로 종로다. 비록 육조거리보다 도로의 폭은 조금 줄어들었으나 길이는 3㎞에 다다르는 형태였다. 조선 시대에는 상점으로 가득한 종로 중심 거리를 사람이 구름처럼 몰려 있다는 뜻에서 운종가(雲從街)라고 불렀으며, 일제강점기를 지나 현대까지도 도로 역할을 적극적으로 수행하고 있다. 과거 한양을 설계한 이들은 과연 어디까지 예측했던 것일까? 요즘은 종로가 한국인뿐만 아니라 외국 관람객까지 더해져서 더욱 붐비니까.

그림으로 본 조선 전기 육조거리

안타깝게도 조선 전기 육조거리를 표현한 작품은 현재 몇 점 남아 있지 않다. 솔직히 한반도의 경우 중국 및 일본과 비교하여 유독 임진왜란 이전, 즉 15~16세기 회화 작품이 전해지지 않는 편이다. 개인적으로 중국, 일본 박물관을 구경하며 가장 부러웠던 점이 우리와 달리 15~16세기 시절 회화 작품이 꽤 많이 전해져 전시되고 있다는 것이다.

이처럼 안타까운 상황에 이른 것은 임진왜란으로 수도인 한양이 점령당한 후 궁궐을 포함한 왕족, 양반 집이 화재 등으로 대부분 파손되면서 이들이 소장하고 있던 조선 전기 작품 중 상당수도 사라진 것으로 추정되기 때문이다. 마치 요즘도 동산으로 된 국보, 보물 상당수가 서울에 모여 있는 것처럼 조선 시대에도 상당수의 뛰어난 작품이 한양에 모여 있었을 테니까. 예상컨대 임진왜란 때 적군의 한양 침입만 제대로 막아냈더라도 전해지는 조선 전기 회화 작품이 지금의 최소 10배는 되지 않았을까 싶다.

'비변사계회도(備邊司契會圖)', 1550년, 서울역사박물관.

안타까움을 뒤로하고 그나마 전해지는 작품 중 서울역사박물관이 소장하고 있는 '비변사계회도'를 살펴보기로 하자. 참고로 계회도(契會圖)는 계회(契會) + 그림(圖)이라는 의미로 이때 계회란 관료들의 사교 모임을 의미한다. 즉 일정한 목적으로 모인 이들이 이날의 모임과 친목을 기념하기 위해 그림을 제작하여 나누어가진 것이다. 요즘 기준으로 보면 고위 공무원들이 모임을 가진 후 함께 사진을 찍은 것과 유사.

특히 해당 작품은 비변사 관료들의 1550년 모임을 그린 것이기에 '비변사계회도'라는 제목이 붙여졌다. 다만 이 당시에는 비변사가 정부의 상설 기구가 아닌 필요할 때마다 임시로 열린 만큼 따로 비변사 관청이 없었다. 이에 육조거리 동쪽에 위치한 타 관청을 빌려 모임을 가진 모양. 그림 오른편에 유독 크게 그려진 건축물이 바로 그것이다. 앞서 설명했듯 본래 6조 관청 중심 건물의 경우 육조거리를 향하도록 지어졌기에 동쪽에 위치한 관청의 경우 서향을 바라봐야 한다. 하지만 그림에서는 서향이 아닌 남향을 바라보고 있다. 이를 미루어 볼 때 계회도 참가 인원을 보여주고자 특별히 모임을 가졌던 해당 건물을 돌려 남향으로 표현한 것이 아닐까 싶다. 자세히 건물 안을 살펴보면 여러 사람들이 앉아 있는 모습이 보인다. 만일 서향으로 표현했다면 건물 안 사람이 전혀 보이지 않았겠지.

이러한 의도는 1550년에 그려진 '호조낭관계회도', 즉 호조 관리들의 모임을 그린 작품과 비교하면 더욱 분명히 드러난다. 계회도는 지금의 고위 공무원 공식 모임처럼 참가자들 서열에 따른 각자의 자리 배치가 무척 중요했던 만큼 가능하면 이런 식으로 건물 정면에서 바라본 사람들의 모습을 표현한 것이다. 이로써 '비변사계회도'에서 건물의 향

'호조낭관계회도(戶曹郎官契會圖)', 1550년, 국립중앙박물관.

'비변사계회도(備邊司契會圖)' 세부, 1550년, 서울역사박물관.

이 남쪽을 향한 것은 실제 모습이 아닌 그림의 목적을 위한 변화임을 알 수 있다.

더하여 '비변사계회도'를 살펴보면 광화문, 홍례문, 근정문, 근정전 등의 경복궁 건물들이 가장 위쪽에 등장하며 그 아래로 폭이 넓은 육조대로가, 육조대로 양편으로는 육조 관청이 표현되어 있다. 덕분에 조선 전기 시절 광화문과 육조거리의 위용을 느낄 수 있다. 하지만 1592년 임진왜란으로 인해 경복궁과 육조 관청은 불에 타 폐허가 되고 말았으며, 광해군 때 육조거리 및 육조관청은 복구되었으나, 경복궁은 빈터 그대로 복구되지 않은 채 조선 말 고종 시절까지 이어지게 된다. 육조거리에 대한 이야기는 이 정도로 마무리하고 이제 저 앞에 보이는 광화문을 향해 서서히 이동해보자.

3. 경복궁의 정문, 광화문

한눈에 바라보는 경복궁.

광화문 월대와 산대놀이

우와, 광화문으로 가까이 가면 갈수록 인파가 엄청나다. 서울 관광 1번지답게 여러 국적의 관광객이 광화문으로 모여들고 있네. 한복을 입은 이들이 무척 많아 광화문 풍경과 너무나 잘 어울린다. 광화문 앞쪽으로 돌로 만든 기단이 보인다. 돌계단 위에 위치한 기단의 면적은 전체 폭 29.7m, 길이 48.7m로 이 중 위로 조금 튀어나온 가운데 길은 왕이 이동했다고 한다. 이러한 돌 기단은 궁궐 주요 건물 앞에 두는 섬돌이자 월대(月臺)라고 부르나, 조선 전기만 하더라도 광화문에는 지금 보이는 형태의 규모 큰 월대는 존재하지 않았다.

예조 판서 신상이 아뢰기를,
"광화문 문밖에 섬돌이 없어서 관리들이 문까지 와서야 말에서 내려오니, 이는 매우 타당치 못한 일입니다. 또 이 문은 명나라 사신이 출입하는 곳으로서 이와 같이 낮고 누추하게 버려두는 것은 부당하오니, 돌을 채취하여 계단을 쌓고, 양쪽 곁으로 둘레를 쌓아야 하며, 또한 강화 매도의 전석(磚石)을 취해다가 바닥을 포장하여 엄중하게 하소서."

하니, 임금이 말하기를,

"지금 바야흐로 농사철에 접어 들었는데, 어찌 민력(民力)을 쓰겠는가."

하고 윤허하지 아니하였다.

《조선왕조실록》 세종 13년(1431) 3월 29일

세종 시절 광화문은 외국 사신이 출입할 정도로 국가 위신과 연결된 문인 만큼 돌로 계단, 바닥, 둘레를 싼 월대를 세워 권위를 높여야 한다는 의견이 있었으나 국왕의 반대로 만들지 않고 넘어갔다. 그러다 고종 시절 흥선대원군이 임진왜란 후 270년간 폐허로 있던 경복궁을 재건하면서 비로소 현재 모습의 월대를 쌓았으니, 이때가 1866년 3월 3일이다. 하지만 일제강점기 때인 1920년대 광화문 월대 자리에 노면 전차 선로를 설치하면서 울타리 역할을 하는 난간석이 제거된 채 월대는 땅에 묻히고 말았다. 그러다 선로마저 1966년 콘크리트로 메워지면서 오랜 기간 완전히 잊힌 기억으로 남게 되었다. 이후 복원 사업이 추진되어 2023년부터 현재의 월대 모습을 보여주고 있는 중.

한편 근래 복원 사업 추진과 함께 앞서 육조거리

경복궁 근정전 앞마당에서 볼 수 있는 차일고리석. ⓒ박종무

와 마찬가지로 발굴 조사가 우선 이루어졌는데, 1866년에 만든 월대 흔적의 120㎝ 아래에서 조선 전기에 만든 돌로 만든 시설물이 발견되었다. 이 중 철제 쇠고리가 박힌 사각형 석재가 있어 주목받았는데, 조사 연구원에 따르면 궁중 행사에서 햇빛을 가리기 위해 사용되는 차일을 고정하기 위한 장치로 추정, 경복궁 근정전이나 종묘에도 유사한 형태의 석재 시설물이 있다고 밝혔다. 소위 차일고리석이라 부른다. 이는 곧 광화문 앞에서 큰 행사가 종종 개최되었다는 의미이기도 하다.

　　병조에서 계하기를,
　　"산대(山臺)의 높이는 상세한 규정이 없어서, 산대를 높게 하려다가, 바람이 심하면 혹 기울어져 쓰러질 위험성이 있습니다. 지금부터는 산대의 기둥

월대 하층에서 발견된 차일고리석. 〈경복궁 광화문 월대 발굴 조사
보고서〉. ⓒ국립문화유산연구원

이 땅에서부터 60척(18m) 이상을 올리지 못하게 하
고, 이를 규정으로 삼게 하소서."

하니, 그대로 따랐다.

《조선왕조실록》 세종 8년(1426) 2월 28일

명나라에서 예겸과 사마순이 사신으로 왔다. 수
양대군에게 명하여 백관을 거느리고 모화관에서 맞
이하게 하고, 광화문 밖에 채붕(綵棚)을 맺고 잡희
(雜戲, 공연예술)를 베풀게 하였다. 세자가 경복궁
근정전 뜰에 나아가서 조서를 맞이하였다.

실제로도 《조선왕조실록》에 따르면 광화문 밖에서 왕이 직접 무과 시험을 치르거나 환궁하며 채붕이나 산대놀이를 구경했다는 기록이 있어 주목된다. 특히 광화문 밖에서 펼쳐지는 채붕이나 산대놀이는 외국 사신마저 한참을 구경할 정도로 그 화려함과 인기가 대단했던 모양. 여기서 채붕은 나무로 단을 만들고 오색 비단 장막을 늘어뜨린 무대이며, 산대놀이는 전설로 존재하는 산을 본떠 만든 거대한 무대 장치에서 공연하는 것으로 신라부터 고려까지 이어오던 나름 역사 깊은 행사다. 흥미로운 점은 이 중 산을 본떠 만든 무대 장치인 산대가 결코 일반적인 크기가 아니었다는 것.

예를 들면 세종 시절에는 무대에 등장하는 산대가 너무 높다 하여 높이를 제한하였는데, 땅에서부터 60척, 즉 18m로 한계를 두었다고 한다. 이는 곧 전에는 18m보다 더 높은 산대를 만들었다는 의미겠지? 다음으로 성종 시절 명나라 사신으로 한양을 방문한 동월은 "광화문 밖에 동서로 오산(鰲山, 산대) 두 자리가 벌여 있는데, 높이가 광화문과 같고 극히 교묘하다."라며 자신이 쓴 조선부(朝鮮賦)에다 그 인상을 남겼다. 참고로 현재 광화문 높이는

《악학궤범》침향산(沈香山). 산대의 일종으로 나무판으로 산봉우리를 만들고 절, 탑, 사슴, 승려, 부처 등의 모형을 장식한 무대 장치다.

19m에 이른다는 사실.

이처럼 높게 세워진 무대에는 여러 기계 장치로 장식된 인형이 움직였으며, 때로 큰 통에다 물을 부으면 여러 인형의 입으로 물이 쏟아져 나오는 쇼도 보여주었다고 한다. 게다가 여러 배우들이 채붕이나 산대에 올라 춤을 추고 노래를 부른 데다 무대 아래에서도 줄타기, 탈춤, 접시돌리기, 훈련된 동물의 재주 등 공연이 함께 이루어졌다. 이렇게 화려한

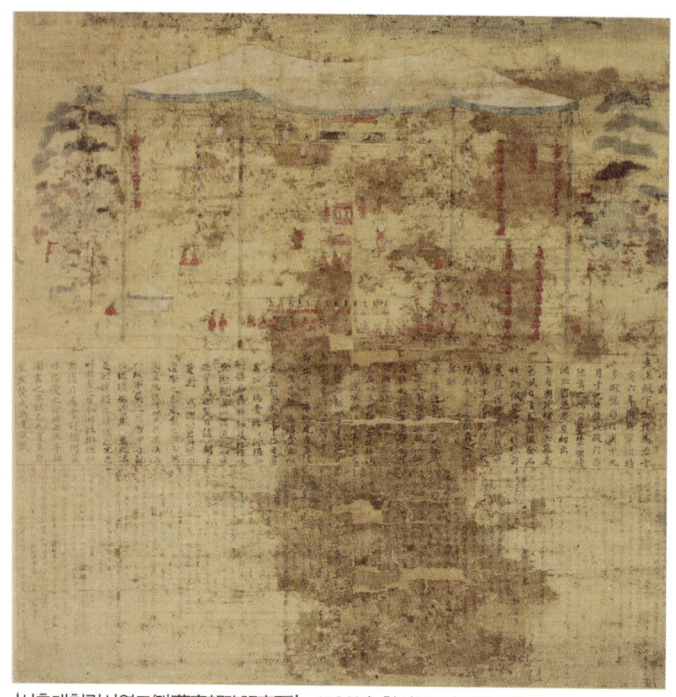

'서총대친림사연도(瑞蔥臺親臨賜宴圖)'. 1560년 창덕궁 뒤뜰에 있는 서총대에서 개최한 행사. 햇빛을 가리기 위해 치는 차일이 보인다.

놀이가 펼쳐지면 한양도성에 수많은 인파가 모여 축제를 구경했으니, 오죽하면 무대가 무너져서 구경하던 이들 중 수십 명이 깔려 죽은 일이 생겼을 정도.

한편 채붕이나 산대놀이는 임진왜란 후 국가 재정이 크게 무너지자 비용 문제와 더불어 모여서 공연을 구경하는 것에 대해 속된 행동이라는 비판이 더해지면서 점차 축소되기에 이른다. 그 결과 조선

'서총대친림사연도(瑞蔥臺親臨賜宴圖)'. 1560년 창덕궁 뒤뜰에 있는 서총대에서 개최한 행사를 조선 후기 윤두서가 이모한 작품. 원작보다 더 높은 곳에서 내려다본 시점으로 재현하면서 차일의 모습이 더욱 사실적으로 그려졌다.

후기에는 청나라 사신이 방문했을 때 작은 산으로 만든 공연 무대를 선보이는 것으로 그치고 말았다. 여기까지 조선 전기 시절 광화문 밖에서 규모 큰 행사가 개최되었음을 살펴보았다.

그렇다면 당시 광화문 앞, 지금의 월대 구역에 설치된 햇빛을 가리던 차일은 어떻게 생겼을까? 비록 광화문은 아니지만 마침 서총대에서 개최한 조선 전기 행사 그림이 남아 전해지고 있다. 조선 전기 시점인 1560년에 창덕궁 뒤뜰의 서총대에서 차일을 세운 채 행사를 진행한 장면이 그것. 더하여 해당 행사에 참여했던 윤의중이 받은 그림을 바탕으로 조선 후기에 그의 후손 윤두서가 재현한 그림도 존재한다. 이렇게 두 개의 그림을 비교하여 보니 여러 기둥 위에 차일을 걸어두고 각 모서리에는 줄을 메달아 지면에 고정시킨 형태가 잘 이해되네. 이처럼 광화문 월대 유적지에서 발견된 철제 쇠고리가 박힌 사각형 석재는 바로 저 줄을 지면에 고정시키는 장치라 하겠다.

자~ 눈을 감고 상상해보자. 광화문 앞, 지금의 월대가 위치한 장소에 여러 기둥을 세워 차일을 걸고 무대를 감상할 장소를 마련한 후 이곳으로부터 가까운 육조거리, 즉 지금의 광화문광장에는 거대한 산 모양의 무대가 세워져 다양한 행사가 펼쳐졌겠구나. 이곳 주변으로는 행사를 구경하려는 사람으로 가득하고 말이지. 언젠가 광화문 광장에서 K-pop 아이돌이 거대한 산 모양으로 꾸민 산대 무대에서 화려한 노래와 춤을 선보인다면 조선 시대 관람자들의 감동을 100% 느낄 수 있을지 모르겠다. 가능하다면 요즘 핫하다는 스트레이키즈나 아이브가 그 역할을 해주면 좋겠구먼. 놀라운 일은 내가

2026년 3월 23일 경복궁 앞 광화문광장에서 열린 그룹 방탄소년단 (BTS)의 넷플릭스 컴백 공연. 전세계로 생중계되었는데 마치 광화문 앞 월대 구역에서 개최된 현대식 산대 같았다. ©그룹 방탄소년단/빅히트뮤직

출판사에 경복궁 원고를 보내고 난 후 K-pop의 상징인 BTS의 공연이 실제로 광화문 앞에서 벌어졌다는 사실. 참으로 놀라운 선견지명이 아닐 수 없구나 하하.

아! 맞다. 케이팝 데몬 헌터스라는 넷플릭스 애니메이션에서 헌터릭스라는 가상 걸그룹이 일월오봉도로 꾸며진 거대한 장소에서 공연을 펼치는 장면이 나오던데, 이것이야말로 현대식 산대가 아닐까? 혹시 애니 제작자들이 조선의 공연 무대인 산대를 고민하여 표현한 것일지도 모르겠네.

창건 당시 경복궁 모습

경복궁 정문인 광화문에 들어섰다. 아치형 문이 3개인 석축 위에 + 2층 누각과 화려한 오색단청 + 끝부분이 살짝 솟아오른 처마 끝 추녀 + 광화문 현판 등이 결합되어 당당하면서도 기품 있는 모습을 뽐내고 있구나. 다만 현재의 문은 2006년부터 2010년까지 만들어진 것으로 여러 자료를 바탕으로 고종 시절 광화문의 모습을 원형대로 복원했다고 한다.

임진왜란 때 경복궁이 불타 사라진 후 고종 시절인 1865년에 새로 지어진 광화문은 모두들 익숙히 들어 알다시피 여러 수난을 당했다. 일제강점기 시절 근정전 앞에다 대놓고 조선총독부 청사를 만들자 자리를 비껴주듯 1927년 들어와 경복궁 동북쪽으로 옮겨졌으며, 6.25 때는 폭격을 맞아 석축 위 누각이 사라져버리기도 했다. 그러다 1968년 들어와 광화문의 석축을 원래 위치 부근으로 옮겨온 후 전통 목조 건물이 아닌 철근 콘크리트로 누각을 올린 채 지내다가, 1990년부터 시작된 경복궁 복원 사업과 함께 조선총독부 청사 건물이 전격 철거되면서 2006년부터 원래 제자리로 광화문을 옮기는 계획이 착착 진행되었다. 이 과정에서 역시나 발굴 조사가 먼저 이루어졌는데, 놀랍게도 고종 시절 광화문 유적 아래로 조선 전기 시절 광화문 유적이 여전히 남아 있는 것이 아닌가?

그럼 이제부터 태조 시절 경복궁의 모습부터 살펴보기로 하자.

정도전에게 분부하여 새 궁궐의 여러 전각의 이름을 짓게 하니, 정도전이 이름을 짓고 아울러 이름 지은 의의를 써서 올렸다. 새 궁궐을 경복궁(景福宮)이라 하고, 왕의 거처를 강녕전(康寧殿)이라 하고, 동쪽에 있는 왕의 집무 공간을 연생전(延生殿)이라 하고, 서쪽에 있는 왕의 집무 공간을 경성전(慶成殿)이라 하고, 왕의 거처 남쪽을 사정전(思政殿)이라 하고, 또 그 남쪽을 근정전(勤政殿)이라 하고, 동루를 융문루(隆文樓)라 하고, 서루를 융무루(隆武樓)라 하고, 궁전의 문을 근정문(勤政門)이라 하며, 남쪽에 있는 문을 정문(正門)이라 하였다.

《조선왕조실록》 태조 4년(1395) 10월 7일

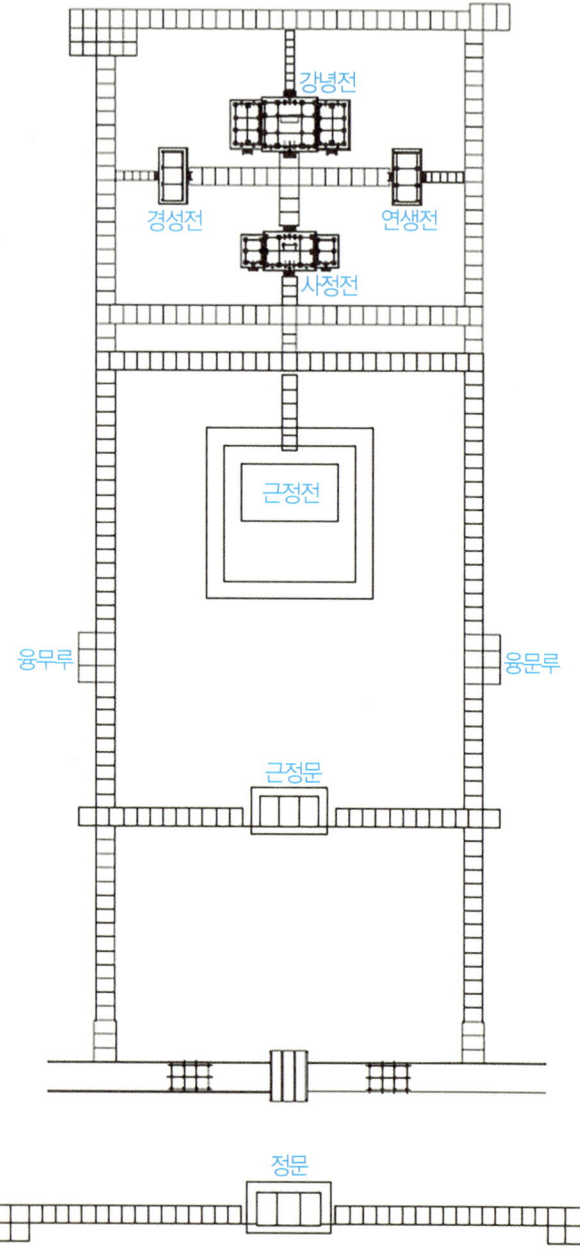

강녕전

경성전　　　　　연생전

사정전

근정전

융무루　　　　　　융문루

근정문

정문

흥미로운 점은 태조 이성계의 한양 천도 추진으로 인해 1395년 9월 29일에 경복궁 건설이 1차적으로 완성되었으나, 이때만 하더라도 광화문은 존재하지 않았다. 정도전이 궁궐 전각의 이름을 정한 내용을 보면 급한 대로 왕의 거처와 집무실, 그리고 국가 주요 의식과 외국 사신을 맞이하는 정전 건물인 근정전, 그리고 근정전 앞으로 두 개의 문만 건설한 상황이었으니 말이지. 그러다 1398년부터 경복궁 주위로 궁성을 두르면서 비로소 광화문이 만들어졌다. 바로 그 흔적이 근래 들어와 조선 전기 시절 광화문 유적으로 발견된 것이다.

중추원사(中樞院使) 이지에게 명하여 궁성 남문의 역사를 감독하게 하였다. 이지가 일찍이 공역(工役)의 폐단을 힘써 간하며 임금의 뜻을 거슬렀는데, 이때에 이르러 임금이 중국 사신이 온다는 말을 듣고, 일하는 이를 적게 준 채 그로 하여금 감독하게 하고서 기일을 정하여 준공을 책임지도록 하였다.

《조선왕조실록》 태조 7년(1398) 6월 11일

한편 궁성을 쌓을 당시 태조 이성계는 수시로 직접 성을 돌며 작업 상황을 확인하였으니, 이 과정에서 자신의 건설 사업을 비판하던 이지라는 인물에

← 경복궁 창건 당시 모습. 급한 대로 궁으로서 가장 필요한 건물만 우선 세웠다.

게 오히려 궁성 남문을 짓도록 명하였다. 얼마나 제대로 찍혔는지 일하는 이를 일부러 적게 주고 명나라 사신이 오기 전까지 기일 안에 완성 못하면 책임을 묻겠다고 한 모양. 그런데 명나라 사신이 얼마 뒤인 6월 23일 경복궁에 도착하여 태조 이성계가 직접 남문으로 나와 만난 만큼 6월 11일부터 22일 사이가 다름 아닌 광화문의 완성 시기라 볼 수 있겠다. 이를 미루어 볼 때 건설의 최종 마무리 부분을 이지에게 맡긴 듯하다.

> 정안군(이방원)이 산성(山城)이란 두 글자로 군호를 정하고 삼군부의 문 앞에 이르러 하늘의 명을 기다리었다. 세자 이방석 등이 변고가 일어났다는 말을 듣고 군사를 거느리고 나와서 싸우고자 하여, 군사 예빈 소경(禮賓少卿) 봉원량을 시켜 궁 남문에 올라가서 군사의 많고 적은 것을 엿보게 했는데, 광화문으로부터 남산에 이르기까지 정예한 기병이 꽉 찼으므로 방석 등이 두려워서 감히 나오지 못하였다.

《조선왕조실록》 태조 7년(1398) 8월 26일

그렇게 광화문이 완성되고 2개월이 조금 지난 1398년 8월 26일 이성계의 다섯 번째 아들인 이방원이 왕자의 난을 일으켰다. 이방원은 자신을 따르던 여러 인물들과 함께 사병을 이끌고 난을 일으킨 후 태조 이성계의 오른팔인 정도전을 비롯한 남은, 심효생을 제거하였으며, 비록 어머니는 다르나 이성계의 아들로서 형제였던 세자 이방석과 이방번도 죽였다. 그 결과 태조 이성계는 다른 누구도 아닌 아들에게 한순간 권력을 잃고 태상왕으로 밀려나고 말았다.

이 당시 세자 이방석이 형이 일으킨 난에 대응하고자 궁 밖 적의 병력을 파악해보니, 광화문부터 남산까지 병사로 가득했다고 한다. 그렇게 궁성 남문으로서 광화문이라는 명칭이 언급되고 있다. 문제는 광화문이라는 이름은 세종 8년인 1426년에 정해진 것이기에 정작 왕자의 난 때는 등장할 수 없었다는 사실.

그렇다면 어찌하여 광화문이라는 명칭이 태조실록에 등장한 것일까? 이는 다름 아닌 태조실록을 태종 때 편찬했으나 기록이 번잡하고, 중복 기사가 많다는 이유로 세종 20년인 1438년 들어와 개수를 한 적이 있었다. 이 과정에서 궁궐 문 또는 궁성 남문이라 되어 있던 본래 기록을 세종 때 정해진 명칭인 광화문으로 교체하여 기록했던 것이다.

경복궁으로 재천도

1차 왕자의 난 이후 태조 이성계의 둘째 아들로서 조선 2대 왕이 된 정종 이방과는 1399년 개경으로 재천도하였다. 한양 천도 후 왕자의 난까지 벌어진 데다 궁을 비롯한 여러 시설을 너무나 급하게 공사함으로써 아무래도 민심이 좋지 않다 여긴 모양. 그러나 개경으로 수도를 옮기고 얼마 뒤인 1400년 1월에 2차 왕자의 난이 일어났다. 태조 이성계의 넷째아들인 이방간이 동생 이방원을 견제하다 벌인 일이었다. 결과적으로 이방원에게 쉽게 진압당한 후 그나마 어머니가 같은 동복형제라는 이유로 이방간은 죽이지 않은 채 유배로 마무리된다.

개경에서 또다시 왕자의 난이 벌어진 직후 정종은 동생 이방원을 세자로 삼았으며, 1400년 11월에는 상왕으로 물러난 채 발 빠르게 왕위를 물려주었다. 역사에 태종으로 남은 이방원의 즉위라 하겠다. 즉 이 시점에는 태상왕으로 태조 이성계가 있고, 상왕으로 정종이, 왕으로 태종이 있던 시절이다. 물론 세 명의 왕 중 실권자는 태종이지만 말이지.

태상왕(太上王, 이성계)이 지신사(知申事) 박석명을 불러 임금(태종)에게 뜻을 전하였다.

"처음으로 내가 한양에 천도하였으니, 옮기는 것의 번거로움을 내가 어찌 모르겠는가마는, 그러나 개경은 왕씨의 옛 수도이니, 그대로 거주할 수 없다. 지금 왕이 다시 이곳에 도읍하는 것은 시조(始祖)의 뜻에 움직여 따르는 것이 아니다."

임금(태종)이 의정부에 명하기를,

"한성(漢城)은 우리 태상왕이 창건한 땅이고, 사직과 종묘가 있으니, 오래 비워두고 거주하지 않으면, 선조의 뜻을 계승하는 효도가 아닐까 한다. 명년 겨울에는 내가 마땅히 옮겨 거주할 터이니, 응당 궁실을 수리해야 할 것이다."

《조선왕조실록》 태종 4년(1404) 9월 1일

태종은 개경에서 왕이 되었지만 여전히 한양에 미련이 있는 아버지와의 화해를 위해 1404년부터 한양으로 재천도를 추진하였다. 하지만 경복궁은 그다지 태종의 마음에 들지 않았던 것 같다. 자신이 아버지를 배신하여 왕자의 난을 일으킨 장소인 데다 이곳 자리가 좋지 않다는 유언비어가 계속 돌았기 때문이다. 이에 1405년 들어와 경복궁 동쪽으로 떨어진 장소에다 창덕궁을 짓더니, 주로 이곳에서 지내는 것이 아닌가. 그렇다고 경복궁을 아예 버린 것은 또 아니었는데….

> 경복궁을 수리하도록 하였다. 임금이 말하기를, "경복궁은 태조께서 창업하시고 세우신 것이니, 만약 사신이 온다면 반드시 칙명을 이곳에서 맞이할 것이다. 요즈음 관리들이 마음을 써서 수리하지 않으니, 이제부터는 제때에 수리하도록 하라."고 하였다.
>
> 《조선왕조실록》 태종 11년(1411) 5월 7일

1408년 태조 이성계가 창덕궁에서 숨을 거둔 뒤로 본격적인 한양 재정비에 나선 태종은 경복궁 또한 명나라 사신이 방문했을 때 사용해야 한다는 이유를 대며 재정비에 나섰다. 더하여 "경복궁은 태조께서 세우신 것인데, 내가 만일 거처하지 않으면 자손들이 반드시 거처하지 않을 것이다."라 말하더니, 못을 파고 경회루를 짓는 등 꾸준한 업그레이드를 이어갔다. 즉 태조 때 만든 경복궁에다 경회루가 더해진 모습이 태종 시절의 경복궁 모습이라 하겠다.

한편 경복궁을 재정비했음에도 이런저런 핑계를 대며 창덕궁에서 계속 지내던 태종은 1413년 5월

21일 최종 결심을 했는지 드디어 경복궁으로 거처를 잠시 옮기게 된다. 1차 왕자의 난으로부터 무려 15년이 지난 시점이었다. 그럼에도 불구하고 태종 시절에는 큰 행사나 외국 사신을 맞이할 때 경복궁을 사용하되 일반적으로 왕이 생활하는 장소는 창덕궁이었다. 그렇게 경복궁과 창덕궁을 오가던 태종을 이어 1418년 세종이 왕위에 오른다. 태종이 세자를 첫째 아들에서 셋째 아들로 교체하는 과정에서 새롭게 세자가 된 충녕대군을 아예 왕으로 즉위시키는 방식으로 권위를 높여주고, 자신은 상왕이 되어 새로 등극한 왕을 지원해주고자 했다. 덕분에 충녕대군, 즉 세종은 14년간 세자였던 형 양녕대군과 달리 불과 세자를 2개월만 경험한 채 22세의 나이로 왕이 될 수 있었다.

조선 전기 광화문 모습

경복궁 근정전에서 왕위에 오른 세종은 태종이 상왕으로 있는 동안은 주로 창덕궁에서 지내며 국가 행사나 외국 사신을 맞이할 때 경복궁을 활용하는 방식을 이어갔다. 이 시점에 상왕 정종은 지금의 사직단 근처에 인덕궁(仁德宮)을 만들고 지냈으며, 마찬가지로 상왕이 된 태종은 지금의 창경궁 위치에 수강궁(壽康宮)을 만들고 지냈다. 이렇듯 상왕이 두 명인 만큼 정종을 노상왕(老上王), 태종은 상왕이라 구별하였다. 그러다 1419년 정종이 죽고 1422년 태종이 죽으면서 본격적인 세종 시대가 열렸으니 이때부터 경복궁이 다시금 부각받게 된다.

사헌부에서 상소하기를,

"지금 남문(광화문)을 다시 건축하는 공사가 있사온데, 공사를 하는 군대는 비록 농민은 아니라 할지라도 모두 백성입니다. '남문이 기울어졌으니 빨리 새로 건축하지 않으면 안 된다.' 라는 주장이 있으나 신이 보기에는 아직 기울어져서 무너질 지경이 아니어서 그렇게 서두를 필요가 없겠사오니, 전하께서는 위로는 하늘의 재변에 대하여 경계하시며, 아래로는 백성의 생활을 염려하시와 당분간 이 공사를 중지하고, 풍년이 드는 시기를 기다리시기 바라옵니다."

하니, 임금이 말하기를,

"그대들의 생각은 좋다. 그러나 남문은 내가 드나드는 곳인데 조금이라도 기울어지든지 위태롭게 된다면 오히려 그대들이 다시 세우자고 강력히 주장해야 할 터인데, 그 중요성의 여부는 생각지 아니하고 어찌하여 경솔히 이런 말을 꺼내느냐."라 하였다.

《조선왕조실록》 세종 12년(1430) 11월 19일

세종은 1425년부터 창덕궁이 아닌 경복궁을 주요 거처로 삼았다. 그런 만큼 이 시점부터 경복궁 내 기존 전각을 대부분 수리하거나 다시 짓고, 더 나아가 새로운 건축물도 여럿 짓도록 하였다. 사실상 궁궐로서 위용이 완전히 갖춰진 때라 하겠다. 이 과정에서 광화문도 새롭게 지었는데, 신하들의 반대가 있었음에도 이곳은 그 누구도 아닌 왕이 다니는 문이라 하여 의견을 묵살하였다. 이로부터 얼마 뒤인 1431년 4월 18일 새로운 광화문은 완성되었으

조선 전기 광화문 유적. 광화문을 복원하기 전 발굴 조사를 했는데, 고종 시절 광화문 유적 아래로 조선 전기 시절 광화문 유적이 남아 있었다. 이 중 빨간색 동그라미는 문지도리와 문설주가 위치한 장소다. 《경복궁 발굴 조사 보고서》 제1권. ⓒ국립문화유산연구원

며, 1434년에는 광화문에 새로 만든 종을 달았다. 그래서일까? 고종 말 홍선대원군의 주도로 경복궁을 재건할 때도 동대문에 있던 홍천사 종을 600명의 사람을 동원하여 옮긴 후 광화문 문루에 단 적이 있었다고 함. 다만 지금의 광화문에는 종이 없는 상태.

그렇다면 세종 시절 새롭게 만들어진 광화문은 과연 지금과 다른 모습이었을까?

광화문을 발굴 조사하는 과정에서 고종 시절 광화문 유적 아래로 조선 전기 시절 광화문 유적이 남아 있었다고 했다. 이는 곧 고종 시절 경복궁을 복원하면서 조선 전기 경복궁 터를 적극 활용했음을 의미하는데, 다만 발견된 유적에 따르면 조선 전기 광화문은 현재의 모습과 다른 점이 여럿 있었다.

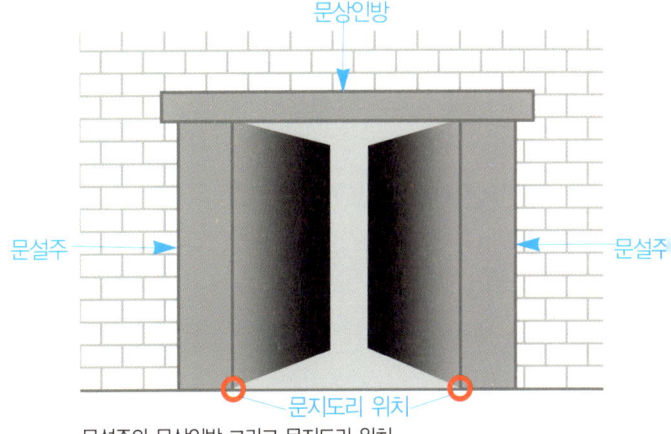

문설주와 문상인방 그리고 문지도리 위치.

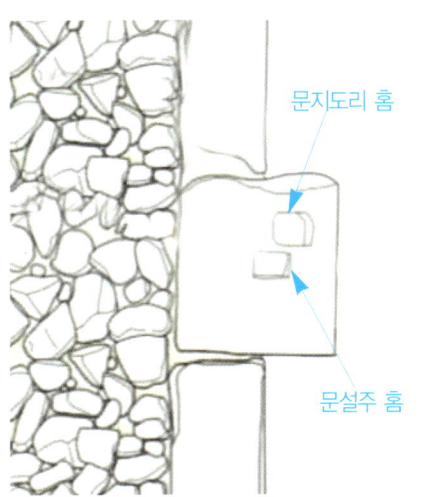

조선 전기 광화문 유적에서 발견된 문지도리와 문설주 홈.

1. 우선 바깥 입구 쪽에 문짝이 위치한 지금과 달리 조선 전기에는 통로 중간쯤에 문짝이 위치했다. 이는 문지도리라 하여 문짝이 회전할 수 있도록 고정하는 장치가 통로 중간의 빨간색 동그라미 안에 위치했기에 알 수 있다. 즉 사진 속 빨간색으로 동그라미를 친 부분이 다름 아닌 과거 문짝이 위치한 장소라 하겠다.

2. 문짝 양쪽으로 세운 기둥, 즉 고종 시절 광화문과 달리 조선 전기 광화문 유적에서는 문설주를 설치한 홈이 발견되었다. 그런 만큼 조선 전기 광화문의 경우 통로 중간에 문짝이 위치하고 문짝 옆과 위로 나무로 만든 기둥이 있었던 것이다. 한마디로 대문이 지금의 아치형 디자인이 아니라 사각형 디자인이었을 확률이 크다는 의미. 그런데 놀랍게도 조선 전기에 그려진 경복궁 묘사를 보면 실제로도 광화문이 사각형 문으로 그려져 있다.

선조 시절인 1581년에 그려진 '기성입직사주도'는 기성(騎省)은 병조를 의미하고 + 입직(入直)은 숙직한 관원 + 사주(賜酒)는 임금이 술을 내림 + 도(圖)는 그림이라는 의미를 가지고 있다. 전체를 합치면 조선의 중앙 관청인 6조 중 병조의 숙직 관원에게 임금이 술을 내린 것을 기념하여 그린 그림이라는 뜻. 특히 해당 작품은 조선 전기 시절 경복궁

1581년에 그려진 '기성입직사주도(騎省入直賜酒圖)' 중 궁궐 묘사 부분. 가장 앞에 등장하는 건물이 광화문이다. 지금과 달리 사각형 문 형태를 보이고 있다.

이 그려져 있어 큰 주목을 받았다. 개인적으로는 나의 고향 부산박물관에서 전시할 때 운 좋게 만났었지. 하하.

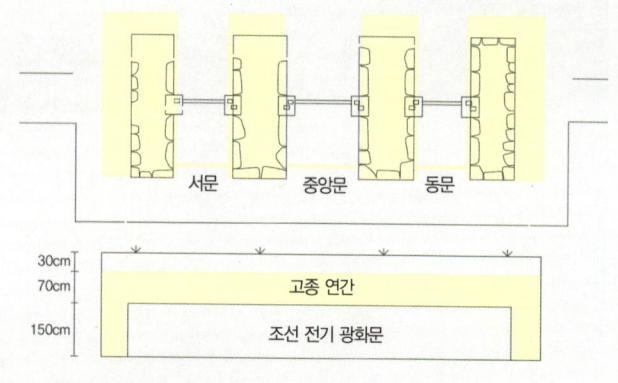

서문   중앙문   동문

30cm
70cm
고종 연간
150cm
조선 전기 광화문

조선 전기 광화문과 고종 시절 광화문 비교.
☐ 조선 전기 광화문   ☐ 고종 연간

그림 속 가장 앞에 보이는 2층 누각으로 된 문이 다름 아닌 광화문으로 안타깝게도 생략된 묘사로 인해 구체적인 문 구조는 알 수 없으나 최소한 대문이 아치형 디자인이 아닌 사각형 디자인임을 알 수 있다. 이는 앞서 살펴본 1550년에 그려진 '비변사 계회도'의 광화문도 마찬가지라서 사각형 문으로 묘사되어 있다.

3. 더 나아가 발굴 조사에 따르면 조선 전기 광화문에 비해 고종 시절 광화문이 더 큰 형태로 지어졌다고 한다. 고종 시절은 동서 31m x 남북 11.5m 의 규모이나 조선 전기에는 동서 27m x 남북 9.6m였던 것. 다만 세 개의 문이 위치한 장소가 조선 전기나 고종 시절이 거의 동일한 만큼 고종 때 재건하면서 광화문의 경우 동서 그리고 북쪽으로 약 2m씩

석축을 확장하여 쌓았음을 알 수 있다. 그 결과 조선 전기만 하더라도 중앙문 좌우의 석축이 광화문 동서 석축보다 더 두꺼웠으나, 고종 시절에는 중앙문 좌우 석축보다 광화문 동서쪽 석축이 더 두껍게 만들어졌다.

지금까지 이야기를 정리해보면 조선 전기 광화문은 지금의 72% 정도 면적 위에 사각형 문 세 개를 둔 석축으로 지어졌고, 석축 위로는 2층 누각이 위치하고 있었다. 그리고 세종 시절에는 누각에 종이 있어 매 시간마다 종소리가 울렸다. 눈을 감고 상상해보니 지금과는 디자인이 조금 달랐구나. 이제 광화문 안으로 들어가서 본격적인 경복궁을 만나보기로 하자.

4. 근정문으로 들어가는 문

홍례문

광화문 안으로 들어서자 넓은 마당 앞으로 화려한 단청을 한 홍례문이 보이네. 그리고 광화문과 홍례문 사이의 마당은 담장이 둘러싸고 있다. 여기까지는 관람객 누구든지 방문이 가능하나 홍례문 안으로 들어가려면 표가 있어야 한다. 동쪽에 위치한 매표소에 키오스크가 설치되어 있는 만큼 버튼 클릭을 몇 번 한 후 카드를 넣어 표를 받았다. 널리 알려져 있듯 경복궁은 전통 한복을 입을 경우 무료입장이라는 매우 멋진 제도를 운영 중이다. 그래서인지 몰라도 근처 한복 대여점에서 한복을 빌려 입은 관광객들도 꽤 많이 있다는 사실. 가만 보아하니 10~20대 여성과 외국인 관람객들이 한복을 많이 입는 분위기로구나.

홍례문은 건립 당시에는 정도전에 의해 정문(正門)이라고 불리었으나, 앞서 이야기했듯 세종 시대인 1426년에 이르러 광화문의 이름이 정해짐과 동시에 예(禮)를 널리 펼친다는 뜻으로 홍례문(弘禮門)이라는 이름도 지어졌다. 그러나 조선 말 홍례문

2001년에 고종 시절의 모습으로 복원된 흥례문. ⓒ박종무

을 중건할 때는 청나라 건륭제의 이름이 홍력(弘歷)인지라 혹시 청나라와의 외교 문제가 생길까봐 홍(弘)자를 피하여 흥례문(興禮門)으로 이름을 고쳤다. 즉 정문 → 홍례문 → 흥례문이라는 변화를 보여준 것. 지금의 문은 일제강점기 시절 헐어내어 사라진 후 2001년에 고종 시절 모습으로 복원된 상황이다.

각 관사(官司)마다 한 명씩 수창궁(고려 시대 궁궐이자 태조 이성계가 즉위한 장소)에 번갈아 숙직하게 하고, 사헌부로 하여금 그들의 부지런함과 태만함을 고찰하게 하였다.

홍례문 밖의 동·서랑을 의정부, 육조와 각사(各司)에게 나누고 합쳐 숙직하는 곳과 조회 전 대기하는 처소로 정하였다.

《조선왕조실록》 세종 16년(1434) 4월 27일

2008년 광화문과 홍례문 사이 구간을 대대적으로 발굴 조사한 적이 있었는데, 이 과정에서 지금의 담장 아래 동서 대칭으로 조성된 조선 전기 회랑 유적이 발견되어 주목받았다. 특히 조선 전기 회랑 유적의 경우 토층에서 분청사기나 조선 전기 백자의 조각이 출토된 반면, 18~19세기에 유행한 청화백자 조각은 출토되지 않았다고 함. 즉 출토 유물을 통해 조선 전기 유적임을 확실히 드러낸 것이지. 이렇게 구성된 동서 회랑은 세종 시대 들어와 의정부, 6조 관청의 관원이 숙직하는 장소, 또는 문무백관이 근정전에서 왕을 알현하는 조회(朝會)가 개최되기 전 대기하는 장소로 활용되었다.

마침 앞서 살펴본 1581년 작품인 '기성입직사주도(騎省入直賜酒圖)'에서도 광화문 안 양쪽으로 회랑이 쭉 연결된 모습이 보인다. 대략 광화문 다음으로 만나는 문인 홍례문까지 회랑이 그려져 있다. 결국 입직한 병조 관원에게 왕이 술을 내린 장면을 그리면서 광화문 안쪽에 위치한 회랑이 유독 부각된 이유는 다름 아닌 이곳이 이들의 숙직 장소였기 때문이다.

자~ 다시 한 번 눈을 감을 때가 왔다. 고종 시절 경복궁 모습을 복원한 현재의 담장 모습과 달리 조선 전기만 하더라도 광화문과 홍례문 사이에 동서로 회랑이 쭉 연결되어 있었구나. 그리고 회랑 안으로는 관원들이 숙직할 수 있는 방을 여러 개 만들고 비상시를 대비한 근무자들은 이곳에서 언제 내려올지 모를 왕명 또는 긴급한 사건 발생 등에 대비하며 긴장하면서 밤새 숙직을 서고 있었겠군. 아무래도 경복궁 내에서 피곤으로 쩐 장소 중 하나가 아니었을까?

세종 때 지어진 이름들

홍례문 안으로 들어서면 바로 정면에 근정문이 보인다. 고종 시절 만들어진 문이 지금까지 그대로 유지되고 있기에 보물로 지정되었다. 이 근정문으로 가기 위해서는 돌다리를 건너야 한다. 돌다리 이름은 영제교(永濟橋)로 이 또한 세종 시절 광화문 이름이 정해질 때 함께 붙여진 명칭이다. 현재의 돌다리는 근정문과 달리 일제강점기 때 훼손되었다가 2001년 들어와 복원된 모습이라 하겠다. 가만~ 아무래도 세종 시절 경복궁 내 새롭게 지어진 이름이 계속 언급되는 만큼 이번에는 해당 기록을 제대로 살펴봐야겠다.

집현전 수찬(修撰, 왕의 자문을 하는 관직)에게 명하여 경복궁 각 문과 다리의 이름을 정하게 하니, 근정전 앞 둘째 문을 홍례(弘禮), 세 번째 문을 광화 (光化)라 하고, 근정전 동랑 협문을 일화(日華), 서랑 협문을 월화(月華)라 하고, 궁성 동쪽 문을 건춘(建春), 서쪽 문을 영추(迎秋)라 하고, 근정문 앞 돌다리

영제교를 건너면 궁의 더 깊은 곳으로 이동할 수 있다. ©박종무

를 영제(永濟)라 하였다.

《조선왕조실록》 세종 8년(1426) 10월 26일

　세종은 경복궁을 자신의 주요 거처로 삼은 후 집현전에 명하여 아직 제대로 이름이 갖춰지지 않은 장소마다 새로운 명칭을 부여하도록 했다. 여태껏 우리가 함께 여행하며 언급한 광화문, 홍례문, 영제교 등이 그렇게 등장한 것이며, 이외에도 일화문, 월화문, 건춘문, 영추문 등의 이름이 이때 정해졌다. 이김에 설명하자면 다음과 같다.

　우선 광화문과 마찬가지로 경복궁을 둘러싼 궁성 중 일부인 건춘문(建春門)은 궁성의 동쪽 문으로

근정문 양 옆으로 보이는 일화문(오른쪽)과 월화문. 일화문은 문관, 월화문은 무관이 사용하였다. ⓒ박종무

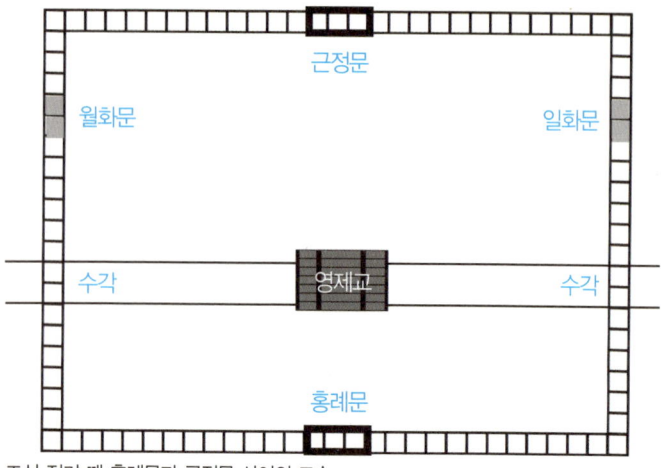

근정문

월화문

일화문

수각 영제교 수각

홍례문

조선 전기 때 홍례문과 근정문 사이의 모습.

봄을 의미하며, 영추문(迎秋門)은 궁성의 서쪽 문으로 가을을 의미한다. 오행에 따르면 동쪽은 봄, 서쪽은 가을인지라 이와 같은 이름이 정해졌다. 마찬가지로 광화문(光化門)은 남쪽 문인 만큼 오행에 따르면 여름을 뜻하는데, 그래서일까? 여름의 뜨거운 빛(光)이 사방을 덮는 것처럼 군주의 덕화(德化)가 만방에 비춘다는 의미로 지어졌다. 다만 궁성 북문인 신무문(神武門)이 해당 기록에서 언급되지 않은 이유는 이보다 뒤인 1433년에 세워졌기 때문이다. 물론 신무문 역시 북쪽은 오행에 따르면 겨울이자 신령스러운(神) + 현무(武)라는 의미를 지니고 있으니, 이는 현무가 북쪽을 상징하는 신성한 동물인 만큼 붙여진 이름이다.

다음으로 볼 내용은 일화문, 월화문이다. 지금은 고종 시절 복원된 경복궁 모습에 따라 근정문 좌우의 작은 문을 일화문과 월화문이라 부르고 있다. 이 중 일화문은 문관, 월화문은 무관이 사용하였다고 한다. 그러나 조선 전기만 하더라도 영제교를 건넌 후 서쪽 회랑에서 만날 수 있는 지금의 유화문 자리쯤에 월화문이 있었으며, 그 반대쪽 동쪽 회랑에는 일화문이 위치하였다. 즉 조선 전기만 하더라도 이곳 마당에는 지금과 달리 동서남북으로 일화문, 월화문, 홍례문, 근정문이 배치된 것.

일단 이번 설명은 이 정도로 끝내고 슬슬 영제교를 건너가보자.

근정문에서 개최된 행사

영제교를 건너 근정문을 바라본다. 앞서 사진에서 본 대로 세 개의 문으로 된 근정문 좌우로 일화문, 월화문이라는 작은 문이 있어 문의 개수는 총 다섯 개다. 조선 전기에도 근정문은 세 개의 문이었으며, 지금의 일화문과 월화문 자리쯤에 동편문, 서편문이라는 작은 문이 위치하고 있어 합치면 지금과 마찬가지로 다섯 문이 존재했다고 한다. 이는 1474년 편찬된 《국조오례의(國朝五禮儀)》의 행사 배치도 중 근정문 부분을 살펴보면 알 수 있는데, 다섯 개 문의 명칭을 각각 "서편문, 서문, 근정문, 동문, 동편문"이라 표기하였거든. 즉 근정문 중 가장 중심에 위치한 문을 근정문으로, 그 옆에 위치한 문은 각각 동문과 서문, 근정문 좌우로 위치한 작은 문은 동편문과 서편문이라 부른 것이다.

이처럼 명칭마저 다른 여러 개의 문이 있던 이유는 각각 사용처가 달랐기 때문으로, 예를 들면 근정전에서 행사를 개최할 경우 문무백관은 근정문 좌우의 작은 문, 즉 동편문과 서편문으로 출입하고,

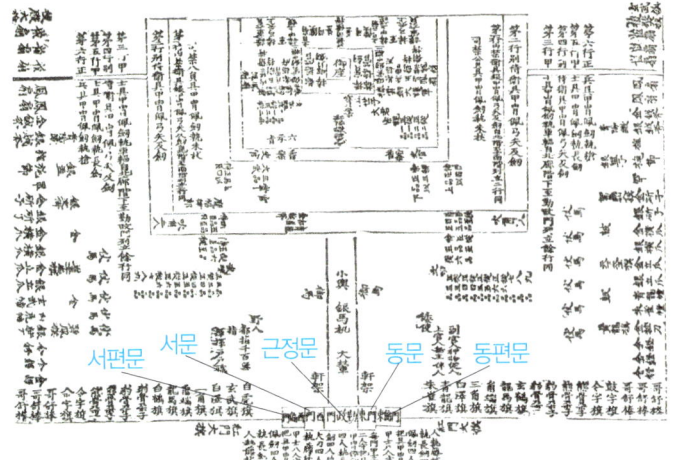

서편문　서문　근정문　동문　동편문

1474년 편찬된 《국조오례의(國朝五禮義)》 중 근정전에서 정월(正月)·
동지(冬至)에 문무백관이 조회하는 의식 배치도. 가장 아래 부분에
근정문이 표기되어 있다.

세자는 근정문 중 동문으로 출입하는 등의 복잡한
규칙이 있었다. 당연하게도 근정문의 가장 중앙에
위치한 문은 왕이 사용하였지. 문 출입마저 엄격한
위계가 갖춰 있었던 것.

　더 나아가 근정전이 아닌 근정문을 중심으로 한
행사도 종종 개최되었는데, 이를 설명하기 전에 조
선 시대 국왕을 뵙는 조회(朝會)라는 행사에 대한
설명을 간략히 하고자 한다. 아무래도 우리에게 익
숙한 조회 장면은 근정전에서 펼쳐지는 거대한 행
사가 아닐까 싶다. 국왕이 근정전에 자리 잡고 수많
은 문무백관이 마당에 서 있는 인상적인 장면이 그
것으로, 조선 시대를 배경으로 한 사극에서 종종 만

난 기억이 있을 듯. 이처럼 근정전에서 펼쳐지는 행사를 조회라 부르나, 이외에도 실은 2종류의 조회가 더 존재했었다.

> 매일 사야(四夜, 새벽 4~5시 경)에 옷을 입고, 날이 환하게 밝으면 조회를 받고, 다음에 정사를 보고, 윤대를 행하고, 경연에 나아가기를 한 번도 조금도 게으르지 않았다.
>
> 《조선왕조실록》 세종 32년(1450) 2월 17일

조회는 조하(朝賀), 조참(朝參), 상참(常參)으로 크게 나뉜다. 이 중 1. 조하는 정월, 동지, 입춘, 국왕 즉위식, 탄생일, 경축일, 중국과의 외교 등 중요한 날에 근정전에서 문무백관이 참여하는 큰 행사를 의미하고, 2. 조참은 조하보다 작은 규모로 규정상 매달 4번 5~10일 간격으로 개최하는 행사였다. 3. 마지막으로 상참은 항상(常)이라는 한자 뜻 그대로 상시적으로 개최되었는데, 조하, 조참과 달리 일부 관료들과 함께 왕의 집무실인 편전에서 이루어졌다. 당연히 조회는 단순히 왕을 뵙고 인사드리는 것으로 끝나는 행사가 아닌 참가한 신하들과 국왕이 여러 정치 현황을 의논하는 자리였다.

특히 세종 이전만 하더라도 통상 5일 간격으로

조회를 했다고 하는데, 이마저 제대로 지켜지지 않아 신하들이 5일 간격의 조회를 준수해줄 것을 매번 국왕에게 요청할 정도였다. 이는 곧 국왕이 매일 정사를 보지 않았다는 의미. 반면 세종은 그 누구보다 열심히 조회를 실시했는데, 건강이 나빠지기 전까지 거의 매일 조회에 참가할 정도였다고 한다. 이러한 세종의 노력 덕분에 후대 조선 왕들은 조회를 열심히 참여해야 좋은 군주로 대접받는 문화가 만들어졌다.

예조에 왕명을 전달하기를,
"지금부터 일체의 대례(大禮)는 모두 근정전에서 거행하고, 그 외의 조참(朝參)과 일본, 여진, 류큐 등의 사신을 만날 때는 모두 근정문에서 거행하라."라 하였다.

《조선왕조실록》 세종 22년(1440) 8월 19일

한편 세종은 경복궁을 주요 거처로 삼은 뒤로 조참이라는 조회를 자주 개최하였다. 처음에는 근정전에서 조하보다 조금 더 간소하게 개최되는 행사였으나, 1440년부터 조하는 근정전에서, 조참은 근정문에서 하는 것으로 구분하였다. 이를 통해 조하와 조참 간 위계를 공간적으로 나누어 각 행사 간

차이를 두고자 한 것. 이처럼 세종은 집권 중반 들어와 경복궁을 중심으로 여러 국가 제도를 정비하는 일에 집중하였다. 이는 조선이라는 나라를 제도적으로 세우는 과정에 해당했으며, 더 나아가 이때 정비된 제도는 조선 후기까지 영향을 미치게 된다.

어쨌든 세종의 명으로 1440년부터 조참의 경우 근정문 중앙에 임금이 앉을 어좌를 남쪽을 향하도록 자리 잡고, 2품 이상의 문관은 영제교 북쪽 동편에, 왕실 종친과 무관 2품 이상은 영제교 북쪽 서편에 서게 된다. 반면 3품 이하의 문무관은 동서로 나누어 영제교 남쪽에 위치했으며 이외에 홍례문 안팎으로는 군대가 엄중하게 정렬한 데다 악대가 있어 왕이 등장하면 풍악을 울렸다.

이러한 엄숙한 조참 행사를 통해 군주의 위엄을 높이고 국가의 위계질서를 보여줄 수 있었으나 규정대로 5~10일마다 진행하는 건 신하도 신하지만 국왕도 인간인지라 아무래도 귀찮은 부분이 분명 있었을 것이다. 더하여 근정전에서 펼치는 조하는 반드시 해야 할 나라의 큰 행사인 반면 근정문의 조참은 국왕의 의지가 부족하면 글쎄, 마치 계륵 같은 행사라 할까?

그래서인지 몰라도 세종, 성종처럼 모범적으로 국왕 임무를 수행한 이는 조참을 가능한 자주 개최했으나 대부분의 국왕들은 조참을 그다지 자주 시행하지 않았다. 이후 임진왜란으로 경복궁이 불타 사라지자 대신 창덕궁 인정문 앞에서 조참이 이루어졌지만, 그 빈도는 조선 전기보다 훨씬 줄었으며, 그나마 숙종, 영조, 정조 때 조참을 다시금 활성화시키고자 했으나, 19세기 들어와 국왕의 권위가 약해지면서 이러한 노력마저 지속되지 않게 된다.

슬쩍 눈을 감고 상상해보니 근정문 앞 이 자리에서 조참이 이루어졌겠구나. 특히 영제교를 기준으로 고위 관료와 그 아래 관료가 나뉘어 각기 자리 잡은 만큼 당시 영제교를 넘느냐 못 넘느냐의 의미가 매우 남달랐음을 알 수 있네. 어이쿠. 이야기 흐름을 보아하니 다음 언급 주제는 영제교가 되겠군.

영제교와 풍수지리

영제교의 경우 처음 경복궁이 만들어졌을 때만 하더라도 단순히 석교(石橋), 즉 돌다리라 불렸다. 그뿐 아니라 다리 아래로 흐르는 물길마저 꽤 미약했던 모양. 문제는 풍수지리에 따르면 경복궁 안에 물이 어느 정도 흘러주어야 국가의 큰 행사가 개최되는 근정전과 왕의 거처인 강녕전 등이 배산임수가 되어 명당이 된다는 점이다.

임금(태종)이 말하였다.

"내가 어찌 새로운 도읍(한양)에 이미 만들어진 궁궐을 싫어하고, 이 풀이 우거진 땅(무학)을 좋아하여 다시 토목 공사를 일으키겠는가? 다만 돌로 된 산이 험하고, 명당에 물이 끊어져, 도읍하기에 불가한 까닭이다. 내가 지리서를 보니, '먼저 물을 보고 다음에 산을 보라.' 라 하였으니, 만약 지리서를 쓰지 않는다면 그만이지만, 쓴다면 물이 없는 곳에 도읍하는 것이 불가함은 명확하다. 너희들이 모두 지리를 아는데, 처음에 태상왕을 따라 도읍을 세울 때,

어찌 이러한 까닭을 말하지 아니하였는가?"

《조선왕조실록》 태종 4년(1404) 10월 4일

습지를 적극 개척한 광화문과 육조거리와 달리 경복궁 영역 내에 물이 부족했던 점은 태조 이성계가 한양을 수도로 정할 때도 이미 언급된 적이 있었다. 이 문제는 시일이 흘러 태종이 아버지와 화해를 위해 한양으로 수도를 옮기기 전 무악으로 천도를 고민하면서 다시금 언급되기에 이른다. 오죽하면 태종은 경복궁으로 돌아가기 싫은 이유 중 하나로 물이 부족하여 명당이 아님을 들었을 정도니까. 그럼에도 불구하고 어쨌든 경복궁을 궁궐로 활용하기로 결정하면서 태종은 경복궁을 명당으로 만드는 작업을 진행하였다.

경복궁 안에 개천을 파라고 명하였다. 임금이 말하였다.

"경복궁은 태조가 창건하신 것이니, 마땅히 여기에 거처하는 자손에게 보여주어야 하는데, 풍수 하는 자가 말하기를, 명당수가 없는 것이 흠이라 하니, 개천을 개통하도록 하라."

《조선왕조실록》 태종 11년(1411) 7월 30일

경복궁 성 서쪽 모퉁이를 파고 명당 물을 금천(禁
川)으로 끌어들이라고 명하였다.

《조선왕조실록》 태종 11년(1411) 9월 5일

그렇게 부족한 물을 채우고자 개천을 파서 바깥
에 흐르던 물을 경복궁 안으로 끌고 왔는데, 궁궐로
이어진 물길을 금천이라 부르며 영제교 아래로 흐
르게 하였다. 인위적으로 명당을 만든 것이다. 물이
흐르면서 광화문, 홍례문, 근정문뿐만 아니라 경복
궁을 흐르는 물길마저 궁궐의 경계로서 남다른 의
미가 부여되었다. 영제교, 즉 금천을 건너는 순간
궁궐의 더 깊숙한 안으로 들어선다는 의미랄까? 더
하여 세종 시절에는 국왕과 문무백관이 참여하는
조참 행사마저 금천을 기준으로 신하들의 위계를
나눌 만큼 남다른 가치를 부여하였다.

하지만 안타깝게도 이 정도 작업으로 영제교에
항시 물이 흐르지는 않았나보다. 왜냐하면 1433년
들어와 영제교로 물이 흐르도록 경복궁 곳곳에 못
을 파는 작업을 시작했으니 말이지. 아무래도 물이
부족한 시기에는 못에 모아둔 물을 적극 활용하려
는 계획이랄까?

"풍수 하는 자의 말에 의하면 '지금 경복궁 명당

에 물이 없다.' 고 하니, 내가 궁성의 동서쪽과 내사복시(內司僕寺)의 북쪽 땅 등에 못을 파고 도랑을 내어서 영제교로 흐르는 물을 끌어오고자 하는데 어떻겠는가."

하니, 모두 아뢰기를,

"좋습니다." 라 하였다.

《조선왕조실록》 세종 15년(1433) 7월 21일

1433년 경복궁 여러 곳에 못을 파서 금천으로 잇는 작업이 시도되었으나 원하는 만큼의 성과가 나오지 않았는지 10여 년이 지난 1444년 다시 한 번 더 세종은 경복궁 내 못을 파는 일을 진행하고자 하였다. 그러나 이번에는 신하들의 반대로 중단되고 말았지. 특히 이때 권제라는 인물은 다음과 같은 글을 왕에게 올렸는데,

풍수를 의논하는 자가 한둘이 아니나, 이치에 거슬리고 어긋나는 것이 없지 아니하므로, 한 서적에 말한 것으로 결정하기는 어려울 것 같으며, 한 가지 일로 혹은 길하다 하고 혹은 흉하다 하여 결정하지 못한 것도 있으니, 어찌 풍수학 책 한 가지로 실행하기 어려운 명을 청할 수가 있겠나이까. 신(臣)은 백성들이 그 폐해를 받고 나라에서는 실제 효과가 없

영제교 남동 천록상. 다른 3점의 조각과 달리 등에 구멍이 파여 있다.

을 것을 두려워하옵니다.

《조선왕조실록》 세종 26년(1444) 11월 19일

한마디로 풍수를 보면 동일한 지형을 두고도 누구는 길하다 누구는 흉하다는 주장을 하니 이를 어찌 다 믿을 수 있느냐는 의미였다. 오히려 일에 동원되는 백성만 고되고 힘들다는 것. 이후 영제교로 물길을 잇는 시도는 더 이상 조선 왕조 기록에 등장하지 않는다. 지금은 일제강점기를 거치며 경복궁 밖에서 들어오고 나가던 물줄기가 대부분 메워져

영제교 남서 천록상. 머리에 뿔이 달려 있는 상상 속 동물이다.

사라진 관계로 영제교 아래로 물이 흐르는 모습을
보기란 더욱 쉽지 않게 되었다. 설사 비가 많이 온
다음 날 물이 있더라도 저수지처럼 고여 흐르지 않
는 상황이 되고 말았기 때문이다.

금천이 흐르던 수로에는 신비로운 동물이 조각
되어 있다. 영제교 주변으로 위치하고 있는데, 저기
보이는구나. 다리를 기준으로 하여 남북에 각각 한
쌍씩 총 4마리. 흥미롭게도 4마리의 조각이 조선 전
기 때 작품이라고 함. 임진왜란 때 경복궁을 침입한
일본군의 종군 승려가 쓴《조선일기(朝鮮日記)》에

따르면 "교각 좌우에 돌사자 네 마리가 다리를 지키고 있다."라는 내용이 있는데, 이때 언급된 돌사자 네 마리가 다름 아닌 영제교 주변에 위치한 돌조각이거든. 즉 임진왜란 전부터 이 자리에 존재했던 것이다. 다만 일본 승려의 언급과 달리 조각된 동물은 사자가 아니었는데….

경복궁에 들렀다. 궁의 남문 안쪽에 다리가 있고, 다리 동쪽에 천록 두 마리가 있고, 다리 서쪽의 것은 비늘과 갈기가 꿈틀거리는 듯 자연스럽게 조각되어 있다. 남별궁 뒤뜰에 등에 구멍이 파인 천록이 있는데 이와 똑같이 닮았다. 그런 관례가 없음에 비추어 필시 다리 서쪽에 있던 것 하나를 옮겨 갔음이 틀림없다.

유득공, 춘성유기(春城遊記)

후에 상고해보니 중국 남양현(南陽縣)의 북쪽에 있는 종자비(宗資碑) 곁에 두 마리의 석수가 있는데 그 짐승의 어깨에 하나는 천록이라 새겨져 있고, 하나는 벽사라 새겨져 있다고 한다. 뿔과 갈기가 있으며 손바닥만 한 큰 비늘이 있으니 바로 이 짐승이 아닌가 싶다.

이덕무, 이목구심서(耳目口心書)

일제강점기 시절 해체된 영제교와 천록.

유득공은 1770년 임진왜란 후 폐허로 남아 있던 경복궁을 박지원, 이덕무와 함께 탐방하던 중 지금의 우리와 마찬가지로 돌다리 근처에 있는 신비로운 동물을 만났다. 이때 그는 박지원, 이덕무와 함께 옛 기록을 바탕으로 추정한 결과 해당 동물을 천록이라 칭했는데, 18세기만 하더라도 천록 3마리만 영제교 주변에 남아 있었나보다. 유득공에 따르면 다른 하나는 남별궁에 위치했다고 하니까.

남별궁은 지금의 웨스틴 조선 서울 호텔 자리로 본래 태종의 둘째 딸 경정공주의 집이었으나, 임진왜란 때 조선을 도우러 온 명나라 장군이 주둔하게 된다. 이에 조선 국왕 선조가 명나라 장수와 관원들을 자주 이곳에서 접견하는 바람에 왕이 머무는 장소, 즉 남별궁(南別宮)이라 불렸다. 이후 명나라와 청나라 사신을 접견하는 장소로 계속 사용되었는데, 임진왜란 이후 알 수 없는 어느 시점에 이곳에다 영제교의 천록 조각 중 하나를 옮겼나봄. 등에 구멍이 파인 천록이 바로 그것이다.

이렇듯 유득공의 기록 덕분에 과거 천록의 위치가 지금과 다름을 알 수 있구나. 등에 구멍이 파인 천록이 현재는 동쪽에 위치하나 유득공의 기록에 따르면 서쪽에 위치한 천록이 남별궁으로 옮겨졌다고 했으니 말이지. 이를 미루어 볼 때 조선 말 경복궁을 재건하면서 남별궁에 있던 천록을 다시 이곳으로 옮겨왔으나, 일제강점기가 시작된 후 영제교와 함께 천록이 해체되어 경복궁 이곳저곳으로 옮겨지면서 본래 위치에 대한 혼선이 생긴 듯하다. 그 결과 2001년 흥례문 복원 사업과 함께 천록이 다시 본래 자리로 돌아왔음에도 불구하고 위치는 잘못 정해져 복원된 것이 아닐까?

어쨌든 4마리의 천록은 하나같이 눈을 크게 뜬 채 금천을 노려보고 있는데, 금천을 통해 궁궐로 침입하려는 나쁜 기운과 잡귀를 막고자 이러한 표정

을 보이고 있다는 사실. 그 역할을 볼 때 궁궐 지킴이라 할 수 있겠군. 이제 근정전을 만나러 이동~

5. 궁궐의 중심, 근정전

융문루와 융무루

경시(庚時, 오후 다섯 시경)에 종실과 문무백관
이 조복으로 경복궁 뜰에서 품계대로 늘어섰다. 임
금이 원유관에 강사포를 입고 근정전에 나아오니,
여러 신하들이 전(箋)을 올려 하례를 올리고, 성균관
학생과 회회노인(回回老人, 이슬람인)과 승도들도
모두 참여하였다.

《조선왕조실록》 세종실록 총서

근정문을 통과하여 근정전을 만났다. 바로 이곳
에서 1418년 8월 충녕대군이 짧은 세자 생활을 마
치고 왕위에 올랐으니 우리가 모두 아는 세종대왕
이시다. 다만 모든 왕이 근정전에서 왕위에 오른 것
은 아닌데, 조선 전기 왕을 살펴보면 세종, 세조, 중
종, 명종, 선조는 근정전에서 즉위식을 하였으나,
단종, 성종은 근정문에서 즉위했으니까. 주목할 부
분은 세종 즉위식 때 성균관 학생뿐 아니라 이슬람
인과 승려들도 참여했다는 점이다. 이처럼 승려까
지 참가한 것으로 보아 아무래도 고려의 풍습이 여

전히 남아 있었나봄.

> 근정전에 나아가서 조하(朝賀)를 받았다. 왜인 ·
> 야인(野人)과 귀화한 회회인(回回人)과 승인(僧人),
> 기로(耆老) 들이 모두 조하에 참여하였다.
>
> 《조선왕조실록》 세종 9년(1427) 1월 1일

더 나아가 세종 시절 근정전에서 개최한 조하에
서도 왜인 = 일본인, 야인 = 여진족, 회회인 = 이슬
람인, 승인 = 승려 등이 기로 = 벼슬에서 물러난 나
이든 관리와 함께 참여할 정도였다. 마치 지금의 경
복궁처럼 다인종, 다문화가 함께하는 분위기였던
것이다.

저기 넓은 마당 북쪽으로 2층의 돌 기단 위에 2
층 건물로 지어진 근정전을 바라본다. 아무래도 경
복궁 하면 가장 먼저 떠오르는 건축물이 아닐까? 전
체 정면 5칸, 옆면 5칸의 건물로 이때 칸은 기둥과
기둥 사이를 의미함. 즉 근정전의 경우 정면을 볼
때 6개의 기둥이며 기둥과 기둥 사이는 총 다섯인
만큼 5칸이라 하겠다. 마찬가지로 측면 역시 다섯
칸으로 이루어져 있다. 다만 개경에 위치한 고려 왕
궁인 만월대의 경우 정면 9칸 측면 4칸 규모를 자랑
한 회경전이 정전(正殿) 역할을 한 만큼 어쨌든 이

'중묘조서연관사연도(中廟朝書筵官賜宴圖)', 1535년, 홍익대학교박물관. 조선 전기 근정전과 그 주변의 모습이 그려진 작품이다.

보다는 작은 형태였다는 사실.

근정전은 국보로 지정되었는데, 그 이유는 고종 시절 재건된 모습을 그대로 유지하고 있기 때문이다. 다행히도 일제강점기 시절에도 상징성 때문에 훼손되지 않은 건축물 중 하나였다. 다만 조선 전기 시절 경복궁을 그려보는 것이 이번 여행의 목표인 만큼 지금까지 전해지고 있는 조선 전기 근정전과 그 주변의 모습을 묘사한 작품을 한 번 살펴보기로 하자.

1535년에 그려진 '중묘조서연관사연도(中廟朝書筵官賜宴圖)'라는 그림에 따르면 근정전과 근정문 사이로 넓은 마당이 있으며 지금과 달리 동서 회

1535년 그려진 '중묘조서연관사연도(中廟朝書筵官賜宴圖)'를 19세기에 모사한 작품. 국립고궁박물관.

랑에 각각 2층의 높은 건물이 보인다. 이때 중묘조(中廟朝) = 중종 시기, 서연관(書筵官) = 세자 교육을 담당하는 관리, 사연(賜宴) = 왕 또는 세자가 신하에게 술을 내리는 연회, 도(圖) = 그림을 의미한다. 정리하자면 중종 30년인 1535년에 경복궁 근정전에서 세자가 자신의 스승인 서연관에게 연회를 베풀었던 장면을 그린 것이다. 나름 조선 전기 근정전과 그 주변의 모습이 그려진 매우 귀중한 작품이라 하겠다.

특히 그림 속 동서 회랑에 위치한 2층 건물에 대해 설명하자면 동쪽은 융문루와 서쪽은 융무루로 정도전이 붙인 이름이다. 문(文)으로써 다스림을 이루고 무(武)로써 난을 안정시키니 이는 사람의 두 팔이 있는 것과 같아서 둘 다 귀하게 여겨야 한다는 의미다. 이처럼 경복궁을 처음 만들 때부터 존재했으나, 고종 시절에는 회랑 바깥으로 나가야만 눈에 띌 만큼 낮은 높이로 복원하였다. 하지만 조선 전기만 하더라도 융문루, 융무루가 그림 속 묘사대로 상당한 높이를 자랑했던 모양. 15세기 활동한 김종직의 시에서 다음과 같이 높이가 언급되고 있다.

우뚝한 융문루와 융무루가
巍然文武樓
동서로 서로 마주했는데
東西正相對
사다리를 돌아 발 붙이고 쉬노니
回梯著脚罷
문득 나는 새의 등이 보이네
忽見飛鳥背
근정전과 높이를 나란히 하여
勤政乃並崇
형세가 푸른 종남산을 압도하누나
勢壓終南黛
(중략)
고대 삼황과 오제의 서적들을
三皇五帝書
모두 모아 그 안에 가득 채우니

회랑과 거의 같은 높이인 융문루. 동쪽 회랑 바깥으로 나가면 잘 보인다. ⓒ박종무

戢戢滿其內
기이한 광채가 규벽에 이어져
奇光屬奎壁
밤마다 어둡지를 아니하누나
夜夜不可晦

김종직, '문무루에서 서적을 구경하다(文武樓觀書籍)

김종직의 시에 따르면 융문루와 융무루는 사다리를 통해 오를 수 있었고 높이는 근정전과 나란히 할 정도였으며 내부는 고대 서적들로 가득 채워져

있었다고 한다. 무엇보다 사다리로 오르니 나는 새의 등이 보인다는 재미있는 묘사로 높이를 남다르게 표현하고 있다. 이를 미루어 볼 때 급하게 궁을 만든 태조 시절만 하더라도 방어 목적 아래 주변을 잘 관찰할 수 있도록 동서로 높은 누각을 세운 듯하다. 그러나 시일이 지나 경복궁 주위로 궁성을 갖추고 궁궐의 규모가 더욱 커지면서 본래의 방어 목적은 점차 약해지고 세종 16년인 1434년에 새로 고쳐 지은 후 왕실이 소장한 서적들을 보관하는 장소로 활용되기에 이른다.

서적을 나라의 중한 보배로 삼아 천하의 책을 모아서 융문루(隆文樓)와 융무루(隆武樓)에 간직하여 기록, 문서 등을 검토하고 조사하는 일을 대비하였습니다.

《조선왕조실록》 성종 14년(1483) 12월 23일

그렇게 왕실 서고가 되면서 필요할 때마다 융문루와 융무루로 관리를 보내 책을 출납했다고 함. 나라가 책을 보배로 삼은 데다 도서관이 다른 곳도 아닌 궁궐 중심에 위치하다니 참으로 멋진 광경이라 하겠다. 아~ 맞다. '중묘조서연관사연도(中廟朝書筵官賜宴圖)'를 살펴보면 근정전이 정면 3칸, 측면

1칸으로 묘사되어 있으나, 이는 해당 그림이 서연관에게 연회를 베푸는 장면을 기록하는 것이 1차 목표였기에 기타 건축물이나 주변 풍경에 대한 묘사는 간략히 표현한 결과물이다. 더하여 근정전 위치마저 연회가 펼쳐지는 서쪽 마당을 강조하느라 중간이 아닌 동쪽으로 편중된 형태로 그려졌다.

실제로도 경복궁이 처음 준공된 1395년 9월 29일의 《조선왕조실록》에 따르면 "조회를 받는 정전(正殿)은 5칸"이라 되어 있다. 이때 등장한 정전이 얼마 뒤 정도전에 의해 근정전으로 명칭이 정해졌기에 처음부터 5칸 건물이었던 것. 물론 5칸으로 동일해도 기둥과 기둥 사이의 거리가 다를 수 있어 지금의 근정전과는 동일한 크기가 아닐 수 있는데, 이 부분에 대한 더 자세한 이야기는 근정전 월대에서 이어가기로 하자.

근정전 마당과 박석

근정전 앞 넓은 마당을 조정(朝廷) 또는 전정(殿庭)이라고 부른다. 이때 조정은 국왕과 신하가 정치를 의논하는 장소를 뜻하며, 전정은 궁 또는 사찰의 중심 건물 및 그 앞마당을 뜻한다. 조선 전기에는 바로 이곳에서 나라의 가장 큰 행사가 개최되곤 했는데, 경복궁 내 다른 장소들과 달리 유독 바닥을 전체적으로 박석이라는 얇고 널찍하면서도 표면이 거친 돌을 깔아놓아 눈길을 끈다. 매우 중요한 장소여서 그런 것이겠지. 흥미로운 점은 이곳 바닥에 전체적으로 돌을 깐 시기가 다름 아닌 세종 시대라는 사실.

안숭선과 김종서 등이 아뢰기를,
"박석(薄石)은 매도(煤島, 강화도 근처 섬)에 많이 있사오니, 일이 한가할 때 선박을 보내어 실어 오게 하여 전정(殿庭)에 포장하시옵소서."
하니, 임금이 말하기를,
"그 일은 선공감(繕工監)에게 유시하여 일이 한

조정 또는 전정이라고 부르는 근정전 앞 넓은 마당. ©박종무

가할 때를 기다려 하도록 하겠다." 라 하였다.

《조선왕조실록》 세종 14년(1432) 10월 20일

한때 강화도 옆에는 매도라는 섬이 있었다. 지금은 숙종 시절 간척 사업으로 석모도와 합쳐졌는데, 바로 이곳에서 박석을 채굴하여 배에 싣고 한강을 따라 옮긴 뒤 경복궁 마당에 바닥으로 깐 것이다. 채굴에다 운송까지 합치면 꽤 난이도가 있는 사업이었다. 그렇게 박석으로 포장하자 비가 오면 진흙탕이 되는 다른 장소와 달리 배수가 잘 되어 금방 사용하기 좋은 바닥이 만들어졌다. 박석은 화강암의 일종인 만큼 쉽게 깨지지 않는 데다 햇빛을 정면으로 반사하지 않고 옆으로 퍼지게 하는 묘한 성질을 가지고 있어서 눈부심을 예방할 수 있었다. 마지막으로 거친 표면으로 인해 당시 관료들이 가죽신을 신고 이동해도 미끄럼을 방지하는 데에 효과적이었다고 함.

만월대의 회경전은 따로 전문(殿門)이 있고, 규모가 매우 웅장하다. 터의 높이는 5장(丈)이 넘고, 동·서 양쪽의 섬돌은 붉게 칠하고, 난간은 구리로 꽃무늬를 꾸몄는데, 웅장하고 화려하여 모든 궁 건물 중에 제일이다. 양쪽 행랑은 모두 30칸이고, 뜰 안은 벽돌로 깔았는데 견고하지 못하여 다니면 소리가 난다.

서긍, 《고려도경(高麗圖經)》

좌의정 황보인이 아뢰었다.

"근정전 월대의 박석(薄石)을 치우고, 이번에 구운 당전(唐甎, 중국식 벽돌)을 깔아서 시험하소서."

임금이 말하기를,

"당전이 만약에 오래지 않아서 부서진다면, 박석을 도로 까는 폐단을 어찌하겠는가? 사정전(思政殿)

근정전 앞 넓은 마당은 얇고 넓직하면서도 표면이 거친, 박석이라고
하는 돌을 깔았다. ⓒ박종무

뜰에 먼저 시험하는 것이 어떠한가?"

하니, 대답하기를,

"마땅합니다."라 하였다.

《조선왕조실록》 문종 1년(1451) 7월 16일

물론 이러한 거친 표면에 대해 불만이 없는 것은
아니라서 평평한 벽돌로 바닥을 깔자는 의견이 나
온 적도 있었다. 오죽하면 근정전 아래의 2층으로
된 기단, 즉 월대라도 박석이 아닌 당전이라 부르던
구운 벽돌로 포장하자는 의견이 나왔을까. 참고로
고려 왕궁인 만월대의 경우 정전인 회경전 마당을

전부 벽돌로 깐 데다 전체적으로 근정전보다 더 크고 화려했었다. 이에 문종은 왕의 집무실인 사정전의 마당에 먼저 시험해보자고 했으나, 해당 시험은 결국 실패로 돌아간 듯하다. 지금도 여전히 근정전 월대는 박석으로 구성되어 있으니 말이지. 아무래도 문종이 얼마 뒤인 1452년 6월에 불과 39세 나이로 죽으면서 제대로 일이 진행되지 않은 듯하다.

궁궐영건도감(宮闕營建都監, 궁궐을 조성하는 관청)이 아뢰기를,

"경복궁의 땅에 설치한 박석(薄石) 200엽(葉)을 가져다 대내(大內, 궁궐)를 수리하는 곳에 쓴다 합니다. 경복궁은 지금 중건 중인데, 이른바 땅에 설치한 박석은 근정전 뜰에만 있을 뿐입니다. 설치한 옛 모양이 완연하므로 헐어서 옮겨 쓰기가 미안하고, 시어소(時御所, 임시 궁전) 수리에 쓸 박석은 장만할 수 있으니, 경복궁 전정(殿庭)의 박석은 쓰지 않는 것이 마땅하겠습니다."

《조선왕조실록》 선조 39년(1606) 9월 5일

궁궐 공사가 거의 끝나가는데 단지 박석이 도착하지 않았다는 이유로 공사를 마무리하지 못한다면 참으로 안타까운 일입니다. 경복궁 뜰에 깔아놓은

박석을 이전에 궁궐을 짓던 때의 전례대로 우선 가
져다가 사용하고, 박석을 운송해오는 즉시 그것을
충당하게 하소서."라 하였다.

《조선왕조실록》 광해 8년(1616) 8월 14일

그렇게 세종 시절 근정전 마당에 깔린 박석은 오
랜 기간 정전의 권위를 상징하며 이어왔으나, 임진
왜란 이후 고난을 당하고 말았다. 불타버린 경복궁
근정전 앞 박석을 다른 용도로 사용하려는 욕망이
점차 생겨났기 때문. 본래는 꽤나 어려운 과정을 통
해 가져와야 할 박석을 터만 남은 경복궁에서 가져
오면 숫자도 충분한 데다 한양 내 이동이라 작업마
저 편할 테니까.

그 결과 임진왜란 직후만 하더라도 가까운 시점
경복궁 재건을 기대하며 근정전 마당의 박석을 가
만히 두고자 했으나, 시일이 지나며 다른 궁궐에 사
용한다면서 은근슬쩍 가져가기 시작하더니 어느 순
간부터는 근정전 마당의 박석에 대한 기록이 더 이
상 등장하지 않게 되었다. 아무래도 상당수의 박석
이 그렇게 사라진 모양. 지금의 박석은 고종 시절
흥선대원군의 주도로 경복궁이 재건되면서 1867년
다시 깐 모습이라 하겠다. 물론 이 중에는 세종 시
절 박석도 일부 함께하고 있지 않을까?

전정(殿庭)에는 박석을 깔고, 두 줄로 품석 24개를 세웠다.

《경복궁영건일기(景福宮營建日記)》 고종 4년(1867) 10월 9일

아~ 맞다. 고종 시절 경복궁을 중건하는 기록에서 박석과 함께 품석 24개를 세웠다는 내용이 등장하는데, 이는 마당 중간중간 보이는 품계석을 의미한다. 동·서편으로 나누어 정1품부터 9품까지 품계석이 있어 나라의 큰 행사가 있을 때는 자신의 품계에 맞추어 정렬할 수 있었다. 이때 문신은 동쪽으로 무신은 서쪽에 위치하였으나, 사실 품계석은 조선 전기 때만 하더라도 존재하지 않았다. 정조 시절인 1777년부터 국왕의 명으로 창덕궁 인정전 앞마당에 품계석을 세우면서 비로소 시작된 문화였으니까. 이후 경복궁을 고종 시절 중건하며 마찬가지로 품계석을 함께 세운 것이다. 이번 여행은 조선 전기 경복궁을 그려보는 시간인 만큼 품계석이 존재하지 않는 근정전 마당을 한 번 상상해보기로 하자.

근정전 월대

근정전이 위치한 2층 기단, 즉 월대에 올라간다. 광화문 앞 월대에서 이미 이야기했지만 궁궐 주요 건물 앞에 두는 섬돌을 월대(月臺)라 부르니, 달을 바라보는 대라는 뜻의 월견대(月見臺)에서 기원한 나름 운치 있는 명칭이다. 근정전은 경복궁 건물 중에서 유독 2층 월대 위에 자리 잡은 만큼 그 격이 남다름을 알 수 있다.

근정전 옛 월대의 석재를 다시 다듬고자 하여 하층 앞면 중 이전에 훼손된 면의 이면에 층층이 못을 박아보니 물이 스민 적이 없어 새것 같았다.

《경복궁영건일기》 고종 3년(1866) 1월 13일

무엇보다 태조 시절 경복궁을 세우며 월대 건축에 얼마나 정성을 들였는지 수백 년이 지난 고종 시절 경복궁을 재건할 때도 월대가 마치 새것 같다는 표현이 있을 정도였다. 그렇게 새것 같은 월대임에도 1866년 6월부터 기존의 월대를 허물고 다시 쌓

1767년 영조가 경복궁 근정전 터를 방문하여 벌인 행사를 그린 '영
묘조구궐진작도(英廟朝久闕進爵圖)'를 19세기에 모사한 작품. 근정전
월대가 잘 묘사되어 있다. 국립고궁박물관.

기 시작했는데, 이 과정에서 흥선대원군이 공사장에 방문하더니, 월대 앞부분을 5척(尺) = 1.6m 정도 넓히라는 명을 내렸다. 이는 곧 조선 전기 시절보다 더 넓은 면적으로 월대가 지어졌음을 의미.

한편 학계에서 경복궁 창건 당시 척(尺)으로 표기된 기록을 바탕으로 조선 전기 1층 월대의 면적을 추정한 결과 대략 45.9m X 45.9m 정도였다고 한다. 즉 현재 1층 월대의 56m X 53m보다 작은 모습이었던 것. 이를 미루어 볼 때 경복궁을 재건하는 과정에서 결과적으로 흥선대원군의 명보다 훨씬 더 넓게 월대가 제작되었나보다. 이렇듯 월대를 넓게 만든 이유는 이전 월대와 달리 난간과 여러 동물들로 장식하기 위함이었다. 현재 월대 난간 곳곳에는 십이지신을 포함한 36가지 상서로운 동물이 조각되어 있는데, 조선 전기만 하더라도 난간이 없는 데다 월대에도 이 정도로 많은 조각품이 등장하지 않았다.

그렇다면 조선 전기 월대는 과연 어떤 모습이었을까?

임금이 근정전에 나아가 작은 술상을 받았다. 왕세손(정조)이 예를 행하고 나자 옆에 앉으라고 명하였다.

영조는 유독 폐허가 된 경복궁을 자주 방문하였다. 어느 정도였냐면 1744년 자신의 생모인 숙빈 최씨 사당을 지금의 청와대 서쪽에 만든 후 거의 매년 방문하였으며, 이때마다 종종 옛 경복궁 터를 통과하여 사당까지 이동하곤 했다. 그러더니 나중에는 세손, 그러니까 정조와도 함께 경복궁을 방문하여 근정전 월대 위에서 큰 행사를 개최하였다.

영조 시절 국왕의 경복궁 방문은 그림으로도 그려져 전해지고 있는데, 이 중 위에 언급한 1767년 12월 방문 행사를 그린 작품을 보도록 하자. '영묘조구궐진작도(英廟朝久闕進爵圖)'가 그것으로 홍익대학교 박물관이 원본을 소장했으나, 마침 경복궁에 위치한 국립고궁박물관에도 원본을 바탕으로 19세기에 모사한 작품을 소장하고 있거든. 그런 만큼 이번에는 모사품을 한 번 살펴볼까?

가만 보니 월대 위 과거 근정전이 위치한 장소에다 일월오봉도를 두어 왕의 자리를 표시하였고, 그 오른편으로는 노란 색 방석으로 세손, 즉 정조의 자리가 표시되어 있구나. 월대의 경우 1~2층 모서리 부분에 각각 상서로운 동물(쌍법수)이 그려져 있고, 돌계단 양 옆으로는 용머리 장식(용두)이 그려져 있

창덕궁 인정전 월대 또한 난간이 없고 동물 모양은 최소화된 2층 구조이다. ⓒ국가유산청

네. 다만 홍익대학교 박물관이 소장하고 있는 진본에는 돌계단 중간에 봉황 두 마리가 등장하는 장식이 그려진 반면, 국립고궁박물관 모사품에는 봉황 장식이 생략되어 있다. 즉 영묘조구궐진작도에 따르면 쌍법수 + 용두 + 쌍봉황 정도가 조선 전기 월대의 장식이었던 것.

실제로도 고종 시절 경복궁 건설 과정을 담은 《경복궁영건일기》에 따르면 계단 옆의 용두(龍頭)

와 계단 중심에 위치한 봉황, 그리고 월대 귀퉁이의 쌍법수는 옛 월대부터 장식되었다고 기록한 반면, 이외에 나머지 동물들 + 돌로 만든 난간까지는 고종 시절 경복궁을 중건하며 더했다고 기록하였다. 덕분에 영조 시절 그려진 '영묘조구궐진작도' 속 월대의 모습이 조선 전기 모습이었음을 다시 한 번 확인할 수 있다.

게다가 근정전 월대 난간의 경우 방금 전 지나온 영제교 난간과 동일한 디자인인데, 이는 영제교의 난간과 장식 또한 고종 시절 새롭게 만들어졌기 때문이다. 여기까지 이야기를 종합하면 조선 전기 월대는 현재 월대의 71% 면적에 난간이 없었으며, 상서로운 동물 조각은 모서리와 계단 정도만 조각되어 있는 심플한 형태였음을 알 수 있다. 가만 생각해보니 창덕궁 인정전의 월대도 난간이 없고, 동물 조각은 최소화된 2층 구조라 이와 유사했던 듯하다.

조선 전기 근정전과 청기와

근정전에 올라 남쪽을 바라보니 널따란 마당과 지금까지 통과한 3개의 문이 겹쳐 보인다. 문과 담이 겹겹이 이어진 깊은 궁궐이라는 의미로 구중궁궐(九重宮闕)이라는 표현을 사용하는데, 그 느낌이 무엇인지 딱 알겠다. 오호라~ 그러니까 여기서 바라본 뷰가 과거 왕이 바라본 시선이었구나.

정전(正殿, 근정전)은 5칸으로 조회를 받는 곳이다. 보평청의 남쪽에 있다. 상하층의 월대가 있는데, 들어가는 깊이가 50척(尺), 넓이가 112척 5촌(寸), 동계(東階)·서계(西階)·북계(北階)의 넓이가 각각 15척이다. 위 층계의 높이는 4척, 석교(石橋, 돌계단)가 5층인데 중계(中階)의 사면 넓이가 각각 15척, 아래 층계의 높이는 4척, 석교가 5층이다.

《조선왕조실록》 태조 4년(1395) 9월 29일

현재 근정전은 높이가 22m이며 월대까지 포함하면 약 25m라 한다. 아파트 높이로 보면 8~9층 정

근정전에 올라 남쪽을 바라보니 널따란 마당과 지금까지 통과한 3개의 문이 겹쳐 보인다. ⓒ박종무

도? 그리고 정면 34m, 측면은 21m이다. 물론 조선 전기의 근정전은 월대의 면적이 지금보다 작았던 만큼 건물 면적 또한 지금보다 크지 않았을 가능성이 높다. 문제는 경복궁 창건 당시 기록에 따르면 5칸 건물이라는 정보 외에는 지금 눈으로 볼 때 너무나 복잡한 방식으로 월대와 정전의 크기를 표현하고 있어 이를 단번에 이해하기란 결코 쉽지 않다는 점. 마치 고등학교 때 어려운 수학 공식을 접하는 느낌이로군.

그래서 전문가가 필요한 것이니, 해당 기록을 바

탕으로 학계에서 여러 각도로 계산한 결과 조선 전기 시절 1층 월대는 142.5척 x 142.5척이며, 2층 월대는 112.5척 x 112.5척, 근정전은 정면 82.5척 x 측면 47.5척 규모라 한다. 여기에다 태조 시절 한 척길이인 32.21㎝를 곱하면 대략적인 길이를 알 수 있지. 앞서 언급한 1층 월대의 면적 45.9m x 45.9m가 그렇게 나온 것이며 마찬가지로 계산하면 2층 월대는 36m x 36m이고 근정전은 26.5m x 15.3m로 추정된다. 즉 조선 전기 근정전의 경우 면적이 지금의 56.8%에 불과했던 것. 대략 철종 시절인 1856년에 새롭게 고쳐 지은 창덕궁 인정전과 거의 유사한 크기라 할까?

그렇다면 인정전의 높이가 21.8m인 만큼 조선 전기 근정전도 이와 유사하지 않았을까 싶다. 한마디로 면적에서 차이가 날 뿐 높이는 조선 전기 근정전이나 현재의 근정전이나 큰 차이가 나지 않는 것으로 추정된다는 의미. 더하여 조선 전기 근정전에는 지금과 달리 청기와를 지붕에 올렸는데, 이에 대한 기록을 살펴보자.

상참을 받았다. 임금이 말하기를,
"근정전 취두(鷲頭)가 비로 인해서 무너졌으니 마땅히 고쳐 덮게 하여야겠는데, 청기와를 구워 만들자면 그 비용이 매우 많으므로 아련와를 구워서 덮을까 한다. 어떻게 하면 정밀하고 좋게 구워서 비가 새어 무너질 염려가 없게 하겠는가."

하니, 안숭선과 김종서가 아뢰기를,

"청기와를 구워 만드는 것이 상책이나 그 어렵고 쉬움을 시험해본 연후에 정하기로 할 것이오며, 만약 아련와를 정밀하게 구워 만들려면 사람을 더 정해서 책임지고 만들게 하는 것이 좋겠습니다."

《조선왕조실록》 세종 15년(1433) 7월 12일

1433년 비로 인해 근정전 취두가 무너지는 불상사가 발생하였다. 취두는 기와지붕 양쪽 끝단에 얹어놓는 장식 기와인 만큼 건물의 가장 높은 부분에 위치한다. 이것이 무너질 정도로 큰 피해를 입었으니 기와를 전체적으로 새롭게 덮을 필요가 있었나 보다. 논의 과정에서 청기와·아련와 등이 등장하는데, 청기와는 청색 유약을 덮은 기와이고 아련와는 일반 기와와 달리 특수 처리를 하여 광택이 나는 기와라 하겠다. 기본적으로 아련와는 비싼 물건으로서 궁궐이나 왕릉 정자각에서 사용되었는데, 청기와는 이보다 훨씬 더 비싼 물건이었다.

그 이유는 청기와의 경우 중국으로부터 소위 금값보다 비싸다는 회회청(回回靑)을 사와 청색 안료를 만든 뒤, 염초를 사용하여 기와에 푸른색을 입혔기 때문이다. 회회청은 도자기 역사를 좋아하는 분이라면 어디선가 들은 적이 있을 텐데, 값비싼 청화백자를 만들 때 필요한 청화 안료가 다름 아닌 회회청으로 만든 색이니까. 다만 이때만 하더라도 청기와 제작에 더 시험이 필요했는지 우선 아련와를 제작하여 근정전을 덮기로 했다.

허후가 아뢰기를,

"근일 청기와를 만들려고 사람을 징발하였다 하옵는데, 신이 생각하기를, 근정전은 귀한 손님을 접대하는 곳이 되어 있으므로 화려하게 꾸미는 것이 좋을 것이오나, 대내의 침전(寢殿) 등의 여러 궁전이야 기와를 고칠 필요가 무엇이 있겠습니까. 또 청기와는 노력과 비용이 적지 않게 들고 염초로 만드는 것인데, 염초는 곧 군수 물자이며 구하기 몹시 어려운 것입니다. 신은 가만히 생각하기를, 이 역시 할 필요가 없는 일이 아닌가 합니다."

하니, 임금은 잠잠히 말이 없었다.

《조선왕조실록》 세종 20년(1438) 4월 15일

우리나라에서는 다만 근정전과 사정전에만 청기와를 덮었을 뿐이고, 문소전(文昭殿)과 종묘(宗廟)

에는 청기와를 덮지 못했습니다.

《조선왕조실록》 문종 즉위년(1450) 2월 28일

이후 세종 20년 기록과 문종 즉위년 때 기록을 비교하여 살펴보면 1438년에서 1450년 사이 근정전에 청기와가 덮여진 모양이다. 이는 곧 세종 시절 청기와 제작에 성공하였고 이를 궁궐을 대표하는 건물인 근정전에 사용했음을 의미한다. 실제로도 청기와는 발굴 조사 결과 경복궁 곳곳에서 출토되어 주목받았는데, 아무래도 후대 왕들의 욕심이 만든 결과로 여겨진다. 예를 들면

근래에 부역이 그치지 아니하였는데, 이제 경복궁의 근정문, 홍례문, 광화문에 청기와를 덮기 위하여, 백성에게 구워 만들게 하니 그 공(功)이 갑절 내지 다섯 갑절이나 듭니다.

《조선왕조실록》 성종 5년(1474) 3월 3일

왕이 명을 내렸다.

"경회루는 바로 명나라 사신을 접대하는 곳으로 이 누(樓)를 본 중국 사람들은 모두 웅장하고 화려하게 여겼다. 그런데 전부터 청기와로 이지 않고 있으니 어째서인지 모르겠다. 근정전은 모두 청기와로

이었는데 만약 '정사를 처리하는 곳이기 때문이다.' 라 하여 그리 했다면, 함원전(含元殿), 서현전(瑞賢殿)도 모두 청기와로 이어야 한다. 어제 담당 부서에서 경회루를 수리하려 하였기에 말하는 것인데, 이제 청기와로 고쳐 이게 하는 것이 어떠하겠는가? 이는 사치를 위해서가 아니라 명나라 사신의 관람을 위해서인 것이다."

《조선왕조실록》 중종 15년(1520) 12월 18일

성종과 그의 아들인 중종은 청기와를 경복궁 내 다른 건물에도 도입하기를 원했다. 이때마다 신하들은 청기와는 사치라며 반대하였으나, 앞서 이야기했듯 경복궁 곳곳에서 청기와가 발견되는 것으로 보아 은근 슬쩍 몇몇 건물은 국왕의 의도대로 청기와를 올렸나봄. 이로써 조선 전기 근정전이 비록 지금보다 규모는 작으나 청기와를 덮고 있어 당시 기준으로 볼 때 엄청나게 화려한 건축물로 인식되었음을 알 수 있다.

그렇다면 고종 말 경복궁을 재건할 때는 왜 청기와를 사용하지 않은 것일까?

청기와는 일반적으로 굽는 기와가 아니라서 그 법이 전해지지 않았다. 처음 분원점(分院店)에 그릇

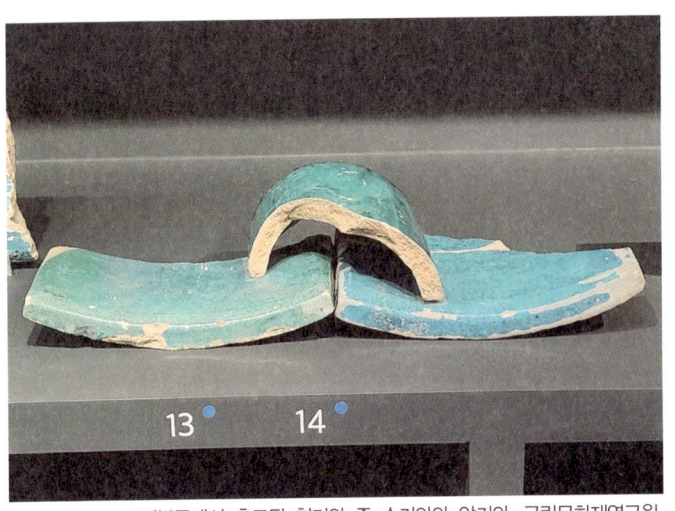

경복궁에서 출토된 청기와 중 수키와와 암키와. 국립문화재연구원.
위에 것은 수키와, 아래 두 개는 암키와다. ⓒ황윤

을 만드는 흙으로 청와를 조성하게 하였더니, 1개
만드는 데 소비되는 비용이 8냥에 달했다. 다시 흙
기와를 만들어 청화를 바르고 구워냈더니 색이 혼
합되어 온전하게 모양을 이루지 못했으므로 다시
구워진 기와의 표면에 붕사(硼沙)를 바르고 황단(黃
丹)을 두 번째로 바르고 미호(米糊)를 세 번째로 바
른 뒤 파란(波蘭)을 더해서 구워내었더니 색과 모양
이 나아지기는 했지만 예전 것만 못했다. 기와를 만
드는 장인 8명이 잘 만들 수 있다기에 시험해보았지
만 해내지 못했으므로 이내 곧 보내주었다.

《경복궁영건일기》 고종 2년(1865) 7월 30일

사실 청기와를 덮고 싶었으나 수차례 도전했음

창덕궁 선정전 ©GFDL

에도 제작에 실패했기 때문이다. 광해군 이후 청기
와 제작이 멈추면서 조선 전기 내내 이어 오던 청기
와 제작 기술의 맥이 완전히 끊겼기에 고종 시절 장
인들은 이를 쉽사리 재현하지 못한 것이다. 지금은
창덕궁 선정전만이 유일하게 조선 궁궐 중 청기와
를 덮고 있다. 광해군 때 인왕산 아래 세운 궁궐인
인경궁을 인조 시절 헐어서 창덕궁 복원에 사용하
면서 청기와도 그대로 가져와 선정전 제작 때 재활
용했으니까.

조선 전기 궁궐 지붕

  청기와 이야기가 나와서 말인데, 조선 전기 궁궐 지붕은 사실 기와 색뿐 아니라 전체적인 디자인마저 지금과 많이 달랐다고 한다. 현재 근정전을 보면 지붕면이 서로 만나는 윗부분마다 양성 바름이라 하여 하얀색 석회를 두텁게 발라 마감하고 있다. 마치 시멘트처럼 보이는 하얀 부분이 그것이다. 조선 후기 들어와 궁이나 관청의 중요 건물마다 양성 바름으로 마감하는 것이 크게 유행하며 등장한 모습

양성 바름으로 마감한 경복궁 근정전 지붕. ⓒ박종무

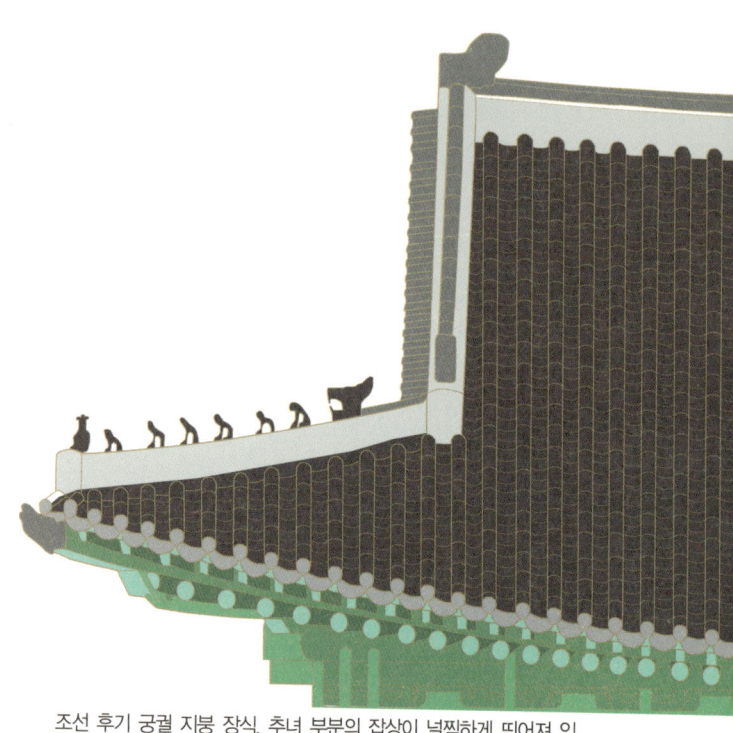

조선 후기 궁궐 지붕 장식. 추녀 부분의 잡상이 널찍하게 띄어져 있
으며, 지붕면이 서로 만나는 부분마다 양성 바름이라 하여 하얀색 석
회를 두껍게 발라 마감하였다. 기와 전체 면적에 비해 용두와 취두가
작은 편이다.

취두

용두

용두좌대

마루 축조 기와

조선 전기 궁궐 지붕 장식. 지붕면이 서로 만나는 부분마다 기와 여러 개를 쌓아 올리는 방식으로 마감하였으며, 추녀 부분의 잡상이 좁게 배치되어 있는 반면 용두와 취두가 비교적 크게 장식되었다. (위) 조선 전기 녹유 용두. 국립중앙박물관. (가운데) 조선 전기 용두좌대. 국립고궁박물관. (아래) 조선 전기 마루 축조 기와. 국립중앙박물관.

이라 하겠다.

반면 조선 전기만 하더라도 궁궐의 중요 건물에는 지붕면이 서로 만나는 부분마다 특수한 기와를 쌓아 올리는 방식으로 마감하였으니, 이때 사용하는 특수 기와를 소위 마루 축조 기와라고 부른다. 지붕면이 서로 만나는 부분을 마루라 하며 + 축조는 쌓아서 만든다는 의미 + 기와의 일종이라 붙여진 용어라 하겠다. 실제로도 경복궁을 비롯한 조선 궁궐을 발굴 조사하는 과정에서 상당히 많은 조선 전기 청기와 파편이 발견되었는데, 이를 퍼즐처럼 맞추어보자 마루 축조 기와로 마감한 것으로 드러났다.

한편 조선 전기 궁궐 지붕 모습을 매우 잘 묘사하고 있는 회화 작품이 지금까지 전해지고 있다는 사실. 15세기에 그려진 '석가탄생도'와 '석가출가도'가 바로 그 주인공이다. 일본 후쿠오카의 혼가쿠지라는 사찰에는 15세기 조선에서 그려진 '석가탄생도'라는 작품이 소장되어 있다. 그리고 독일 쾰른 동아시아 미술관에는 15세기 조선에서 그려진 '석가출가도'가 소장되어 있다. 마침 《일상이 고고학 나 혼자 서울 사찰 여행》147페이지부터 두 작품에 대한 상세한 이야기를 담았는데, 혹시 궁금하신 분은 이 부분을 읽어보면 좋을 듯싶다. 오늘은 주제

15세기에 그려진 '석가출가도'. 독일 쾰른 동아시아 미술관. ⓒ김현정

가 주제인 만큼 작품 속 불교 이야기보다 두 작품에서 만날 수 있는 조선 전기 건축 디자인에 대해 더 이야기해보자.

왕실이 후원하여 그려진 두 작품은 본래 석가모니의 일대기를 총 8점으로 그린 것이나, 이 중 2점만 남아 각각 일본과 독일이 소장하게 된 안타까운 이력을 가지고 있다. 그런데 석가모니 일대기를 그리면서 인물들의 옷이나 장식 더 나아가 배경으로 등장하는 건축물까지 15세기 조선의 모습을 적극 차용하여 주목된다. 이 과정에서 석가모니가 왕자 신분으로 태어난 만큼 당연히 궁궐이 그려질 수밖에 없었으니, 이해를 위해 우선 정문부터 살펴보도록 하자.

'석가탄생도' 오른쪽 아래 부분을 보면 궁궐의 정문이 묘사되어 있는데, 아치형이 아닌 조선 전기 광화문처럼 사각형 문이다. 문짝은 통로 안으로 깊게 들어가야 만날 수 있으며, 비록 다 드러나지 않았으나 전체적인 형태로 볼 때 아무래도 문은 총 3개가 아닌가 싶다. 게다가 중간 문의 왼쪽에 위치한 석축이 정문의 가장 바깥쪽 석축보다 두껍게 묘사되어 있는데, 이 또한 조선 전기 때 광화문의 경우 중앙 문 좌우의 석축이 광화문 동서쪽 석축보다 두꺼운 것과 동일하다. 마지막으로 문짝 바로 위로 단

15세기에 그려진 '석가탄생도'. 일본 후쿠오카의 혼가쿠지(本岳寺).
ⓒ김현정

'석가탄생도'의 궁궐 정문 부분. ⓒ김현정

청을 한 나무 장식이 보이니, 이 부분에서는 조선 전기 광화문의 경우 문짝 좌우 그리고 위로 나무 기둥이나 틀을 세운 것이 떠오른다.

　여기까지 쭉 살펴보자 광화문 누각이 2층인 것과 달리 그림 속 정문은 1층 누각으로 묘사된 차이점을 빼면 정말로 조선 전기 광화문과 유사한 모습을 지니고 있다. 석가모니가 왕자 시절 지낸 궁궐을 그리면서 15세기 경복궁의 모습을 차용했음을 알 수 있는 또 한 가지 사례가 청기와다. 석가모니 아버지인

'석가출가도' 부분 사진. 청기와, 마루 축조 기와, 잡상, 취두, 현어 등이 조선 전기 기와의 모습을 잘 보여주고 있다. ⓒ김현정

정반왕이 자리하는 건물을 보면 청기와 + 마루 축조 기와로 지붕이 되어 있으며, 추녀 부분에 잡상이 지금의 경복궁 건물과 달리 좁게 배치된 데다 조선 전기 녹유 용두와 유사한 장식이 처마에 배치되어 있다. 경복궁 등지에서 출토된 청기와를 바탕으로 재현한 조선 전기 기와지붕과 유사하다고나 할까?

이외에도 그림 속 건물의 가장 높은 기와지붕 양쪽 끝단에 얹어 놓는 장식 기와인 취두도 조선 전기 형태를 보이고 있다. 지붕과 지붕이 연결된 아래 삼각형 부분에는 화살표 모양(∧)을 한 붉은 나무로 된 장식이 달려 있는데, 해당 붉은 나무 장식을 현어(懸魚)라고 부른다. 이는 통일신라, 고려를 거쳐

태안 갯벌에서 발견된 조선 전기 취두(鷲頭). ©박종무

조선 전기만 하더라도 궁궐, 사찰 등에서 쉽게 볼 수 있는 장식이었다고 한다. 하지만 임진왜란 때 큰 피해를 입은 궁궐과 사찰 건물들이 이후 대거 새로 지어지면서 한반도에서는 현어 장식이 거의 다 사라져버렸는데, 바로 그 현어가 그림 속 지붕, 특히 '석가출가도'에서 잘 보인다.

  "황기와로 대궐 지붕을 덮는 것은 천자의 제도이 다. 그런데도 왕의 사치스러운 마음이 끝이 없어 청기와를 황기와로 바꾸려고까지 하여 중국에 사신으로 가는 역관에게 굽는 방법을 배워 오게 하였다. 그러면서도 스스로 참람한 죄에 빠지는 줄을 모르고 하늘을 두려워하지도 않았으니, 어찌 화를 면할 수 있겠는가?'

《조선왕조실록》 광해군일기 11년(1619) 1월 8일 사관 평

자~ 여기까지 살펴보았 듯이 조선 전기에는 근정전 지붕 디자인이 지금과 많이 달랐다. 단순히 청기와로 올렸다는 차이점을 넘어 잡상, 용두, 취두 등의 배치와 더불어 현어 장식 및 마루 축조 기와 등등 다른 부분이 꽤 많았으니까. 물론 '석가출가도'에 등장하는 황기와는 조선 전기 경복궁과는 관련 없는 색이기는 하나 이보다 시간이 더 흐른 광해군 시절 황기와를 제작하여 궁궐 지붕에 올리려는 계획을 실제로 진행한 적이 있었다. 물론 큰 비판을 받았다고 한다.

재미있는 점은 궁궐의 중심 건물에 청기와를 올리던 문화를 현대 들어와 대통령 집무실인 청와대가 그대로 이어받았다는 사실이다. 청와대(靑瓦臺)라는 이름부터 청기와를 올린 건물이라는 의미니까. 청와대 본관에만 무려 15만 장의 청기와가 사용되었다고 함.

근정전 전돌과 어좌

2000~2003년간 경복궁 근정전을 대대적으로 수리하였으니, 이때 기존의 나무기둥, 기와, 전돌 등이 대거 새로 교체되었다. 특히 일제강점기 시절 전돌 모양을 한 콘크리트로 근정전 바닥을 깔았으나 이를 전통 방식으로 만든 전돌로 전면 교체했다고 함. 그래서일까? 근정전 바닥의 전돌이 여전히 매끈매끈 새 것 같은 느낌이 드네.

그런데 조선 전기에도 근정전 바닥에 전돌(塼片)이 깔려 있었을까? 그나마 얼마 안 되는 자료라도 찾을 수 있는 근정전 외부에 대한 조선 전기 기록 및 그림 묘사와 달리 근정전 내부에 대한 묘사는 거의 존재하지 않기에 갑자기 의문이 드네. 물론 발굴 조사 결과 고려 시대에도 지금의 근정전 바닥과 유사한 형태의 전돌을 사용한 데다 그동안 경복궁에서 전돌이 여럿 발굴되었기에 근정전 역시 사용했을 가능성이 높기는 하지만.

임금이 태종의 어진을 그리라고 명하였더니, 태

조선 시대 전돌. 경복궁 발굴 조사 중 전돌이 여럿 출토되었다. 국립
중앙박물관.

종이 보고 말하기를,

"옛 사람의 말에 만일 조금이라도 꼭 같지 않는
데가 있으면 나 자신이 아니다."라 하면서 곧 불살
라버리라 명하였는데, 임금이 차마 그리하지 못하
고 간직해두었었다.

계해년(1443)에 이르러 임금이 궐내에 화공들을
모아놓고 임금과 중궁(中宮, 왕비)의 어진을 그리게
하고 또 태조와 태종의 어진을 다시 그리게 하여 다
완성되었으므로, 드디어 선원전(璿源殿)에 봉안하
도록 명하였다.

《조선왕조실록》 세종 26년(1444) 10월 22일

근정전 중앙 북쪽으로 어좌와 일월오봉도가 위치하고 있다. ⓒ박종부

선원전은 사면이 두텁고 아래는 겹으로 벽돌을
바닥에 깔았다.

《조선왕조실록》 명종 3년(1548) 10월 10일

근정전은 아니나 다행히도 이와 유사한 권위를
지닌 건물의 바닥에 대한 조선 전기 기록이 하나 전
해지고 있다. 세종 시절 경복궁 동북쪽에다 만든 선
원전이 바로 그곳으로 역대 왕의 어진, 즉 초상화를
보관하는 장소다. 처음 세종에 의해 만들 때만 하더
라도 태조, 태종, 세종, 소헌왕후 이렇게 4명의 초상
화를 보관하였는데, 마침 이곳 바닥에는 벽돌을 깔
았다는 기록이 있다. 여기서 언급된 벽돌이 다름 아
닌 전돌이다.

조선 시대에는 설사 돌아가신 왕일지라도 어진
은 살아 있을 때처럼 대우했으며, 이를 위해 마치
정전에서 국왕이 활동하는 것처럼 선원전 공간을
꾸몄다. 경복궁 선원전이 사라진 지금은 전주에 위
치한 경기전을 통해 조선 전기 선원전의 모습을 어
느 정도 상상해볼 수 있다. 경기전은 태종 시절인
1410년에 세워지고 임진왜란 때 소실되었으나 얼마
뒤인 1614년에 복원했는데, 마찬가지로 전돌로 바
닥을 포장했으니까. 이를 미루어 볼 때 왕의 초상화
를 넘어 아예 살아 있는 왕이 계시는 조선 전기 근

정전 또한 전돌로 바닥을 포장했을 가능성이 높다.

근정전 중앙 북쪽으로는 어좌가 자리 잡고 있다. 전체적으로 계단이 있는 기단인 좌탑(座榻) + 좌탑 위에 위치한 임금의 의자인 어좌(御座) + 어좌 뒤에 위치한 곡병(曲屛) + 곡병 뒤에 위치한 일월오봉도 + 화려한 장식이 된 지붕인 당가(唐家)로 구성된다. 조선 전기 어좌 및 당가의 전체적인 구성도 지금과 유사했겠지만 안타깝게도 관련된 묘사가 거의 전해지지 않고 있어 구체적인 모습은 알 수 없는 상황이다. 그나마 조선 후기 어좌 및 당가 구조에 대한 자료는《의궤》로 자세히 전해지고 있어 다행이랄까.

호조 판서 안순이 글을 올리길,

"근정전 어좌에 일찍이 진언(眞言)을 써놓아서 불좌와 같다 해서 이미 명하여 고쳤거니와, 어좌의 상옥(上屋) 중에도 또한 진언(眞言) 여덟 글자가 있사오니, 청컨대 모두 없애도록 하소서."

하니, 그대로 따랐다.

《조선왕조실록》 세종 8년(1426) 10월 13일

그나마 일부 전해지는 기록을 볼 때 세종 이전 시기만 하더라도 어좌 및 당가에 진언(眞言), 즉 불교식 주문이 새겨져 있었던 모양이다. 이는 사찰의 예배 공간을 제작하던 장인들이 국왕의 공간 장식에 참여하면서 이들에게 익숙한 방식으로 만들어졌기 때문이다. 실제로도 어좌와 그 부속 공간의 구성을 살펴보면 사찰에서 부처를 모시는 공간과 무척 닮아 있다. 즉 위 기록에서 어좌의 모습이 불좌와 같다는 표현을 미루어 볼 때, 조선 전기만 하더라도 지금의 근정전 어좌보다 사찰인 영주 부석사 무량수전 내부 모습과 더 유사하지 않았을까?

영주 부석사 무량수전은 1376년에 지어진 국내 가장 오래된 목조 건물 중 하나이다. 뿐만 아니라 지금은 전돌 위로 마루를 깔아두었지만 마루를 걷어내면 전돌이 여전히 그 아래에 있으며, 위로는 당가, 아래로는 계단이 없을 뿐 기단도 함께하고 있다. 가운데 부처 대신 어좌가 존재하면 국왕의 공간과 너무나 유사하다. 무엇보다 부석사 무량수전과 조선 개국 시점이 겨우 15여 년 정도밖에 차이가 나지 않는 만큼 비교를 위해 한 번 소개해본다.

그래도 왕이 앉는 의자, 즉 어좌의 경우 대중적으로 너무나 유명한 초상화를 통해 조선 전기의 모습을 알 수 있다. 전주 경기전이 소장하고 있는 태조 이성계 어진을 살펴보면 국왕이 어좌에 앉아 있는 모습으로 그려져 있다. 그런데 해당 작품은 고종 시절인 1872년에 낡은 원본을 그대로 옮겨 그린 것

일제강점기 시절 영주 부석사 무량수전 내부. 바닥에는 전돌이 깔렸으며 수미단이라 불리는 기단 위에 부처가 위치하고 있다. 국립중앙박물관.

전주 경기전 태조 이성계 어진. 1872년에 낡은 원본을 그대로 새로
옮겨 그린 것으로 어좌가 묘사되어 있다. ⓒ박종무

국립고궁박물관 소장 어좌. 태조 이성계 어진에 등장한 어좌와 거의 동일한 형태와 문양이 그려져 있다. 국립고궁박물관.

으로서 덕분에 조선 전기 어좌 모습을 알 수 있다는 사실. 놀라운 점은 어진 속 어좌의 모습이 국립고궁박물관이 소장하고 있는 조선 후기 어좌와 그 형태와 문양이 동일하다는 것이다. 이를 미루어 볼 때 조선 전기 때 확립된 디자인이 굉장히 보수적으로 수백 년간 이어진 모양이다.

여기까지 조선 전기 근정전 내부 모습을 어느 정도 그려보았는데, 이제 일월오봉도만 남았다. 과연 조선 전기에도 일월오봉도가 어좌 뒤에 위치하고 있었을까?

일월오봉도

　일월오봉도는 해, 달, 다섯 개의 산봉우리, 파도, 소나무, 폭포 등으로 구성된 궁중 장식화다. 조선 시대 배경으로 왕이 등장하는 사극이라면 거의 100% 등장하는 그림인 만큼 무척 익숙한 작품이다. 심지어 왕이 궁 바깥으로 이동해도 함께 따라갈 정도로 왕의 권위를 상징하는 작품으로 널리 알려져 있다. 그런 만큼 여기 근정전에도 어좌 뒤로 일월오봉도가 당당하게 위치하고 있다. 하지만 현재까지 전해지는 28점의 일월오봉도 중 조선 전기 작품은 단 1점도 없어 묘한 궁금증이 일어나네. 과연 언제부터 일월오봉도를 사용했을까?

　《조선왕조실록》에는 숙종 3년(1677) 어좌오악병 (御座五岳屛)이라는 표현 외에는 이상할 정도로 일월오봉도에 대한 기록이 등장하지 않는다. 다만 《의궤》,《승정원일기》등 또 다른 정부 기록에는 일월오봉도를 오봉병풍, 오봉산병, 오봉도 등 매우 다양한 명칭으로 부른 데다 꽤 자주 언급되고 있다. 안타까운 점은 조선 전기에 만들어진《의궤》와《승

19세기 일월오봉도, 국립중앙박물관.

정원일기》가 임진왜란 때 멸실되면서 임진왜란 이후의 《의궤》와 《승정원일기》만 전해지고 있다는 점. 이는 곧 조선 전기 일월오봉도에 대한 정보를 찾는 과정이 결코 쉽지 않다는 의미이기도 하다.

참고로 《의궤》는 국가의 행사, 새로운 건축물 등이 완료된 후 관련 내용을 보고서처럼 세밀히 작성한 것으로, 조선 시대 최초의 《의궤》는 1395년 작성한 《경복궁조성의궤(景福宮造成儀軌)》였으며 1408년에는 《태조강헌대왕상장의궤(太祖康獻大王喪葬儀軌)》라 하여 태조 이성계의 장례 또한 《의궤》로 남겼다. 마찬가지로 《승정원일기》는 1400년 설립된 지금의 대통령 비서실과 유사한 승정원이라는 관청에서 매일 벌어진 행정 사무를 기록, 정리해둔 것으로 《조선왕조실록》과는 비교도 되지 않게 방대하고 상세한 내용으로 유명하다. 그 방대하다던 《조선왕조실록》도 《승정원일기》를 축약 정리한 느낌일 정도. 이런 자료가 임진왜란으로 사라지지 않았다면 일월오봉도를 포함하여 사라진 역사의 비밀을 얼마나 풀 수 있었을까? 참으로 안타깝네.

어쨌든 임진왜란 피해 때문에 《의궤》에서 일월오봉도가 언급된 가장 앞선 시기는 《인목왕후장례의궤》에 등장하는 오봉산병이라 하겠다. 인목왕후는 선조의 두 번째 왕비로 인조 시절인 1632년 죽으면서 장례가 치러졌는데, 《의궤》에 따르면 이때 혼전 안에다 오봉산병풍과 모란병풍을 배치했다고 함. 혼전(魂殿)은 돌아가신 분의 신주(神主)를 모시는 공간이다. 이로써 왕뿐만 아니라 왕비에게도 일월오봉도가 사용되었음을 알 수 있구나. 실제로 조선 후기의 궁중 기록화를 살펴보면 왕, 대비, 왕비, 왕자 등이 일월오봉도를 사용한 모습이 종종 그려지기도 했던 만큼 우리의 익숙한 인식과 달리 오직 왕만의 전유물은 아니었다.

구봉서가 아뢰기를

"어진을 모시는 숭은전의 온돌은 방금 마련하여 선공감의 관원으로 하여금 수리하도록 하였고, 제기(祭器), 제복(祭服), 용상(龍床), 오봉상병풍(五鳳床屛風), 욕석(褥席), 유장(帷帳), 청개(靑蓋), 홍개(紅蓋), 봉선(鳳扇), 작선(雀扇) 등의 의물은 당초 예조가 아뢴 대로 해당 관사에 공문을 보냈으며, 이전에 설치해놓은 지의(地衣), 안팎의 완렴(薍簾), 상탁(牀卓)은 아주 심하게 망가진 것 이외에 그중 쓸 만한 것은 그대로 보수하도록 하겠습니다. 감히 아룁니다."라 하니, 알았다고 전교하였다.

《승정원일기》 인조 15년(1635) 6월 17일

반면《승정원일기》에서 일월오봉도가 언급된 가장 앞선 시기는 1635년 기록으로 이때 숭은전에 설치한 물건으로 언급되는 오봉상병풍(五鳳床屛風)은 오봉산병풍(五鳳山屛風)의 오기다. 광해군 시절인 1619년 지금의 명동성당 동쪽에 국왕의 초상화를 모시는 숭은전이 마련되었으니, 이곳은 본래 세조가 왕이 되기 전 살던 사저였다는 사실. 이후 쿠데타로 권력을 잡은 인조는 숭은전에다 세조와 원종의 초상화를 모셨으며 여기서 원종은 실제로 즉위한 왕이 아닌 일개 왕자에 불과했으나 인조의 아버지라 죽어서 왕으로 추존된 인물이다.

해당 기록을 통해 전주 경기전처럼 국왕의 초상화를 모신 숭은전에도 오봉산병풍을 배치했음을 알 수 있다. 문제는 새로 건립된 숭은전보다 이전인 1614년에 복원된 경기전의 경우 영조 시절에 비로소 오봉도가 배치되었다는 점이다. 《승정원일기》에 따르면 이성계의 초상화를 모신 전주의 경기전은 재건 후 초상화 뒤에 단순히 명주(綿紬)로만 벽이 도배되어 있었다고 한다. 그러다 영조 31년인 1755년에 들어와 숭은전의 예에 따라 명주 위로 오봉산도를 그렸다고 하지. 지금의 경기전 내 일월오봉도는 1872년 태조 이성계 초상화를 새로 옮겨 그리면서 병풍도 함께 제작해 보내준 것이다.

(위) 1560년 그려진 '명묘조서총대시예도(明廟朝瑞蔥臺試藝圖)'를 19세기에 모사한 작품. 어좌 뒤로 일월오봉도가 보인다. 국립고궁박물관. (아래) '명묘조서총대시예도' 원본. 어좌 뒤로 단순히 병풍만 배치되어 있다. 홍익대학교박물관.

이렇듯 숭은전 건립 이전만 하더라도 일월오봉도가 국왕의 초상화 뒤에 함께하지 않았으나 숭은전을 기준으로 삼아 국왕의 초상화 뒤로 일월오봉도가 배치되는 문화가 점차 퍼져나갔음을 알 수 있구나. 무엇보다 광해군 시절 조선 전기 때 확립된 전통에 따라 경기전을 재건한 만큼 오히려 조선 전기에는 국왕의 초상화 뒤에 일월오봉도가 배치되는 모습이 그다지 일반적이지 않았던 것이 아닐까?

그렇다면 살아 있는 국왕의 경우는 어떠했을까? '명묘조서총대시예도(明廟朝瑞蔥臺試藝圖)'는 조선 전기 명종 시절인 1560년의 행사를 그린 작품이다. 창덕궁 뒤뜰의 서총대에서 개최된 행사에 왕이 직접 참여했는데, 19세기 모사 작품에는 국왕 자리 뒤쪽으로 일월오봉도가 배치되어 있으나 홍익대학교가 소장하고 있는 원본에는 국왕 자리 뒤쪽으로 단순히 병풍만 있을 뿐 일월오봉도는 존재하지 않는다. 이에 따라 학계에서는 19세기가 되면 어좌 뒤에 일월오봉도가 없다는 것을 상상할 수 없던 시기였기에 모사를 하면서 원본에 없던 일월오봉도를 그려 넣은 것으로 보고 있다. 즉 해당 행사가 개최된 16세기만 하더라도 어진과 마찬가지로 국왕 뒤에 반드시 일월오봉도가 위치한 것은 아니었나봄. 이를 미루어 볼 때 우리에게 익숙한 국왕의 이동 시

에도 언제나 함께 따라다니는 일월오봉도의 모습은
조선 후기 때나 정립된 문화일 가능성이 높아 보인
다.

일월경과 오봉도 그리고 병풍

어좌를 보다보니 조선 말 근정전 내부 모습이 갑자기 떠오른다. 조선이 멸망하기 직전인 1909년에 찍은 사진에 따르면 지금과 마찬가지로 일월오봉도가 보이는데, 해와 달이 있어야 할 부분에 둥근 형태의 금속이 부착되어 있다. 이는 무엇이며 지금은 왜 부착된 금속이 사라진 것일까?

당가 내 주벽(主壁)에 위치한 오봉산병에 일월경을 매달 철사 2척(尺)을 상의원으로 하여금 바치게 하며, 일월경 또한 상의원으로 하여금 닦고 손질하여 바치도록 하라.

《효종빈전혼전도감의궤(孝宗殯殿魂殿都監儀軌)》

효종의 장례 과정을 정리한 1659년 《의궤》에 따르면 철사 2척(尺, 약 60cm)과 일월경을 바치라는 내용이 나온다. 여기에 등장하는 일월경은 해(日)와 달(月) 그리고 거울(鏡)이 결합된 용어로, 거울을 통해 빛을 반사하여 반짝이는 효과를 주는 도구라 하

1909년 근정전 내부 모습. 일월오봉도의 해와 달이 묘사된 부분에
둥근 형태의 금속이 부착되어 있다. 국립중앙박물관.

겠다. 묘사를 하자면 지붕인 당가에 철사로 일월경을 매달아 오봉도의 해와 달 역할을 한 것이다. 마치 신생아 모빌처럼 일월경이 매달려 있는 모습이랄까? 이처럼 해와 달을 따로 달았던 만큼 《의궤》, 《승정원일기》 등에서도 일월오봉도가 아닌 오봉병풍, 오봉산병, 오봉도 등으로 병풍을 기록했음을 알 수 있다. 이 당시만 하더라도 해와 달 없이 다섯 개의 산이 등장하는 병풍으로만 그려졌다는 의미.

그렇게 시작은 일월경 + 오봉도였으나, 1757년 영조의 첫 번째 왕비인 정성왕후의 장례 때 영조가 일월경을 대신하여 해와 달을 옅은 금과 은가루로 병풍에 직접 칠하도록 명하면서 일월오봉도로 변모하게 된다. 그후 점차 금과 은가루가 아닌 붉은색과 흰색으로 해와 달을 칠하면서 드디어 우리가 아는 일월오봉도의 모습이 되었다. 정리하자면 조선 후기 들어와 일월경 + 오봉도 → 금과 은으로 옅게 칠한 일월오봉도 → 붉은색과 흰색으로 칠한 일월오봉도의 변화를 보인 것.

그러다 고종 시절 다시금 일월경이 부활하였는데, 다만 이전처럼 철사로 공중에 매다는 형식이 아닌 둥근 형태의 금속을 해와 달 위치에 부착하는 방식이었다. 1909년 근정전 내부의 일월오봉도는 바로 이러한 모습을 찍은 사진이라 하겠다. 이와 마찬가지로 덕수궁 중화전과 경효전에도 일월경을 부착했다고 한다. 하지만 독립 이후 고종 시절 부착한 일월경이 모두 제거되었는데, 어느덧 이 시점에는 과거 정보가 단절되면서 조선의 정기를 꺾기 위해 일본인들이 일부러 금속으로 해와 달을 가렸다고 생각했다고 전한다. 그 결과 지금의 근정전에는 일월경이 없는 일월오봉도가 자리 잡고 있지.

문정전(文政殿) 어좌의 일월경과 휘장 등을 도둑맞았다. 용의자의 체포를 명했다.

《조선왕조실록》 선조 23년(1590) 3월 28일

흥미로운 점은 앞서 《조선왕조실록》에 일월오봉도 관련한 기록이 거의 없다고 했으나, 일월경까지 그 추적 범위를 넓혀보면 선조 기록에서 일월경이 딱 한 번 등장한다는 사실. 마침 창경궁 문정전 어좌의 일월경을 도둑맞았다는 내용이 그것이다.

성종 시절인 1484년에 창경궁이 조성되며 왕이 경연을 열거나 집무를 보는 장소로서 문정전이라는 이름이 붙여졌으니, 특히 선조의 경우 임진왜란 전만 하더라도 이곳에서 종종 신하들과 경연을 열곤 했었다. 그렇다면 지금까지 살펴보았 듯이 오봉도와 결합한 형태로서 공중에 매단 형식으로 일월경이 문정전에 있었을 가능성이 높아 보인다. 즉 최소한 선조 시절에는 일월경 + 오봉도가 어좌 뒤에 위치했던 것.

최종 정리해보자면 조선 전기에도 근정전 중앙 북쪽에는 어좌가 위치했으며 어좌 뒤에 배치된 일월오봉도의 경우 최소한 선조 시절에는 존재한 것으로 보이나 그 디자인은 지금과 달리 일월경과 오봉도가 따로 존재하여 합쳐지는 방식이었다. 더하여 일월경과 오봉도가 합쳐지는 방식마저 조선 전기만 하더라도 왕의 초상화 그리고 국왕의 외부 행사 등에는 함께하지 않았다. 아무래도 이 시기만 하더라도 일월경을 철사로 당가에다 매다는 번잡한 형식이라 다양한 장소에서 활용하기란 여간 불편하지 않았을까 싶다. 그러다 조선 후기 들어와 일월오봉도로 합쳐져 하나의 병풍으로 그려지면서 국왕의 권위가 필요한 장소마다 여럿 배치된 데다 왕의 이동시 적극적으로 따라가기에 이른다. 우리에게 익숙한 일월오봉도의 모습은 결국 조선 후기의 모습이라 하겠다.

여기까지 추적해보니, 조선 전기에는 국왕이 어떤 병풍을 사용했을까 궁금해지는구나.

고려 왕은 손잡이가 굽은 해가리개[曲蓋]와 용을

그린 병풍[龍扆]을 사용하고 거동할 땐 사람들이 다니지 못하게 하고, 여러 신하들은 춤을 추며 만세를 불러 원나라 조정 의례와 같으니 참람함이 너무 심합니다.

첫 번째로 권력을 상징하는 용 그림부터 살펴보기로 하자. 고려가 원나라에 항복한 후 원나라 황제의 부마국이 된 시점에 원나라 관리가 고려 왕이 마치 원나라 황제처럼 용을 그린 병풍을 사용한다며 비판한 적이 있다. 이를 미루어 볼 때 고려 시대에는 용이 그려진 병풍을 국왕이 사용했던 모양. 문제는 세종이 신하들과 조선식 의례를 만들고자 토의하던 중 위 기록을 꼭 집어 언급하면서 황제국 의례가 아닌 제후국 의례를 어떻게 구성해야 할지 고민했다는 점이다. 분위기가 이러한 만큼 당연하게도 조선 전기에는 용이 들어간 병풍을 사용하지 않았을 듯.

경연관으로 하여금 예전의 권면하고 경계가 될 만한 일을 가려 써서, 장차 어좌의 좌우에 두어 아침저녁에 바라보며 깨닫도록 하라. 책은 반드시 펼친 후에 볼 수 있지만, 병풍에 쓰면 항상 눈앞에 있어서

저절로 보지 않을 수 없어 반드시 도움이 있을 것이
다.

《조선왕조실록》 성종 1년(1470) 4월 1일

성종 시절에 여러 교훈이 담긴 글을 병풍에 적어
어좌 옆에 두었다는 기록이 있다. 이외에도 태종,
중종, 명종 기록에도 유사한 내용이 등장한다. 이러
한 문화는 고려 시대에도 마찬가지여서 홍범(洪範),
무일편(無逸篇), 인자설(仁字說)과 같은 왕의 자세
와 태도를 충고한 글귀를 적은 병풍을 국왕이 사용
했다는 기록이 있다. 더하여 교훈이 담긴 내용을 글
이 아닌 그림으로 그려 병풍을 꾸미기도 했었지. 그
런 만큼 조선 전기 국왕 옆에도 교훈이 담긴 글이나
그림이 있는 병풍이 함께했을 가능성이 충분하다.

아아! 슬프도다. 자신전(紫宸殿, 임금이 정사를
보는 궁)은 밤이 되려고 하는데, 보의(黼扆, 도끼가
그려진 병풍)는 그 전과 같았습니다.

《조선왕조실록》 문종 2년(1452) 9월 1일

다음으로 볼 것은 도끼가 그려진 병풍이다. 도끼
는 국왕의 무력과 위엄을 상징하며 손잡이가 없는
도끼날만 그린 이유는 무력이 있음에도 굳이 사용

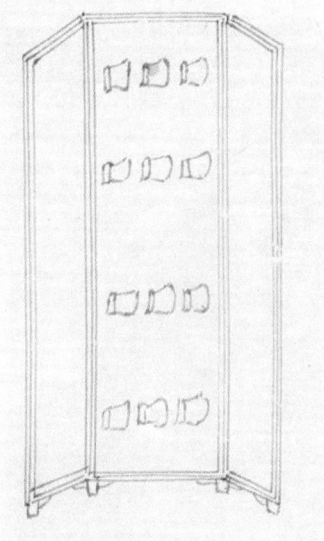

세종실록 오례 중 보의(黼扆), 붉은 비단에 흰 실과 검은 실로 도끼 문양을 수놓아 꾸민 병풍. 《조선왕조실록》.

하지 않고 덕으로 신하를 대하겠다는 의도라 한다. 이러한 도끼 병풍은 고려 시대와 조선 전기에 국왕의 권위를 상징하며 여러 중요 의식 때마다 적극 사용하였다. 만일 여기 근정전에 일월오봉도 대신 도끼 병풍이 있다면 지금과는 분위기가 꽤 다를 듯싶다. 조금 더 엄숙하고 무서운 느낌?

마지막으로 《조선왕조실록》의 조선 전기 기록에는 화초(花草), 산수(山水), 난죽(蘭竹) 그리고 한양, 평양과 같은 도시를 그린 병풍이 종종 언급되는데,

15세기 작품인 '석가탄생도'에서 정반왕 뒤로 보이는 산수화 그림.
©김현정

조선에서 제작한 것을 넘어 외국 사신 또한 그림이
그려진 병풍을 국왕에게 선물로 주는 경우가 자주
있었다.

다만 국왕이 이러한 병풍을 단순한 감상을 넘어
어좌 옆에 두었는지는 정확한 기록이 없어 알 수 없
으나, 마침 앞서 소개한 왕실의 지원으로 그려진 15
세기 작품인 '석가탄생도'에서는 석가모니의 아버
지 정반왕 뒤로 산수화 그림이 등장하여 흥미롭다.
비록 병풍이 아닌 벽화 형태의 모습이나 해당 작품
이 동시대 조선 궁궐 문화를 차용하여 그려진 만큼
실제로도 국왕 뒤로 산수화 병풍이 배치된 것이 아
니었을까? 이외에도 1432년 집필한 《삼강행실도》,
1459년 집필한 《월인석보》 등에도 궁궐 벽에 산수
화가 등장하는 그림이 있음. 이는 곧 조선 전기만
하더라도 벽에 장식된 산수화가 무척 자연스럽게
다가왔음을 알 수 있다. 그럼 이 기회에 일월오봉도
대신 어좌 뒤로 산수화가 있는 장면도 한 번 상상해
보면 어떨까 싶다.

자~ 여기까지 근정전 구경을 마치고 다음 장소
로 슬슬 이동해봐야겠구나.

6. 세자의 공간, 동궁

동궁의 위치

근정전 북쪽에는 왕의 업무 공간인 사정전 다음으로 왕의 거처인 강녕전이 있다. 그래서일까? 경복궁을 방문한 관람객들은 보통 광화문부터 북으로 쭉 이동하여 근정전 → 사정전 → 강녕전까지 구경하는 방식을 선호하는데, 이번 여행에서는 조금 다른 방식으로 이동해볼까 한다. 근정전 동쪽 회랑에 위치한 융문루를 통해 동쪽으로 이동하여 동궁 영역을 먼저 방문할 예정. 참고로 동궁은 세자궁을 의미하니, 그렇다. 이름 그대로 세자가 거처하는 공간이다.

> 경연청 및 융문루의 동쪽을 가로질러서 동궁에 이르러
>
> 유희춘, 《미암일기(眉巖日記)》 1567년 11월 12일

《미암일기》는 16세기에 활동한 유희춘이 선조가 즉위한 1567년부터 11년간 쓴 일기로 마침 경연청 및 융문루 동쪽을 가로 질러서 동궁으로 이동한 내

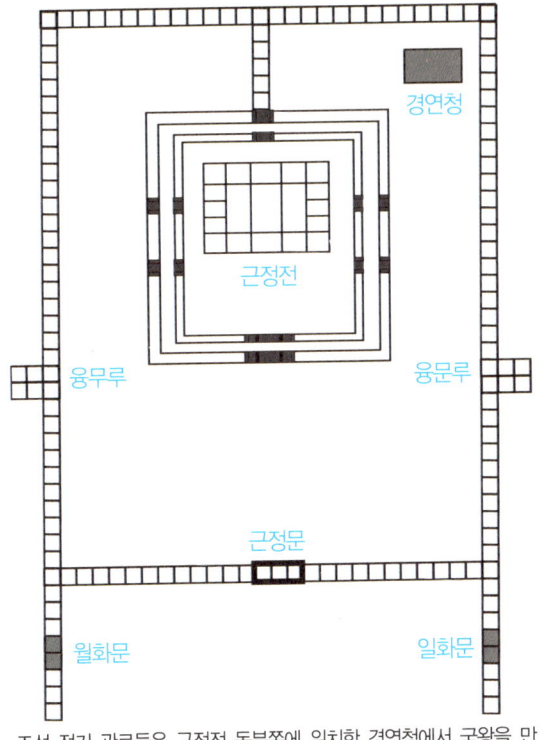

경연청

근정전

융무루　　　　　　　　융문루

근정문

월화문　　　　　　　　일화문

조선 전기 관료들은 근정전 동북쪽에 위치한 경연청에서 국왕을 만나기 전 경연 준비를 하였다. 융문루 동쪽으로는 동궁, 즉 세자의 공간이 위치하였다.

용이 있다. 지금과 마찬가지로 조선 전기에도 융문루 아래에 통로가 있어 근정전 구역 밖으로 나갈 수 있었나봄. 아참~ 아까 근정전에서 경연청 이야기는 하지 않았는데, 경연은 국왕과 관료가 유교 경전과 역사서를 읽으며 국정에 대해 토론하는 시간으로 주로 왕의 업무 공간인 사정전에서 이루어졌다. 이때 관료들은 왕을 만나기 전 경연청에서 경연을 준비했으니, 그 위치는 근정전 동북쪽이다. 다만 현재의 경복궁은 고종 시절 모습을 복원하는 관계로 경연청이 존재하지 않음.

융문루를 통해 회랑 밖으로 나오면 동궁 건물이다. 북쪽으로 자선당과 비연각이 남쪽에는 계조당이 있다. 특히 계조당은 2023년 고종 시절 모습으로 복원하였는데, 동궁의 여러 건물 중 오늘은 계조당만 방문해보기로 하자. 개인적으로 복원 후 처음 방문하는걸. 슬슬 걸어가니 드디어 계조당 도착.

세종조 계해년(1443)에 문종이 동궁에 있을 때 세자의 하례를 의논하여 결정한 일이 있었는데, 그 후 을축년(1445)에 문종이 대리하였다. 생각건대, 우리 세종대왕은 성인으로서 성세(聖世)를 이은 분으로, 창업하여 물려준 대통을 이어받은 뒤 제도를 마련하고 규정을 정하는 일을 모두 갖추었으므로 제도와 문물이 이때에 가장 융성하였다.

《조선왕조실록》 고종 28년(1891) 2월 8일

철종 이후의 《조선왕조실록》, 그러니까 고종, 순종의 경우 일제강점기 시절 일본인이 최종 감수하여 일본에게 불리한 내용을 축소, 생략하는 방식으로 작업하였기에 진정한 의미의 실록으로 평가하지

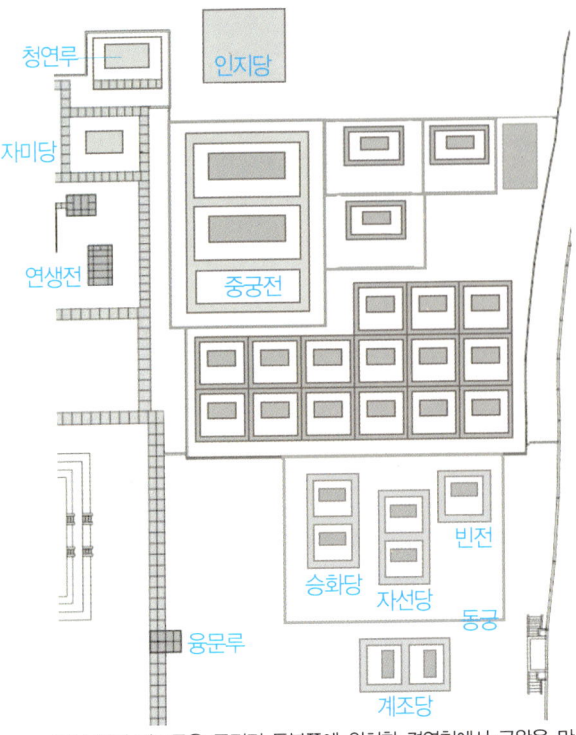

청연루

인지당

자미당

연생전

중궁전

빈전

승화당 자선당

동궁

융문루

계조당

조선 전기 관료들은 근정전 동북쪽에 위치한 경연청에서 국왕을 만나기 전 경연준비를 하였다. 융문루 동쪽으로는 동궁, 즉 세자의 공간이 위치하였다. 이정국, '조선 전기 경복궁 동궁(東宮)과 동조(東朝)의 건축 공간에 관한 연구' 참조.

않는다. 그럼에도 불구하고 비교적 원 사료에 충실한 부분이 있는 만큼 한 번 살펴봐야겠다.

　　흥선대원군에 의해 경복궁이 재건되고 어느 정도 시간이 흐른 1891년 고종은 과거 세종이 세자 문종에게 대리청정을 시킨 일화를 언급하며 자신 또한 세자 순종이 17세가 된 만큼 대리청정을 시키겠

계조당. 현재는 고종 시절처럼 남향으로 재건되었으나, 세종 시절만
하더라도 서향으로 지어졌다.

다는 의도를 보였다. 이 과정에서 흥선대원군 시절
재건된 계조당을 새롭게 다시 고쳐 지었는데, 이는
세종 시절 세자 문종의 대리청정을 위해 계조당을
지었던 일을 모방한 행동이었다. 현재의 계조당은
1891년 지어진 모습으로 복원된 상황이다. 흥미로
운 점은 현재의 계조당은 남향으로 지어졌으나 세
종 시절에는 서향을 하고 있었다는 사실. 즉 세종
때는 서향으로, 고종 때는 남향으로 계조당이 만들
어졌던 것이다.

한편 세종은 40살이 되자 몸이 아프다는 이유를
대며 신하들의 반대에도 불구하고 세자에게 국정을

현재 복원된 고종 시절 계조당 위치. 세종 시절 계조당은 이보다 더 동쪽에 위치한 것으로 추정된다.

맡기고자 하였다. 신하들과 수년간 밀고 당기기를 시도한 끝에 급기야 세자가 대리청정을 하도록 만들었다. 여기서 대리청정은 代(대신할 대), 理(다스릴 리), 聽(들을 청), 政(정사 정)을 합친 것으로 세자가 왕을 대신하여 정치를 한다는 의미다.

그렇다면 세종이 이렇듯 세자의 대리청정에 집념을 보인 이유는 과연 무엇이었을까? 그뿐 아니라 당시 계조당을 굳이 서향으로 만든 이유도 궁금해진다. 머리에서 나오는 여러 궁금증을 해결하기 전 동궁이 만들어진 과정부터 살펴보기로 하자.

동궁이 만들어진 과정

조선은 개국 후 4대 왕 세종까지 적장자가 왕위를 물려받은 적이 없는 기묘한 상황이 펼쳐졌다. 태조를 이은 정종은 둘째 아들, 태종은 다섯째 아들, 세종은 셋째 아들이었으니까. 그 결과 세자 지위는 무척 안정적이지 못했으니, 비록 적장자는 아니나 조선 최초의 세자였던 이방석은 왕자의 난 때 살해당했고, 태종은 적장자인 양녕대군을 세자로 두었으나 갖가지 기행으로 오랜 고민 끝에 폐위하고 충녕대군을 세자로 삼았다. 충녕대군은 짧은 세자 생활을 끝낸 채 바로 왕으로 즉위했는데, 당시 세자라는 지위가 안정적이지 못한 만큼 아예 왕으로 세운 뒤 상왕이 된 태종이 지원하고자 한 것이다.

동궁(東宮)을 짓기 시작하였다.

《조선왕조실록》 세종 9년(1427) 8월 10일

이러한 상황이 조선 내내 지속되면 어찌 될까? 설사 세자가 있더라도 매번 차기 왕좌에 대한 다툼과 견제로 불안정한 상황이 지속될 것이 뻔했다. 이에 세종은 경복궁을 왕이 상주하는 궁궐로 정한 직후부터 동궁 짓는 일을 빠르게 착수하였다. 조선의 중심 궁궐인 경복궁에 국왕과 세자가 함께함으로써 세자의 정통성을 안정적으로 확립하고자 한 것.

신의왕후의 진영(眞影, 초상화)을 예전 세자전 (世子殿)에 봉안하였다.

《조선왕조실록》 태종 5년(1405) 11월 12일

다만 기록에 따르면 정확한 장소를 알 수 없으나, 경복궁에 조선의 첫 세자인 이방석이 사용하던 세자전, 즉 세자궁이 있었던 모양이다. 이후 태종이 해당 건물의 이름을 인소전으로 고치고 자신의 어머니인 신의왕후의 초상화를 모시는 공간으로 잠시 활용하더니, 1406년 인소전을 창덕궁으로 옮기면서 빈 건물이 되었다. 세종 입장에서는 자신의 세자를 이방석이 사용한 장소에 둘 수 없었겠지. 기분이 썩 좋지 않을 테니까. 그 결과 옛 세자궁이 아닌 근정전 동쪽에 새롭게 세자궁을 세웠으니 이것이 바로 자선당(資善堂)이다.

궁중에서 모두 말하기를, '세자가 거처하는 궁에

서 살아서 헤어진 빈(嬪)이 둘이고, 죽어서 헤어진 빈(嬪)이 하나이니, 매우 상서롭지 못하다. 마땅히 헐어버려 다시 거기에 거처하지 말게 하자.' 라고 한다. (중략) 자선당 밖에다 따로 한 궁(宮)을 지어서 살게 하려고 하니, 경들이 깊이 생각하여 충분히 의논한 후 아뢰라.

《조선왕조실록》 세종 23년(1441) 7월 25일

그렇게 자선당에서 지내던 세자 문종은 유독 부인과의 인연이 좋지 않았다. 2명의 세자빈이 중도에 폐위된 데다 1441년 세자빈 권씨가 단종을 낳은 다음 날 죽는 안타까운 일까지 발생한 것이다. 그래서일까? 궁내 자선당에 대한 안 좋은 소문이 돌게 되면서 자선당 근처로 승화당이라는 세자궁이 새롭게 세워졌다.

다만 지금의 경복궁에는 승화당이 없으며 고종 시절 모습대로 동궁 서쪽에 자선당, 동쪽에 비현각이 복원된 상황이다. 이 중 비현각의 경우 조선 전기만 하더라도 국왕이 사용하던 공간의 명칭이었다는 사실. 국왕의 집무 공간인 사정전 동편에 위치한 회랑에는 국왕을 호위하는 부대인 내금위의 무기고가 있었는데, 세조 시절 내금위의 무기고, 즉 내상고(內廂庫)에다 작은 규모의 국왕 집무실을 만들었

자선당. 세자가 살던 장소이다. ⓒ박종무

다. 그러나 세월이 흘러 고종 시절 경복궁을 재건하면서 동궁 이름으로 사용하게 된 것이다.

승화당이 동궁에 있기는 하지만 비현각과 가까우므로 내가(중종) 낮에는 승화당에 있고 밤에는 비현각에 있는 것이다.

《조선왕조실록》 중종 25년(1530) 9월 1일

게다가 중종의 언급에 따르면 조선 전기만 하더라도 승화당과 비현각이 서로 가까운 위치에 있었나보다. 이는 곧 동궁 건물 중 승화당이 근정전에 좀 더 가까이 있었다는 의미니 이로써 동궁 서쪽에

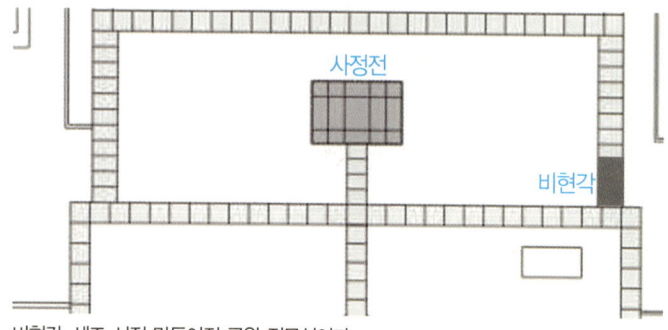

비현각. 세조 시절 만들어진 국왕 집무실이다.

승화당, 동쪽에 자선당이 있었음을 알 수 있다. 더하여 조선 전기에는 세자빈이 지내는 궁도 자선당 근처에 따로 위치했으며 이외로 세자의 후궁이 지내는 궁까지 존재했다. 전체적으로 합치면 의외로 동궁의 규모도 꽤 큰걸.

왕세자가 조회받을 건물을 건춘문(建春門, 경복궁 동문) 안에다 짓고, 이름을 계조당(繼照堂)이라 하였다.

《조선왕조실록》 세종 25년(1443) 5월 12일

이렇게 차례차례 구성된 동궁 바깥뜰에 1443년 마지막으로 세자 문종이 대리청정을 할 계조당이 완성되었다. 문종은 아버지 세종을 대신하여 계조

비현각. 조선 전기만 하더라도 해당 위치에 승화당이 있었다. ⓒ박종무

당에서 신하들과 조회를 보았으니, 세종 후반부 5년이 다름 아닌 문종이 국정을 담당한 시기였다. 그렇다면 세종은 전체 31년의 국왕 생활 중 전반부 4년은 태종의 관리 아래 견습 왕으로, 후반부 5년은 세자 문종이 대리청정을 했음을 알 수 있구나.

문종과 대리청정

동궁이 만들어진 과정을 살펴보았으니 이제 세종이 세자 문종에게 대리청정을 맡긴 과정을 알아볼 차례다.

내가 젊어서는 나라를 위한 일에 스스로 힘써서 과오를 범하지 않고자 노력했으나, 근년 이래로는 일마다 뜻처럼 되지 아니하여, 동남 지방에는 한재로 흉년이 들었고, 서북 지방에는 야인이 침노하는 근심이 있었으니, 그 이유를 캐면 실로 과인의 몸에 있겠다. 대저 사람의 일이 늙을 때와 젊은 때가 다름이 있어서 나의 계획한 일이 젊은 때와 다른 것이 많고, 또 병이 있어서 스스로 힘쓰기 어려워서 세자로 하여금 모든 정무를 대신 다스리게 하되, 오직 이조와 병조의 벼슬 제수하는 일과, 군사의 일과 사형수를 판결하는 일들은 내가 마땅히 그대로 관리하겠다.

이는 내가 정사에 게을러서가 아니라 옛일을 찾아보아도 태자로 하여금 섭정한 일이 있으며, 또 왕의 지위는 세자에게로 반드시 돌아갈 것이니, 모든 정무를 판결하는 번거로운 일을 모름지기 일찍부터 아는 것이 마땅하겠다. 세자가 지금 비록 정사를 보는 데 참여하고 있으나, 어찌 뜻을 오로지하여 처단하는 것과 같으리오. 전일에 여러 승지 및 대신들과 더불어 이 일을 의논하니, 모두 반대하기에 감히 실행하지 못하였다. 이제는 세자로 하여금 섭정하게 하겠으니 경들은 내 뜻을 미리 알아두라.

《조선왕조실록》 세종 19년(1437) 4월 1일

앞서 언급했듯 세종은 40세가 된 1437년 세자의 대리청정을 공식화하기 시작했다. 물론 이전에도 왕의 몸이 편치 않다는 이유로 세자가 대신 외국 사신을 접대한 적이 있으며, 더 나아가 왕이 참가하는 군사 훈련인 강무(講武)를 세자에게 맡기려다 병권을 세자에게 맡길 수 없다는 의견을 듣기도 했었다. 이때마다 세종은 신하들의 반대 주장을 들어주었으나, 1437년부터는 무언가 결심한 듯 예전과 확연히 달라진 모습이었다.

우선 1437년 1월에 국왕의 비서 기관인 승정원에다 세자에게 국정을 맡기려는 의도를 보이더니, 승지들이 반대하자 3월에는 무대를 옮겨 의정부에서 관련 일을 의논하도록 명했다. 의정부에서도 영의정 황희를 필두로 반대 의견을 보였으나 포기하지 않고 4월에 위처럼 또다시 대리청정을 언급하였다. 신하들의 반대가 계속됨에도 9월에는 세자에게 또다시 강무를 맡기려 했다. 이처럼 세자에게 국정을 맡기려는 세종과 이를 반대하는 신하들의 모습은 이후 매년 연례 행사처럼 이어졌다. 그렇게 5년이 지난 어느 날 세종은 세자에게 대리청정을 맡기기 위한 특단의 명을 내린다.

> 임금이 승정원에 말하기를,
> "중국의 황태자는 이미 강관(講官, 경연관)을 두고 또 첨사부(詹事府, 태자의 일을 돕는 관청)를 세워서 사무를 처리하는데, 우리나라 동궁에는 비록 서연관(書筵官)이 있으나, 진강(進講, 세자의 경연)을 담당한 데다 겸하여 동궁의 사무까지 맡고 있어서 옛 제도에 합치하지 않으니, 사무를 처리하는 관원을 따로 두지 않을 수 없다. 더군다나 옛 제도가 이미 명백하지 않으냐. 이조에 명하여 사무를 처리하는 관원을 두게 하라."라 하였다.
> 《조선왕조실록》 세종 24년(1442) 7월 28일

1442년 세종은 지지부진한 상황의 반전을 위해 중국의 황태자처럼 조선의 세자에게도 동궁의 사무

를 맡을 기관, 즉 첨사원(詹事院)을 두도록 명했다. 국왕의 비서 기관인 승정원처럼 세자의 기관을 만들겠다는 것. 한마디로 신하들의 반대로 뜻대로 일이 진행되지 않자, 세자가 대리청정을 할 때 필요한 기관부터 우선 만들어놓겠다는 의도였다. 이를 위해 세종은 중국의 황태자에게도 이미 이와 유사한 기관이 존재한다는 예시를 들더니, 더 이상 토론은 필요 없으며 왕명을 내린 만큼 따르라는 완고한 태도를 보인다.

당연히 첨사원 설치 = 대리청정이라는 의미이므로 반대 의견이 엄청나게 올라왔다. 1442년 8월에만 무려 20건이 넘는 반대 상소가 올라왔을 정도니까. 이때 신하들의 반대 근거는 나라의 명령은 두 곳에서 나오면 안 된다는 것이라 충분히 논리적이었다. 만일 국왕과 대리청정을 맡은 세자가 서로 다른 명을 내린다면 어찌할 것인가? 더 나아가 부자간 권력을 두고 다투는 일마저 벌어진다면? 하지만 이런 주장을 듣고도 세종은 결코 양보하지 않았기에 황희를 중심으로 한 의정부 중재로 왕의 뜻대로 첨사원이 세워졌다.

지금부터 세 차례의 대조하(大朝賀)와 1일, 16일 조참은 내가 친히 받을 것이나, 그 외의 다른 조참은 모두 세자를 시켜 승화당에서 남면(南面)하여 조회를 받도록 할 것이니, 1품 이하는 뜰 아래에서 예를 표하고 아울러 신(臣)이라 일컫도록 하라. 사람을 임용하거나 사람을 형벌하거나 군사를 움직이는 것은 내가 친히 결단하겠으나, 그 나머지 제반 정무는 모두 세자에게 결재를 받도록 하라. 이와 같이 한다면 나도 안심하고 병을 조리할 수 있을 것이고, 세자도 또한 정무에 숙달할 수 있을 것이다.

《조선왕조실록》 세종 25년(1443) 4월 17일

첨사원이 세워지자 세종은 나라의 큰일은 자신이 맡되 나머지 일은 세자가 결재하도록 하겠다면서 1. 세자는 남쪽을 바라보고 신하를 맞이하고 2. 신하들은 세자 앞에서 신(臣)이라 일컫도록 하였다. 사실상 대리청정을 하는 세자에게 국왕과 동일한 대우를 받도록 한 것으로 이런 모습은 세종 즉위 초반 상왕 태종과 견습왕 세종의 관계와 유사했다. 당시에도 큰일은 상왕 태종이 맡고 나머지 일은 세종이 맡은 형태였으니까.

하지만 세자는 아무리 왕을 대신하여 정사를 이끌어도 신분상 왕은 아니었기에 신하들의 반대 의견이 올라왔다. 남쪽으로 바라보고 신하를 맞이하는 것은 오직 군주만 할 수 있으며 세자는 아직 군

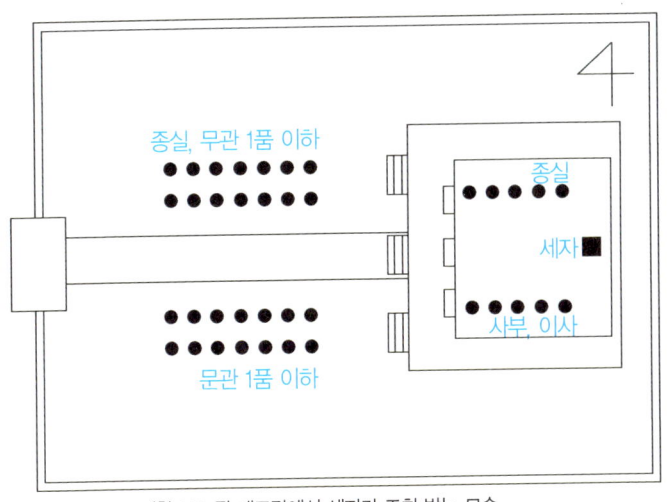

종실, 무관 1품 이하

종실

세자

사부, 이사

문관 1품 이하

서향으로 된 계조당에서 세자가 조회 받는 모습.

주가 아니라는 주장이 바로 그것. 세종은 어느덧 대리청정이 기정사실화된 만큼 이 부분은 양보하기로 한다. 이에 남향으로 지어진 승화당을 대신하여 세자가 조회를 할 서향을 바라보는 건물을 곧바로 짓도록 하였으니 1443년 5월 12일 완성된 계조당이 바로 그것이다. 이로써 세종 시절 계조당이 서향으로 지어진 이유를 알 수 있구나.

　　예조에서 세자가 조참(朝參)을 받는 의식을 바쳤다.
　하루 앞서 왕세자의 좌석을 계조당 가운데에 서향하여 설치하고, (중략) 종실 백숙친(伯叔親)과 사부(師傅) · 이사(貳師)의 자리를 당(堂) 안에 설치하는데, 종실은 북쪽에 있게 하고, 사부와 이사는 남쪽에 있게 하되 (중략) 문관 1품 이하의 자리는 당(堂)의 뜰 길 남쪽에, 종실과 무관 1품 이하의 자리는 당의 뜰 길 북쪽에 설치한다.

《조선왕조실록》 세종 25년(1443) 6월 3일

다음으로 세자가 조회를 할 때 필요한 의식이 마련되었다. 계조당 중간에 세자가 서쪽을 바라본 채 위치하고 건물 안에는 북쪽에는 종실, 즉 왕실 친족, 남쪽에는 세자의 스승인 사부(정1품), 이사(종1품)가 위치하였다. 그리고 건물 밖 뜰에는 북쪽으로는 무관, 남쪽으로 문관이 위치하였다. 이로서 세자를 위한 작은 규모의 근정전이 마련되었다.

세자에게 선위(禪位)하고 나는 편히 수양하면서 군국(軍國)의 중대한 일만 처결하고자 한다.

《조선왕조실록》 세종 27년(1445) 4월 28일

그렇게 세자가 계조당에서 조회를 시작하였으나 여전히 세종이 원하는 완전한 형태의 대리청정은 아니었다. 당시 세종은 건강상 요양을 이유로 1445년 1월부터 1447년 2월까지 약 2년간 경복궁을 비워둔 채 지금의 연세대학교 자리에 만든 별궁인 연희궁, 양녕대군과 효령대군처럼 형제의 집, 수양대군과 안평대군처럼 아들의 집, 더 나아가 공주와 결혼한 부마의 집 등으로 옮겨 다녔다. 국왕이 없는 경복궁을 세자에게 맡겨 대리청정에 더욱 힘을 실어주고자 한 것. 심지어 신하들에게 궁에 세자가 있으니 굳이 왕에게 인사하러 올 필요가 없다고 할 정도였다.

하지만 세자가 조회를 통해 일반적인 서무와 국정을 토의하더라도 여전히 서무의 최종 결재는 왕이 하고 있었다. 이러한 모습을 볼 때 세자와 신하 모두 국왕의 일을 대신 처리하는 것에 부담을 느끼는 듯했다. 이런 상황이 마음에 들지 않았는지 세종은 1445년 들어 선위(禪位), 즉 세자에게 왕을 물려주고 자신은 상왕에 오르겠다는 주장을 하게 된다. 예전의 태종과 세종 관계처럼 아예 왕 자리를 넘겨주어 왕만이 할 수 있다는 최종 결재까지 문종에게 주려는 의도랄까.

세자가 비로소 서무를 재결하였다.

《조선왕조실록》 세종 27년(1445) 5월 17일

국왕의 태도가 여기까지 나오자 비로소 국정을 토의하는 것을 넘어 최종 결재까지 세자가 하는 대리청정이 갖춰졌다. 황희를 비롯한 대신들은 왕의 선위를 포기하도록 하는 대신 세종이 원하는 만큼의 대리청정을 세자가 할 수 있도록 지원한 것이다. 그렇게 1437년부터 시작된 대리청정에 대한 의논은 8년이 지난 1445년에야 최종 마무리된다.

이제 세자가 국정을 총괄하여 여느 때 세자와 비교되지 않으므로, 여러 신하들로 하여금 칭신(稱臣)하게 하였는데, 이렇게 되면 그 의장과 의복을 세자의 예법대로 적용함은 불가하다.

《조선왕조실록》 세종 29년(1447) 9월 11일

세자가 계조당에서 조참을 받고, 승화당에 나아가 비로소 시사(視事)를 하였다.

《조선왕조실록》 세종 29년(1447) 12월 6일

물론 세종은 이 정도로 만족하지 않았다. 나라의 관료들은 국왕의 신하이지 세자의 신하는 아니며 더 나아가 세자와 관료 모두 국왕의 신하인 만큼 국왕과 달리 세자에게는 신(臣)을 사용할 수 없다는 의견이 다수였다. 그러나 세종은 대리청정을 하는 세자는 단순한 세자가 아니므로 신하들은 세자 앞에서 신(臣)이라 칭하도록 명했으며, 의장과 의복마저 기존의 세자를 넘어 왕과 유사한 수준으로 높이 도록 하였다.

그렇게 신하들이 세자 앞에서 신이라 부르자 더 나아가 시사(視事)라는 표현까지 세자가 사용할 수 있게 된다. 시사는 국왕이 신하들과 나랏일을 돌봄을 의미하는데, 소위 '정사를 본다.'라 해석하기도 한다. 이는 곧 세자 문종이 이 시점이 되면 사실상 국왕에 버금가는 위상을 얻었음을 의미한다. 이로써 세자가 남쪽을 바라보고 신하를 맞이하는 것을 제외하면 세종이 원하는 바를 거의 다 이룬 것이다. 참고로 세자 문종이 남향 건물인 승화당에서 정사를 볼 때도 건물 내부에 서향으로 세자 자리를 마련한 후 신하들을 맞이했다고 함.

왕세자의 자리를 어좌의 동남쪽에 서향하여 설치하고, 왕세손(王世孫)의 자리를 왕세자의 자리 뒤에다 조금 남쪽으로 설치한다.

《조선왕조실록》 세종실록 오례 정지회의(正至會儀)

여기까지 쭉 살펴보았듯이 세종은 조선 개국 후 상당 기간 동안 자리를 잡지 못하던 세자의 지위를 세우고자 대리청정 제도를 적극 활용하였다. 이 과정을 통해 문종은 왕이 죽으면 권력을 이양받는 수

동적 세자에서 국왕 지위에 버금가는 권한으로 국가 경영에 참여하는 적극적인 세자 모습으로 변모하였다. 당연히 세자의 권위는 이전과는 비교하기 힘들 정도로 높아졌다. 이로써 세종은 자신이 죽은 후에는 적장자로 이어지는 왕위 계승이 순조롭게 자리 잡힐 것이라 확신할 수 있었다. 더욱이 다음 적장자인 세손, 그러니까 단종까지 무럭무럭 자라고 있었기에 세종은 왕세손 관련 의식도 정비하는 등 적장자에서 적장자로 이어지는 모습을 기대했던 것이다.

물론 역사를 아는 우리는 이러한 세종의 노력이 실패로 돌아갔음을 잘 알고 있지만 말이지. 그토록 믿었던 세자 문종은 세종이 세상을 뜬 후 불과 2년 뒤 죽었으며, 세손 단종은 세종의 둘째 아들인 수양대군에게 폐위를 당한 후 16세의 나이로 죽으면서 적장자 계승은 또다시 흔들리게 된다. 다음 적장자 계승은 1494년 즉위한 연산군에 이르러서야 이루어지지만, 그는 조선 역사상 손꼽히는 최악의 군주 중 하나였으니. 이것 참, 이 정도면 적장자의 저주라고 해야 하나?

실제로 27명의 조선 왕 중 적장자 출신은 7명에 불과하며 이들 중에서도 오랜 기간 준수하게 국왕의 임무를 수행한 이는 더욱 적다는 점이 안타깝게다가온다. 만일 문종이 오래 살아 단종으로 왕위가 이어졌다면 세종이 만든 적장자 계승 정책 덕분에 좀 더 안정적인 왕위 계승으로 이어지는 조선이 될 수 있었을 텐데, 한편으로 무척 아쉽구나.

문종 이후 경복궁 동궁

이제 계조당 밖으로 나와 북쪽에 위치한 자경전까지 쭉 올라가보려 한다. 이동하며 동궁에 대한 이야기를 조금 더 해야겠군. 잠깐 목이 마르니 가방에서 토마토 주스를 꺼내 마시고. 하하.

> 명하여 계조당, 승화당을 헐었으니, 대행왕(大行王, 문종)의 뜻을 따른 것이었다.
>
> 《조선왕조실록》 단종 즉위년(1452) 6월 2일

세종의 적극적 지원 아래 조선 시대 세자 중 그 누구보다 탄탄한 경력을 쌓은 문종이지만 안타깝게도 즉위하고 얼마 지나지 않아 죽음을 맞이한다. 이어서 단종이 어린 나이에 왕이 되는데, 그는 문종의 뜻이라며 계조당과 승화당을 헐도록 명했지. 앞서 살펴보았듯 계조당과 승화당은 세자 시절 문종이 대리청정을 했던 공간으로 이를 허물도록 한 것으로 보아 세종의 의도와 달리 문종은 세자 신분으로 국정을 운영한 부담이 무척 컸던 모양이다. 무엇보다 대리청정을 둔 국왕과 신하들의 장기간 대립은 세자 입장에서 여간 곤혹스럽지 않았을까?

그나마 세종과 문종 사이가 각별해서 다행이지 실제로 대리청정은 운영이 쉽지 않은 제도였다. 대표적으로 영조와 사도세자의 경우 안 그래도 좋지 않던 부자 사이가 대리청정으로 인해 더 나빠져서 최악의 상황을 만들고 말았으니까. 그런 만큼 문종은 세자의 대리청정을 어쩔 수 없이 이루어진 예외적인 사건으로 본 듯하다. 다만 성종 시절 기록에 승화당이 언급되는 것으로 보아 완전히 사라진 계조당과 달리 승화당은 얼마 뒤 재건되었음을 알 수 있다.

세자가 거처하는 인지당(麟趾堂)이 여름철을 당하면 답답하기 때문에 새로 궁울 지으려고 한 것이다.

《조선왕조실록》 세조 7년(1461) 3월 9일

세자궁이 완성되었다. 임금과 중궁이 거둥하여 낙성연(落成宴)을 베풀었다.

《조선왕조실록》 세조 8년(1462) 12월 10일

한편 쿠데타로 권력을 잡은 수양대군은 조카를

쫓아내고 조선 7대 국왕이 되니 그가 바로 세조다. 세조는 왕이 된 직후 그의 첫째 아들인 의경세자를 세종이 만든 시스템에 따라 자선당에서 지내도록 했으나, 세자는 1457년 9월에 불과 18세의 나이로 죽고 말았다. 그리고 얼마 뒤인 1457년 10월 영월에 유배 중인 단종이 죽임을 당했지.

그러자 세조는 자신의 둘째 아들인 해양대군을 세자로 삼고 인지당이라 하여 교태전 동쪽에 있는 건물을 세자궁으로 사용하도록 한다. 아무래도 아끼던 첫째 아들이 갑자기 죽자 형인 문종이 오랜 기간 사용한 동궁에다 자신의 두 번째 세자마저 두기가 무척 껄끄러웠나봄. 그러나 인지당 역시 문종이 세자로 지낸 거의 마지막 시절 잠시 머문 장소라 그런지 공간이 답답하다는 핑계를 대며 1462년 새로운 세자궁을 완성하였다. 그 위치는 경복궁 서북쪽으로 지금의 경복궁 태원전이 있는 장소. 이후 세조가 죽고 즉위한 세자는 불과 1년 조금 넘게 왕으로 있다가 19세의 나이로 갑자기 세상을 떠났다. 역사에는 예종으로 기록된다.

"옛 세자궁은 신전(新殿)을 짓는 데 매우 합당합니다."라 하니,

명을 내리기를,

"나(성종) 또한 매우 마땅하다고 생각된다."라
하고, 즉시 명하여 옛 세자궁을 연은전(延恩殿)이라
하였다.

《조선왕조실록》 성종 6년(1475) 10월 15일

세월이 흘러 의경세자의 둘째 아들인 성종은 자
신의 아버지를 왕으로 추존하였는데, 세조가 경복
궁 서북쪽에 새로 지은 세자궁을 연은전이라 이름
을 고치고, 의경세자 위패를 모시는 공간으로 바꾸
도록 하였다. 다만 성종은 재위 기간 대부분을 창덕
궁에서 지냈기에, 1486년 창덕궁에다 세자궁을 새
롭게 지어 세자인 연산군을 지내도록 하였다.

세종이 만든 동궁은 중종 시절부터 다시금 세자
궁으로 사용되었는데, 중종 말기에 화재로 인해 세
자 인종이 지내던 동궁이 불타서 재건하는 일이 벌
어지기도 했다. 이후 중종과 인종을 거쳐 명종이 즉
위하여 그의 세자가 경복궁의 동궁을 사용하였으나
불과 12세에 순회세자가 죽으면서 조선 전기 동안
동궁을 사용할 주인은 더 이상 등장하지 않는다. 다
음 왕인 선조는 명종이 후사가 없어 입양을 한 방계
임금이었기에 아예 동궁을 사용한 적이 없었으니
까.

게다가 선조는 적장자를 낳지 못하여 임진왜란

직전까지 세자를 두지 않았으며 임진왜란이 터지고 나서야 부랴부랴 후궁의 둘째 아들인 광해군을 세자로 두었다. 하지만 세자를 세운 바로 다음날 새벽 한양을 버리고 피난을 떠났기에 광해군 역시 경복궁 내 동궁을 사용할 여유가 없었다. 게다가 임진왜란으로 급박한 시점에 마침 선조는 창덕궁에 있었다. 이는 곧 창덕궁에서 세자를 즉위시킨 직후 곧바로 피난을 시작했다는 의미.

선조가 피난을 떠난 후 경복궁이 불타면서 세종이 만든 동궁은 역사 속으로 완전히 사라졌다. 물론 고종 시절 경복궁을 재건하여 지금의 동궁이 구성되었지만 전체적인 위치와 규모 등은 조선 전기와는 조금 달랐을 것으로 추정하고 있음. 더욱이 조선 전기 광화문이나 근정전에 비해 동궁을 묘사한 기록은 더욱 부족한 관계로 건물 디자인이나 내부 모습을 그려내기가 어렵다. 그런 만큼 이 정도 선에서 설명을 마무리해야겠다.

7. 왕비의 영역과 후원

자경전과 교태전

드디어 자경전에 도착했다. 자경전은 흥선대원군이 경복궁을 재건하면서 옛 자미당 터 옆에다 고종의 양어머니이자 당시 대비였던 신정왕후를 위해 지은 대비전(大妃殿)이다. 대비전이란 대비를 위한 궁이라는 뜻. 흥미롭게도 자경전은 재건 이후에도 2차례나 화재로 큰 피해를 입었으나, 1888년에 다시 지은 후부터는 일제강점기를 거쳐 지금까지 옛모습을 유지하고 있다. 이처럼 경복궁 내 여러 건물 중 근정전과 경회루를 포함하여 과거 모습을 유지하고 있는 몇 안 되는 건물이기에 보물로 지정되었다.

가만 보아하니 대비전이 세자궁보다 크고 웅장하여 눈길을 끄는구나. 이처럼 규모가 큰 이유는 아무래도 대비의 위상이 엄청났기 때문이 아닐까? 실제로도 대비는 돌아가신 전왕의 정부인, 즉 왕비였던 만큼 유교 질서에 따르면 현 국왕도 함부로 할 수 없는 존재였다. 예를 들면 다음 왕이 어린 나이에 즉위한 경우 대비는 수렴청정을 할 수 있는 엄청난

자경전. 선왕의 왕비인 대비가 머무는 공간이다.

권한을 부여받기도 했다. 수렴청정이란 대비가 어린 왕을 대신하여 성인이 될 때까지 정사를 보는 제도로 고종 초반 흥선대원군의 정치적 활동, 예를 들어 경복궁 중건 사업도 수렴청정 중인 신정왕후가 위임한 권력을 사용한 것이라는 사실. 이러한 수렴청정은 조선 시대 동안 총 7회 시행되었으며, 기간을 합치면 32년에 이른다. 조선이 존속한 기간 중무려 6%에 해당.

다만 세종 시기만 하더라도 즉위 2년째인 1420년에 태종의 정부인 원경왕후가 죽으면서 이후 대비가 존재하지 않았다. 따라서 궁궐 내 여성 중 최고의 지위는 세종의 왕비였던 소헌왕후가 담당하였으니, 당시에는 지금의 경복궁과 달리 왕비의 궁인 중궁전(中宮殿)이 여성이 주인인 건물 중 가장 위계가 높았다. 아~ 맞다. 왕비는 교태전에 머물지 않았냐고? 좋은 질문.

양궁(兩宮, 국왕과 왕비)의 처소를 동궁으로 옮겼으니, 장차 교태전을 지으려고 함이었다.

《조선왕조실록》 세종 22년(1440) 9월 6일

혜빈이 일찍이 대행왕께 청하여 교태전에 들어와 내정을 총괄하려고 하였는데, 대행왕(문종)께서 심히 그르게 여기었다.

《조선왕조실록》 단종 1년(1452) 6월 11일

우리에게 왕비의 궁으로 알려져 있는 교태전은 태조 이성계가 경복궁을 지을 때만 하더라도 존재하지 않았으나, 시간이 흘러 세종 시절인 1440년경 만들어졌다. 그렇게 교태전을 지었다는 기록 외에는 세종대에 어떻게 사용했는지 별 다른 내용이 전해지지 않다가, 세종의 후궁이었던 혜빈이 교태전에서 내정, 즉 내명부를 총괄하려 하니 문종이 그다지 좋지 않게 여겼다는 기록으로 다시금 언급된다.

혜빈의 성은 양씨로 단종이 태어난 직후 문종의 세자빈이 죽자 9년간 단종을 키운 인물이다. 특히 소헌왕후가 죽은 후에는 사실상 왕비 역할을 대신하기도 했다. 위의 언급이 바로 그 내용이라 하겠다. 한마디로 궁궐 내 고위 여성이 교태전에 머물며 내명부를 관리하기도 했음을 알 수 있다. 하지만 소헌왕후, 즉 왕비도 교태전을 사용했는지에 대해서는 전해지는 정보가 없어 확실하지 않다.

한편 내명부란 궁궐에 있는 후궁, 궁녀를 품계에 따라 조직화한 것으로, 이 또한 세종 시절인 1428년에 구체적인 제도가 정비되었다. 이러한 내명부를 총괄하는 이는 왕비이며, 후궁 서열 1위이자 정1품의 지위를 지닌 빈(嬪)은 왕비를 보좌하는 임무를 맡았다. 이 아래로는 종1품부터 종4품까지 후궁이 위치하고, 드라마에서 보통 왕비 옆에서 큰 위세를 보이는 상궁은 정5품에 불과하다는 사실. 그렇게 정5품부터 종9품까지는 서열에 따라 궁녀들이 쭉 배치되었다. 여기서 주목할 점은 왕비는 왕처럼 품계가 존재하지 않으니, 신분상 품계를 초월하는 존재이기 때문이다. 마찬가지로 세자, 세자빈도 무품이다. 한편 조선 건국 초기만 하더라도 대군은 정1품이었으나, 이후 성종 때 반포된 경국대전에 의하

교태전. 왕비의 궁이 교태전이라는 상식은 고종 시절부터 시작되었으며 조선 전기만 하더라도 왕이 정사를 의논하거나 집무를 보는 공간으로 활용하는 등 용도가 다양하였다. ⓒ박종무

면 왕의 적자인 대군과 서자인 군, 왕의 적녀인 공주와 서녀인 옹주까지 무품이 되었음을 알 수 있다. 이는 국왕을 중심으로 한 직계 가족에게 부여하는 남다른 권위라 하겠다. 신라로 친다면 국왕 직계 가족에게 부여된 성골과 유사한 모습이랄까? 하하.

이러한 인연으로 단종은 어린 시절 자신을 키워 준 혜빈을 크게 따랐다. 세종이 죽자 선왕의 후궁은 궁 안에서 지낼 수 없다는 규칙에 따라 혜빈은 궁 밖에 절을 짓고 지냈으나, 문종 사후 궁으로 다시 돌아오도록 했을 정도였으니까. 그렇게 혜빈이 내명부를 통제하니 단종을 제치고 권력을 장악하려던

교태전 편액. ©박종무

수양대군에게는 눈엣가시 같은 상황이 되었다. 이에 수양대군 측은 수단 방법을 가리지 않고 압박하여 혜빈을 궁 밖으로 쫓아내는 데 성공한다. 세종과 단종이 아무리 신뢰를 주었더라도 신분상 후궁에 불과하여 대비와 같은 권위는 존재하지 않았기에 가능했던 일이다.

이야기를 하다 가만 생각해보니, 만일 소헌왕후가 문종 사후에도 살아 있었거나 또는 문종의 세자빈이 죽지 않고 왕비가 되었다면 이들이 단종 시절 대비가 되었겠구나. 그럼 수양대군의 쿠데타가 결코 쉽지 않았을 듯. 잠시나마 왕비를 대신하여 내명부를 총괄한 선왕의 후궁마저 힘겹게 쫓아낼 정도인데, 왕비 출신으로 권한이 막강한 대비의 경우 유교 질서 안에서는 그 누구도 쉽게 건드릴 수 없었을 테니까. 명실상부 내명부의 수장으로서 이들을 총괄하는 권한은 궁내 움직임과 여론을 좌지우지할 대단한 권력이었다.

혜빈이 궁에서 쫓겨난 후 얼마 지나지 않아 쿠데타로 권력을 장악한 수양대군, 즉 세조는 즉위 후 단종을 도와 자신을 견제하던 혜빈을 교수형에 처했고, 그의 아들들도 단종 복위 운동에 가담한 죄로 귀양을 보내어 죽음을 맞이하게 하였다. 그러나 조선 후기인 숙종 시절에 단종을 왕으로 복권하면서 혜빈 역시 세종의 뜻을 따라 단종을 지킨 충신으로 인정받아 신원이 회복되었으며, 더 나아가 숙종, 정조에게 시호를 받는 등 크게 칭송받는다. 비록 시간이 한참 흐른 뒤이긴 하나 대접을 받아 다행이다.

교태전에 나아가서 승지를 만나고 정사를 의논하였다.

《조선왕조실록》 세조 4년(1458) 7월 24일

이후 교태전은 세조 때 정사를 의논한 장소로 자주 언급된다. 특히 세조는 교태전에서 정사를 의논하는 것을 넘어 신하들을 위해 잔치를 베풀고, 조선을 따르는 여진족 추장을 만나는 등 다양한 방식으로 활용하였다. 사실상 왕이 편하게 집무를 보는 공간으로 활용한 것이다. 엄격한 복식과 의례가 필요한 근정전, 근정문의 행사와 달리 나름 간편한 복장으로 신하들과 만나는 장소라 하겠다. 세조 이후에는 다시금 별다른 언급이 없다가, 고종 시절 경복궁을 재건하면서 비로소 왕비가 머무는 궁으로 자리 잡는다.

결국 왕비의 궁이 교태전이라는 상식은 고종 시절부터 시작된 비교적 짧은 역사에 불과하며 조선 전기만 하더라도 그 활용도가 달랐음을 알 수 있다. 그렇다면 세종 시절 왕비였던 소헌왕후는 교태전이 아닌 어디에서 지냈을까?

소헌왕후와 세종의 후궁들

정사를 보았다. 임금이 여러 신하에게 말하기를,
"동전(東殿)이라는 칭호를 어느 시대부터 부르
게 되었는가. 만약에 중궁(中宮)이라고 한다면 황
후와 비슷하게 되어 분수에 맞지 않은 듯하니, 칭호
를 고치는 것이 옳겠다."

《조선왕조실록》 세종 9년(1427) 1월 26일

《조선왕조실록》에는 왕비가 거처하는 장소에
대해 중궁(中宮), 중궁전(中宮殿), 동전(東殿), 동조
(東朝) 등으로 표기하고 있다. 여기서 중궁은 왕비
의 높임말로도 사용되었으며, 동전, 동조는 왕비가
거처하는 공간이 궁의 동쪽에 위치하여 붙인 명칭
이라 하겠다. 참고로 위 기록에 따르면 세종이 중
궁에 대해 황후를 뜻하는 표현이라 제후국을 표방
하는 조선과는 맞지 않아 고치자는 의견을 냈지만
그 뒤로도 계속 중궁이라는 표현을 사용한 것으로
보아 변경이 이루어지지 않은 듯.

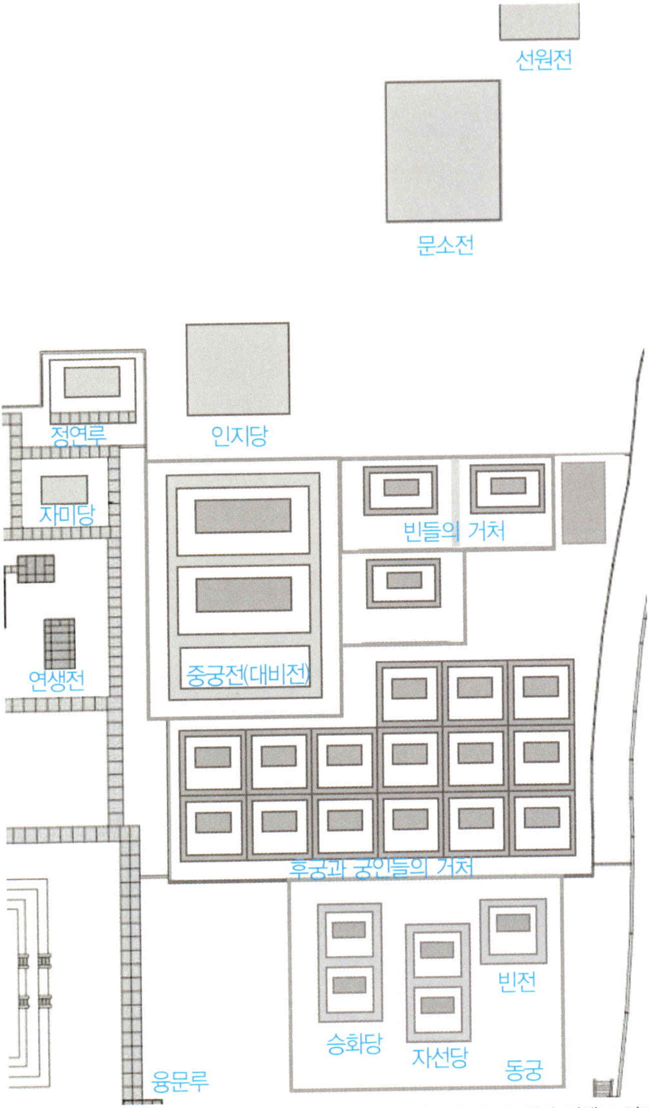

선원전

문소전

정여로

인지당

자미당

빈들의 거처

연생전

중궁전(대비전)

후궁과 궁인들의 거처

승휘당

자선당

빈전

동궁

융문루

세종 시절 왕비의 거처였던 동전(東殿) 모습 추정. 왕비 외에도 여러 후궁들의 처소도 위치하고 있었다. 이정국, '조선 전기 경복궁 동궁 (東宮)과 동조(東朝)의 건축 공간에 관한 연구' 참조.

중궁이 정조(正朝)와 동지(冬至)에 왕세자의 조
하를 받는 의식

세자의 임시 처소를 중궁 정문 밖에 설치하고, 상
침(尙寢, 내명부 관직)은 그의 부하들을 데리고 중궁
의 자리를 중궁 정전(正殿)의 북쪽 벽에 남향으로 설
치한다. (중략)

《조선왕조실록》 세종 12년(1430) 윤12월 28일

홍미로운 점은 지금의 경복궁 교태전과 달리 조
선 전기에는 국왕의 근정전, 세자의 계조당 같은 건
물이 왕비에게도 있었다. 위 기록처럼 중궁전에는
정전 건물이 있어 왕비가 주인공이 되는 여러 국가
행사를 개최했다. 더하여 이러한 국가 행사에서 왕
비는 국왕처럼 당당하게 남쪽을 향해 바라보았다.
세자도 못하던 남향을 할 수 있다니, 왕비의 상징성
이 어느 정도였는지 절로 이해되는구나. 더 나아가
소헌왕후는 내명부 관리를 넘어 세종이 한양에 없
는 동안 국왕 업무를 대행한 적도 있었는데,

이날 점심때에 서북풍이 크게 불어, 한성부의 남
쪽에 사는 노비 장룡의 집에서 불이 일어나 경시서
(京市署) 및 북쪽의 행랑 116간과 중부(中部)의 인가
1630호와 남부의 350호와 동부의 190호가 연소되었

고, 인명의 피해는 남자 9명, 여자가 23명인데, 어린 아이와 늙고 병든 사람으로서 타죽어 재가 된 사람은 그 수에 포함되지 않았다. 중궁(中宮, 소헌왕후)은 불이 일어났다는 말을 듣고 한양에 남아 있는 모든 대신과 백관에게 명을 내리기를,

"화재가 일어났다 하니, 돈과 식량이 들어 있는 창고는 구제할 수 없게 되더라도, 종묘와 창덕궁은 힘을 다하여 구하도록 하라."라 하였다. 이날 저녁에 대신 등이 대궐에 나아가 화재에 대한 상황을 보고하니, 중궁이 전교하기를, "오늘의 재변은 이루 다 말할 수 없으나, 종묘가 보전된 것만이라도 다행한 일이다."라 하였다.

《조선왕조실록》 세종 8년(1426) 2월 15일

1426년 세종이 군사 훈련인 강무를 위해 강원도로 떠난 당시 소헌왕후는 6번째 아들인 금성대군을 임신한 몸, 그것도 9개월 만삭이었다. 그럼에도 불구하고 2월 15일 한양에 대 화재가 발생하자 소헌왕후는 도성에 남아 있는 관료들에게 명을 내려 불을 진압하도록 명했으며, 저녁에는 대신들에게 현 상황에 대한 보고를 받았다. 그렇게 세종이 소식을 듣고 19일 환궁할 때까지 왕비가 한양을 지켜냈다.

병조에 명하기를,

"강무로 임금이 밖을 나갔을 때, 밤에 궁문의 열고 닫음은 전적으로 중궁의 명령에 의해 하라." 라 하였다.

《조선왕조실록》 세종 16년(1434) 1월 15일

이러한 경력이 만든 위상 때문일까? 세종은 병조가 군사와 관련한 중요 관청임에도 불구하고 경복궁에 국왕이 없을 때는 궁문의 열고 닫음까지 왕비의 명에 따르도록 했다. 그만큼 소헌왕후의 내명부 관리뿐만 아니라 국정 운영 능력까지 매우 높게 평가했나보다.

게다가 소헌왕후는 세종 사이에서 무려 8남 2녀를 낳았는데, 이는 조선 역사에서 2번째로 많은 자식을 낳은 왕비였다. 당시 기준으로 볼 때 자손을 많이 낳아 왕실을 크게 번성시킨 공도 세운 셈이다. 참고로 가장 자식을 많이 낳은 왕비는 세종의 어머니인 원경왕후로 태종 사이에서 8남 4녀나 낳았으나 장성한 자식의 숫자는 소헌왕후에 훨씬 못 미쳤다. 상당수가 어려서 죽고 말았던 것이다.

왕후가 인자하고 어질고 성스럽고 착한 것이 천성(天性)에서 나왔는데, (중략) 낳으신 여러 아들을 모두 후궁으로 하여금 기르게 하시니, 후궁이 또한 마음을 다하여 받들어 길러서 자기 소생보다 낫게 하였으며, 또 일을 위임하여 의심하지 않고 맡기시니, 후궁이 또한 지성껏 받들어 따르니 감히 게을리 함이 없었다. 이 때문에 후궁이 사랑하고 공경하기를 부모 대접하듯이 하였다. 서출의 자식 보기를 모두 소생 아들과 같이하였다.

《조선왕조실록》 세종 28년(1446) 6월 6일

물론 세종은 과거 국왕들과 마찬가지로 정부인 외에 후궁을 여럿 두었는데, 그 숫자가 10명이나 되었다. 이 중 영빈 강씨 1남, 신빈 김씨는 6남 2녀, 혜빈 양씨는 3남 등 전체 합처서 후궁으로부터 서자 10명, 서녀 5명을 낳았으니 소헌왕후는 자신의 자식인 8남 2녀를 포함하여 총 18남 7녀를 관리하는 임무를 맡았다. 그런데 왕비가 후궁뿐만 아니라 그 자식까지 잘 대해주니, 모든 이들이 마음으로 따랐다고 함. 가장 유명한 일화로는 자신의 자식을 후궁에게 믿고 기르도록 하여 적자와 서자가 함께 자라도록 한 부분이다. 오죽하면 손자이자 적통을 잇는 단종마저 세종의 후궁인 혜빈에게 맡겼으니 이 또한 소헌왕후의 제안이었을 것이다.

그래서일까? 세종의 자식들은 유독 적자와 서자

가 서로 잘 어울리는 모습을 보여주곤 하였다. 예를 들면 문종 시절 세종의 서자인 밀성군이 병에 걸리자 왕의 명으로 안평대군이 사찰에서 기도를 하여 병이 나았다는 기록이 있을 정도. 문종과 안평대군의 이복동생을 위한 놀라운 우애라 하겠다.

한편 후궁으로 가장 높은 정1품에 오른 신빈 김씨의 경우 궁녀 시절 수양대군을 업어 키웠다고 하며, 후궁이 된 이후에도 소헌왕후의 막내아들인 영응대군을 길렀다. 이러한 인연으로 인해 세조에게 남다른 우대를 받았는데, 오죽하면 신빈 김씨의 둘째 아들인 의창군이 단종 복위 운동에 참가했음에도 조용히 넘어갔을 정도. 한마디로 눈감아준 것이다.

사실 세조는 자신을 지지하지 않은 왕족이라면 피도 눈물도 없이 처단하였다. 안평대군, 금성대군처럼 같은 어머니를 둔 형제마저 처형한 데다, 세종의 서자 중 첫째인 화의군도 어머니인 영빈 강씨와 함께 단종 복위 운동에 연루되자 유배 보낼 정도였다. 더하여 혜빈 양씨는 앞서 이야기했듯 단종을 적극 지지하여 사형에 처해졌고, 그의 아들들도 유배를 갔다. 즉 세종의 후궁 중 서열 1위 빈에 오른 세명 중 신빈 김씨를 제외하면 죽거나 유배당했음을 알 수 있다. 반면 신빈 김씨는 어릴적 인연으로 인해 자식을 살린 데다 죽을 때까지 세조에게 대접받았다는 사실.

여기까지 살펴보았 듯이 동전(東殿) 또는 동조(東朝)라 불리는 공간에는 왕비의 처소를 포함하여 여러 후궁들의 처소가 위치했다. 그중 왕비의 처소는 정전(正殿)을 포함한 가장 큰 규모였을 테고, 후궁 서열 1위이자 정1품에 오른 3명의 빈의 처소도 상당한 규모였을 것이다. 이들에게는 딸린 궁녀도 상당히 많았을 테니까. 이외의 여러 궁녀들도 지위에 따라 크고 작은 처소를 각각 배정받았을 것이다.

문제는 조선 전기 기록에서 이러한 동전 영역에 대한 묘사나 전각 이름이 거의 등장하지 않는다는 점. 궁궐 내 가장 사적인 공간인 만큼 그 명칭 등이 바깥으로 알려지지 않았던 모양이다. 그 결과 동전의 위치 또한 현재로선 경복궁 동쪽, 그러니까 왕의 처소가 위치한 강녕전의 동쪽에 위치하며 그 아래로는 동궁이 있다는 것. 그리고 16세기에 활동한 유희춘이 쓴 《미암일기》에 따르면 문소전 주변으로 대비나 중전의 궁이 있다고 표현된 만큼 북쪽으로는 문소전이 위치한 것 정도만 알 수 있는 상황이다.

다음으로는 교태전으로 이동하며 문소전 이야기를 해야겠다.

궁궐 안 종묘, 문소전

교태전으로 이동하다 빈 터를 만났다. 이곳은 자경전 서쪽에 위치한 자미당 터로 말 그대로 터만 덩그러니 위치하고 있는 만큼 고종 시절 재건된 자미당의 모습은 상상으로 그려볼 수밖에. 물론 조선 전기에도 자미당(紫薇堂)이 있었으나 위치나 규모 등은 고종 시절과 달랐을 것으로 추정하고 있다.

노산군(魯山君, 단종)이 세종이 임어하시던 자미당 창가의 난간을 보고 크게 탄식하기를,

"세종께서 살아 계시다면 나에 대한 사랑이 어찌 적겠는가?"

하니, 시종들이 모두 감격하여 울었다. 세조(수양대군)도 이 말을 듣고 슬피 울기를 마지않았으며, 자성왕비(慈聖王妃, 수양대군의 부인)도 슬피 울었다.

《조선왕조실록》 단종 2년(1454) 11월 25일

무엇보다 자미당은 말년의 세종이 자주 머물던

곳으로 단종이 자미당 난간을 보며 자신을 아끼던 할아버지를 그리워했을 정도로 추억이 깃든 장소였다. 이 시점 단종은 수양대군의 쿠데타 이후 허수아비 왕이 된 채 엄청난 핍박을 받는 상황이었다. 이 소식을 듣자 영의정이 된 채 정부를 총괄하던 수양대군과 그의 부인이 눈물을 흘렸다. 잠시라도 아버지가 아낀 자식과 신하들을 죽음으로 몰고 간 것이 떠올라 죄스러웠던 것일까? 어쨌든 이 일이 생긴 지 얼마 지나지 않아 단종은 왕에서 물러나고 수양대군이 왕에 즉위하니 역사에 세조로 기록된다.

이곳 자미당 터를 바라보니 아예 터마저 존재하지 않는 문소전이 떠오른다. 문소전은 조선 전기 시절 경복궁 동북쪽에 위치했으며 현재의 국립민속박물관이 있는 장소가 바로 그곳이다. 그렇게 터마저 사라졌지만 다행히도 과거 건물의 모습은 전해지고 있다. 성종 시절 완성된《국조오례의서례(國朝五禮儀序例)》길례(吉禮) 편에 문소전이 그려져 있기 때문. 참고로《국조오례의》는 세종 때 정비된 수많은 예법을 바탕으로 성종 때 내용을 조금 더 보강하여 완성한 책이며《국조오례의서례》는《국조오례의》를 시행하는 데 필요한 참고 사항을 그림 등으로 첨부한 책으로 사실상 두 책이 세트라 보면 된다.

세종은 조선이 아직 건국된 지 얼마 되지 않아

국가의 예법이 여전히 불교 의식이 혼합된 고려 식으로 이어지는 상황을 해결하고자 당나라, 송나라 제도를 포함한 옛 제도 + 현재 명나라가 선보이는 제도 등을 연구하여 조선식 유교 제도를 정립하였다. 《조선왕조실록》을 읽어보면 이 부분에 들인 세종의 노력이 참으로 어마어마하다고나 할까? 지금까지 경복궁을 돌아다니며 설명한 근정문, 근정전, 계조전, 왕비의 정전 등에서 펼쳐진 여러 엄격한 의식이 바로 그 예시다.

이 외에도 빈례라 하여 외국 사신을 맞는 의식, 군례라 하여 군대에서 행하는 의식, 길례라 하여 제사를 지내는 의식, 가례라 하여 결혼이나 책봉 등의 의식, 흉례라 하여 상을 당했을 때 의식 등도 세종 시대에 정립되었다. 이렇게 정립된 예법은 조선 후기까지 일부 내용이 추가되거나 변경된 채 쭉 이어지게 된다. 이 중 제사를 지내는 의식인 길례(吉禮) 편에 문소전이 등장하는 만큼 덕분에 이곳이 제사와 연결되는 장소임을 알 수 있다.

그렇다면 문소전에는 누가 모셔졌기에 제사를 지낸 것일까?

"태종과 원경왕후를 종묘에 합사한 뒤에 광효전(廣孝殿)에 위판(位板)을 봉안하도록 하소서."

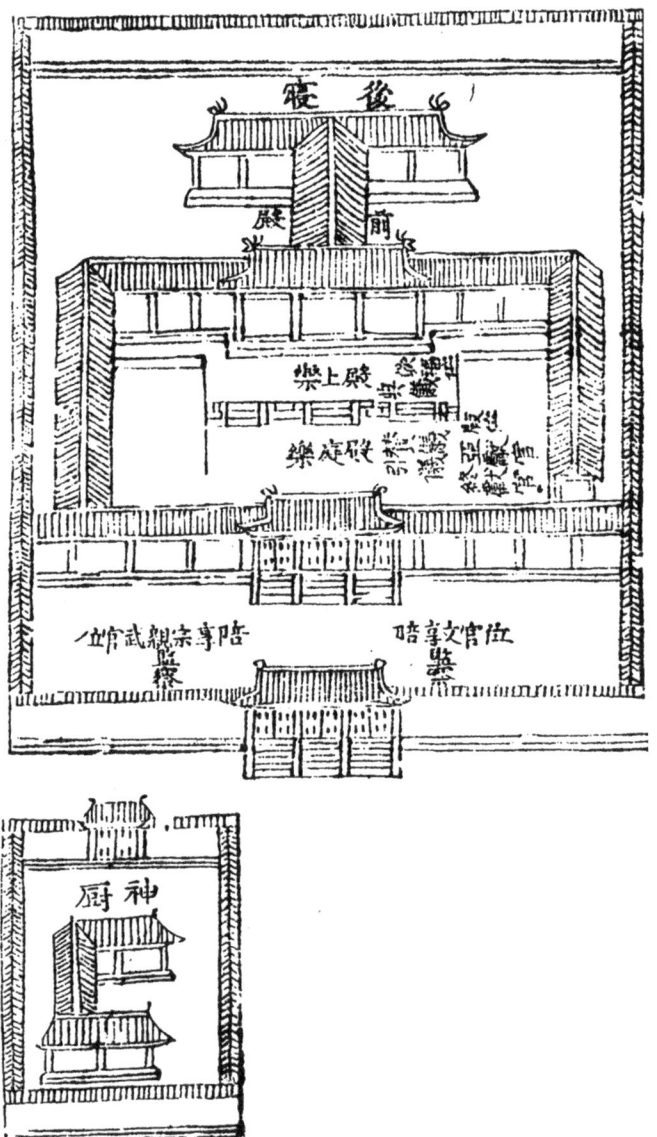

1474년 집필된《국조오례의서례(國朝五禮儀序例)》길례(吉禮) 중 문소
전.

하니, 아뢴 대로 시행하게 하였다.

《조선왕조실록》세종 6년(1424) 2월 27일

1420년 어머니 원경왕후가 죽자 세종은 창덕궁 동쪽에 원경왕후의 신주를 모시도록 하였다. 이후 신주를 모신 건물을 광효전이라 불렀는데, 1422년 상왕이었던 태종이 죽자 마찬가지로 그의 신주를 광효전에 함께 모셨다. 그리고 시간이 흘러 태종의 3년 상이 끝나니 1424년 종묘로 태종과 원경왕후의 신주를 옮겼으며, 광효전에는 위판, 즉 위패를 모시도록 했다.

이러한 모습은 이보다 전인 태조 이성계와 신의왕후의 경우도 유사하다. 아까 세자궁에 대한 이야기를 하며 경복궁에 조선의 첫 세자인 이방석이 사용하던 세자궁이 있었으나, 태종이 해당 건물의 이름을 인소전으로 고치고 자신의 어머니인 신의왕후의 초상화를 모시는 공간으로 잠시 활용했다고 언급했었다. 이후 인소전은 창덕궁으로 옮겨졌는데, 1408년 태조가 죽고 3년 상이 끝날 때까지 태조와 그의 부인 신의왕후의 신주가 인소전에 함께 모셔졌다. 이후 1410년 태조와 신의왕후 신주가 종묘로 옮겨지자, 창덕궁 인소전에는 두 분의 초상화와 위패가 함께 모셔지게 된다. 이 과정에서 건물 이름이

태조 신주 복제품. 밤나무로 만들었으며 구멍이 뚫려 있다. 종묘 향
대청에서 전시 중. ©황윤

인소전에서 문소전으로 바뀐다.

> 우리 조정에서는 이미 문소전, 광효전을 세웠으
> 니, 대개 태조와 태종을 위하여 세운 것이므로 백세
> 가 되어도 옮기지 않도록 한 것이다. 그러나 일정한
> 제도가 없으면 후대 왕도 또한 반드시 매 세대마다
> 각기 원묘를 세워서 한이 없게 될 것이니, 이 문제를
> 의논하여 아뢰도록 하라.
>
> 《조선왕조실록》 세종 13년(1431) 12월 24일

시일이 흘러 세종은 문소전, 광효전처럼 매번 왕이 죽을 때마다 궁 안에 새로운 원묘, 즉 사당이 만들어지는 상황을 정리하고자 했다. 만일 이를 정리하지 않으면 매번 왕이 죽을 때마다 궁 안에 사당이 늘어나는 상황이 만들어질 테니까. 이에 영의정 황희 등에게 해결책을 의논하도록 하였는데, 이 과정에서 문소전은 위패와 초상화를 함께 모신 반면, 광효전은 위패만 모시고 있어 이를 통일할 필요가 있었다.

태조와 태종의 신위판(神位版)을 새 문소전으로 옮겼다.

《조선왕조실록》 세종 15년(1433) 5월 3일

여러 토의 끝에 경복궁에다 새로운 문소전을 짓고 기존의 창덕궁 문소전, 광효전에 있던 두 임금과 왕비의 위패를 한곳으로 모으기로 결정하였다. 이렇듯 경복궁 문소전에는 초상화가 아닌 위패만 모셔졌다. 다음으로 세종은 문소전에는 태조와 현재 왕의 4대 선조 왕까지만 모시는 것을 원칙으로 삼았다. 즉 건국자인 태조의 위패는 옮기지 않고 계속 유지하되 나머지 왕의 위패는 시간이 지나 4대가 넘어가면 문소전에서 나와 해당 위패의 주인이 묻힌 왕릉에 묻도록 한 것.

> 선원전(璿源殿)이 준공되어 선대 왕과 왕비의 어진 및 선원록(璿源錄)을 봉안하였다.

《조선왕조실록》 세종 20년(1438) 5월 19일

대신 돌아가신 왕과 왕비의 초상화는 문소전 북쪽에 선원전이라는 건물을 새로 짓고 모셨다. 이처럼 세종 시절부터 경복궁에는 왕의 위패를 모신 문소전과 왕의 초상화를 모신 선원전이 자리 잡게 된다. 아참~ 의경세자의 둘째 아들인 성종이 자신의 아버지를 왕으로 추존하면서 세조가 경복궁 서북쪽에 새로 지은 세자궁을 연은전이라 이름을 고치고 의경세자 위패를 모시는 공간으로 바꾸도록 했다는 이야기가 기억나시는지? 하하. 이는 성종이 자신의 아버지가 생전 왕이 아닌 관계로 문소전에 모실 수 없어 편법으로 궁궐 내에 위패를 모시고자 한 행동이었다는 사실~

> 우리나라는 종묘 외에 따로 문소전과 연은전을 세우고 평시에 하루 세 번 상식(上食, 제사 음식)을 올리는데, 이는 선왕들께서 조상 받들기를 효성으로 하고, 돌아간 분 섬기기를 생존한 분처럼 하는 뜻

에서 나온 것이기는 합니다. 그러나 당시부터 종묘
에는 소략하고 두 전에만 복잡하고 어수선한 폐단
이 있었습니다.

《조선왕조실록》 중종 12년(1517) 1월 20일

이로써 조선 전기 경복궁의 동북쪽에는 문소전
이, 그리고 그 북쪽에는 선원전이 존재했음을 알 수
있다. 하지만 시일이 지나며 종묘가 있음에도 경복
궁 내 종묘와 유사한 시설이 운영되는 것에 대한 사
림들의 비판 여론이 점차 커져갔다. 특히 이들은 문
소전에서 선왕들을 마치 살아 있을 때처럼 모신다
며 하루 세 번 제사 음식을 올리는 일이 너무 번잡
한 데다 낭비가 심하다고 주장하였다. 이처럼 여론
이 좋지 않아서일까? 임진왜란 때 종묘와 문소전이
불타 사라진 후 종묘는 얼마 뒤 재건하였으나 문소
전의 재건은 결국 이루어지지 않았다. 그렇게 문소
전의 역사가 조선 후기 들어와 완전히 끊어졌기에
고종 시절 경복궁을 재건할 때도 문소전은 만들어
지지 않는다.

그렇다면 조선 전기 경복궁 후원에는 문소전 외
에 또 어떤 건물이 존재했는지 궁금해지는걸.

경복궁 후원의 모습

사실 조선 전기 경복궁은 고종 시절 재건된 경복궁과 비교하여 전체적인 건물 숫자가 많지 않았다. 수치로 보자면 태조 시절 처음 완공 당시 경복궁의 규모는 390여 칸에 불과했으나, 고종 시절 재건된 경복궁은 규모가 무려 7225칸에 이를 정도였으니까. 물론 세종 시절 경복궁 내 여러 건물이 지어지면서 태조, 태종 때에 비해 상당한 규모로 확장된 것은 분명하나, 그럼에도 불구하고 학계에서는 고종 시절 재건된 모습보다 건물 숫자가 적었던 것으로 추정 중. 왜 추정인가 하면 조선 전기 확장된 경복궁의 전체적인 규모에 대한 정확한 기록이 전해지지 않기 때문이다.

영사 김응기가 아뢰기를,
"문소전과 아주 가까운 곳에서 분뇨를 모아다 채소를 심기도 하고, 또 궐내에 조금이라도 빈 땅이 있으면 모두 씨앗을 뿌려 농사를 지으니, 이는 지난날 임금이 거주하지 않은 때에 하던 짓이 지금까지 계

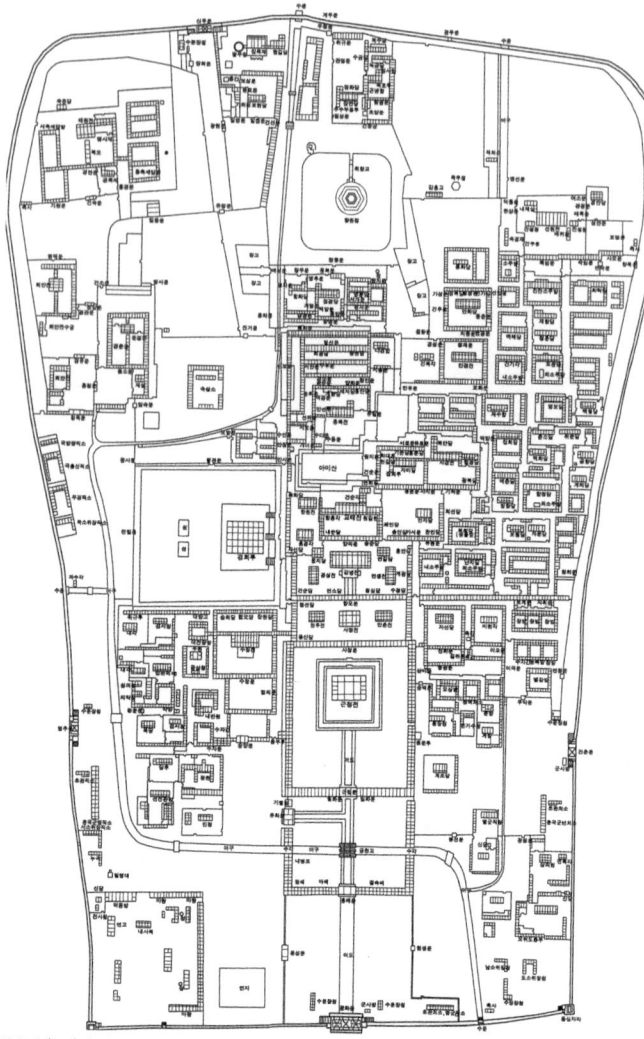

1907년 제작된 북궐도형. 대한제국 시기 작성된 측량도로 1990년대
조선총독부 철거 후 진행되고 있는 현재의 경복궁 재건 사업에 중요
한 근거로 활용되고 있다. 전체적으로 건물이 빽빽하게 들어서 있음
을 확인할 수 있다.

속되는 것입니다. 중국의 대궐 정원에는 모두 벽돌을 깔았거니와, 정원에 작은 빈 땅이 있다 한들 어찌 농사를 지을 것이며, 하물며 제사를 지내는 장소 근처에는 더욱 부당한 일이니 일절 금지하게 하소서."

하니, 상(上, 중종)이 이르기를,

"내 미처 알지 못하였다. 금하도록 하라."

《조선왕조실록》 중종 9년(1514) 3월 14일

오죽하면 조선 전기만 하더라도 문소전 주변의 공터에다 궁 내 사람들이 채소를 심을 정도였으며, 이외에도 건물이 없는 후원의 빈 공간마다 농사를 짓는 바람에 큰 비판을 받았다. 왕실의 권위가 떨어진다 이거지. 물론 경복궁 후원 내 비어 있는 공간이 상당했기에 가능한 일이라 하겠다. 아무래도 촘촘하게 건물이 배치된 경복궁 남쪽과 달리 후원이 위치한 북쪽에는 그나마 널찍하게 일부 건물만 배치되어 있어, 왕이 창덕궁으로 옮겨 지내는 경우 농사를 짓는 상황이 종종 벌어진 모양.

간의대는 자손만대에 전하기를 기약했던 것인데, 이제 갑자기 헐어버리려 하니 마음이 심히 괴롭다. 그러나 임금이 아들에게 자리를 전해주고서 아들 임금과 더불어 같은 궁에 함께 거처하는 것은 불

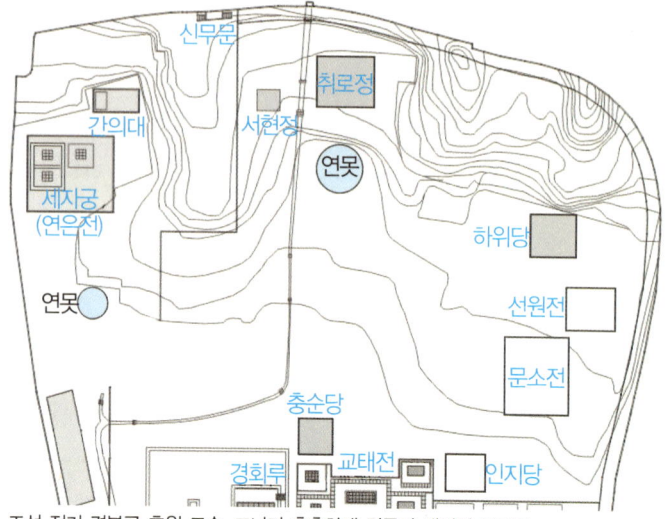

조선 전기 경복궁 후원 모습. 그나마 촘촘하게 건물이 배치된 경복궁 남쪽과 달리 북쪽에는 널찍하게 일부 건물만 배치되었다. 이정국, '조선 전기 경복궁 침전(寢殿)과 후원의 건축 공간에 관한 연구' 참조.

가하다. 또 부왕(父王)이 이미 죽고 어머니가 계실 때 아들 임금이 어떻게 한 궁에서 모시고 있을 것이냐. 이 때문에 이궁을 지으려 하는데 마침 그 지형이 낮아서 내 마음에 맞지 아니하니, 다시 땅을 살펴보라.

《조선왕조실록》 세종 25년(1443) 1월 3일

한편 세자 문종에게 대리청정을 시키고자 할 때 세종은 경복궁 후원에다 이궁을 만들어 자신의 거처를 옮기고자 했다. 그 위치는 경복궁 서북쪽으로 지금의 태원전이 있는 장소다. 이에 신하들의 반대 상소가 잇달라 올라왔으나 이를 무시하며 춘천에서 목재 1800여 개를 베어 강을 따라 경복궁으로 옮길 준비를 착착 진행하고 있었지. 그러나 가뭄을 핑계로 4월 들어와 이궁 공사를 멈추게 하였는데, 이후 5월에 세자가 신하들과 조회를 할 계조당을 빠른 속도로 세운 것으로 보아 대리청정을 위한 압박 중 하나로 이궁 건설을 주장했던 모양. 당연하게도 이궁 건설을 핑계로 모은 목재는 계조당에 쓰이지 않았을까? 시간이 흘러 세종이 이궁을 만들고자 한 자리는 세조가 자신의 세자를 위한 세자궁으로 만든다.

어쨌든 《조선왕조실록》 등 여러 기록을 바탕으로 볼 때 조선 전기 경복궁 후원에는 경복궁 북문인 신무문, 세조가 만든 세자궁(연은전), 천문을 관측하는 간의대, 다음으로 서현정, 취로정, 화위당, 충순당 같은 왕의 휴식을 위한 건물, 마지막으로 앞서 설명한 선원전, 문소전 등이 위치하고 있었다. 한데 세종은 1448년 들어와 이번에는 문소전 바로 옆에다 내불당, 즉 궁궐 안 사찰을 만들고자 했으니.

불교에 심취한 세종

임금이 근년에 조금씩 불교를 믿으시니

《조선왕조실록》 세종 20년(1438) 10월 21일

세종 즉위 20년인 1438년 경부터 신하들은 국왕이 불교에 남다른 관심을 보이고 있음을 눈치 채고 있었다. 당시 세종은 태조 이성계가 한양도성 안에다 만든 사찰인 흥천사에서 불교 행사를 개최할 때마다 적극 지원했는데, 이 부분에 대한 비판 여론이 점차 생겨나고 있었거든.

임금이 말하기를,
"내가 불사 때문에 그동안 상소를 많이 받았으니, 이미 나는 양(梁) 무제(武帝)가 되었다. (중략) 대저 임금의 허물을 나열하는 것은 속 좁은 선비들의 짓이다. 그들의 부모들은 집에서 염불하고 경을 읽어도 간하여 그치게 못하면서, 조정에 와서는 남이 상소한다 하여 임금을 허물하는 것이 옳은가?"

그대들은 고금(古今)의 사리를 통달하여 불교를
배척하니 현명한 신하라 할 수 있고, 나는 의리를 알
지 못하여 불법만을 존중해 믿으니 무식한 임금이
라 할 수 있겠다. 그대들이 비록 번거롭게 굳이 청하
지만 현명한 신하의 말이 반드시 무식한 임금에게
는 부합하지 않을 것이며, 무식한 임금의 말이 현명
한 신하의 귀에는 들어가지 않을 것이다. 하물며 내
가 근년에 병이 많아서, 궁중(宮中)에 앉아 있으면서
다만 죽을 날만 기다릴 뿐인데, 그대들은 나를 섬긴
지가 오래되었으니, 내가 불교를 믿는가 안 믿는가
를 알 것이다.

《조선왕조실록》 세종 28년(1446) 3월 28일

그러더니 시간이 더 흐르자 세종의 불교에 대한
우호적인 태도는 더욱 도드라졌다. 심지어 자신을
양 무제라 칭할 정도. 6세기 인물인 양 무제는 적극
적인 숭불 정책을 펼친 황제이자 동시대 백제 성왕
과 신라 진흥왕에게도 큰 영향을 미친 인물로 유교
국가인 조선에서는 사실상 언급되기 힘든 비유를
보인 것이다. 더 나아가 신하 앞에서 아예 대놓고
자신은 불법을 존중하는 무식한 임금 또는 불교를

믿는 임금이라 언급하기에 이른다.

> 지금 문소전 서북쪽 빈 땅에 불당을 하나 짓고 일
> 곱 명의 승려로 지키려고 하는데, 그 형태는 정당(正
> 堂)이 한 칸이고, 동서의 회랑이 각각 세 칸이며, 부
> 엌이 세 칸에 그칠 뿐이다.
>
> 《조선왕조실록》 세종 30년(1448) 7월 17일

그러던 중 세종은 1448년 들어와 문소전 북서쪽
에 작은 규모로 내불당(內佛堂)을 만들겠다고 선포
하였다. 갑작스런 국왕의 선언에 약 보름간 대간에
서 7차례, 집현전에서 3차례, 영의정 황희가 1차례,
의정부와 육조 당상이 1차례, 생원 등이 1차례 반대
상소를 올렸다. 이러한 반응에 세종은 노골적으로
불쾌감을 보이더니, 세자에게 왕위를 물려주겠다고
하곤 궁궐을 나와 넷째 아들 임영대군 집으로 가서
한동안 지내는 것이 아닌가?

국왕이 이렇게까지 버티자 결국 내불당은 1448
년 11월 20일 완성되었고, 그 규모도 본래 세종이
이야기한 7칸 규모가 아닌 26칸으로 더 크게 지어
졌다. 무엇보다 내불당에 안치할 불상은 세종의 셋
째아들 안평대군의 감독 아래 만들어졌으며, 둘째
아들 수양대군은 불사 행사 과정을 그림으로 그린

후 이를 참여한 사람들에게 나누어주었으니, 이렇 듯 세종은 불교에 친화적인 일부 신료들과 왕실 사 람들의 주도로 빠르게 일을 진행시켰다.

임금이 승정원에 이르기를,

"예전 불당은 금으로 만든 인왕불(仁王佛)·미타 삼존(彌陀三尊)과 옥불(玉佛)·불치(佛齒, 석가모니 이)·불골(佛骨, 석가모니 머리뼈) 등의 법보(法寶) 가 있어도 담 안에 있어서 도둑의 근심이 없었는데, 지금 불당은 궁성 밖에 있어서 도둑이 염려스럽다."

《조선왕조실록》 세종 30년(1448) 12월 9일

다만 그 위치는 신하들의 반대를 받아들여 문소 전 바로 옆이 아닌 경복궁 궁성 밖 북쪽에 위치하도 록 했다. 현재의 청와대 여민관이 있는 위치로 추정 됨. 이쯤 되어 이야기할 점은 궁궐 안에 위치하던 내불당을 없앤 인물이 다름 아닌 세종이라는 사실. 한마디로 1448년의 내불당 사건은 이전에 자신이 없앤 내불당을 번복하여 다시 설치하기 위해 벌인 일이라 하겠다.

문소전에 불당을 걷어 없애기를 명하고, 불상과 잡물(雜物)을 흥천사에 옮기게 하였다.

태종은 1406년 문소전의 전신인 인소전을 창덕궁에 지으면서 그 옆에다 작은 규모의 내불당을 함께 만들었다. 아무래도 어머니의 초상화를 모신 장소인 만큼 고려 왕실에서 이어온 문화에 따라 자연스럽게 사당 옆에 불당이 필요하다 여긴 듯. 이후 1408년 태조 이성계가 죽어 그의 위패와 초상화가 모셔지면서 문소전의 불당은 승려가 머물며 태조 부부를 위한 명복을 비는 용도로 운영되었다.

하지만 세종은 창덕궁에 위치한 문소전을 경복궁 문소전으로 이전하는 과정에서 1433년 불당을 없애도록 한다. 이때만 하더라도 고려 식으로 불교적 색채를 지닌 국가의 예법을 유교식으로 변경하는 데 매우 열의를 다하던 시기라 경복궁에 새로 만든 문소전은 이전과 달리 유교식으로 운영하고자 했기 때문이다.

창덕궁의 불당은 (태종이) 선왕을 위하여 베푼 것이며, 지금 다시 세우는 것은 오로지 선조의 덕을 받드는 효심에서 나온 것이니, 그 폐한 모습을 차마 보지 못하겠다.

그러나 불교에 점차 심취하게 되자 세종은 문소전 옆에 다시금 내불당을 만들고자 했는데, 이를 위해 태종의 효심을 자신이 잇는다는 주장을 하였다. 태종이 자신의 능 옆에 능침사를 만들지 말라 할 정도로 남달리 유교를 신봉했음에도 부모를 위해 궁궐 내 사당 옆에다 작은 불당을 만든 것처럼 세종 역시 선조에 대한 효를 위해 불당을 만들겠다는 것이었다. 참고로 능침사는 국왕의 명복을 빌기 위해 능 근처에 세운 사찰로 나름 신라 때부터 고려까지 이어온 유구한 문화였다.

이렇게 세워진 내불당은 문종 시절에도 유지되었으며, 불교를 남달리 신봉한 세조 시절에는 큰 법회가 자주 개최되며 최고 전성기를 누렸다. 그러나 성종 시절이 되자 신하들의 반대에 따라 결국 궁에서 조금 먼 인왕산 동쪽에서 경복궁 서쪽 사이, 즉 지금의 서촌으로 이전하게 된다. 오호라~ 다름 아닌 오늘 우리의 여행이 시작된 장소로구나.

이로써 조선 전기 경복궁의 후원 모습까지 살펴보았다.

8. 한글이 만들어진 장소

아미산

일제강점기 시절인 1918년 해체되어 사라진 교태전은 1994년 복원되었다. 해당 건물의 조선 전기 시절 쓰임새에 대한 설명은 앞서 했으니 넘어가고, 이번에는 교태전 안으로 들어가 아미산을 감상한다.

돌기단과 꽃, 나무로 예쁘게 정리된 나지막한 언덕 위로 굴뚝 4개가 우뚝 서 있는데, 이를 통해 교태전 온돌방 밑을 통과한 연기가 밖으로 나가도록 하였다. 굴뚝은 고종 3년인 1866년에 교태전과 함께 지어졌으며 벽돌로 6각형 외면을 장식한 후 가장 윗부분에는 기와를 올렸다. 더하여 각 벽마다 덩굴무늬, 학, 박쥐, 봉황, 소나무, 매화, 국화, 불로초, 바위, 새, 사슴 등의 무늬를 배치하였으니, 이처럼 굴뚝이면서도 각종 문양이 품격 있게 조각되어 있어 보물로 지정되기에 이른다. 이는 고종 시절 교태전이 왕비의 공간으로 정해지며 아름답게 단장된 모습이라 하겠다.

그렇게 아미산을 감상하고 있는데, 태종 시절 경

회루를 지으면서 연못을 팔 때 나온 흙을 쌓아 인공산을 만든 것이 아미산이라는 이야기가 들린다. 아무래도 같이 온 일행에게 아미산의 유래를 설명해주는 듯. 그렇다. 이는 기존의 경복궁 관련한 책이나 설명 글에 자주 등장하던 이야기다.

> 민치상이 아뢰기를
> "교태전 뒤의 아미사(蛾眉砂)는 바로 하늘이 만든 것으로, 그 아래에 전각을 세운 데는 깊은 뜻이 있는 듯합니다. 지금 만약 헐고 옮겨 짓는다면 천연적인 지형을 잃게 됩니다."
> (중략)
> 상(上, 고종)이 이르기를
> "처음에는 아미사가 인공적으로 만든 산인 줄 알았는데, 근래에 들으니 자연적으로 만들어진 것이라 한다."
>
> 《승정원일기》 고종 12년(1875) 3월 29일

하지만 교태전에 화재가 나서 주변을 다시 짓는 공사를 진행하기 전 고종과 신하 간 토의를 한 내용을 살펴보면 당시만 하더라도 아미산이 아니라 아미사라고 불렸으며 더 나아가 인공산이 아닌 자연적인 지형이라 언급하고 있어 눈길을 끈다. 이를 미

아미산 정경. 돌 기단과 꽃, 나무로 예쁘게 정리된 나지막한 언덕 위
로 굴뚝 4개가 우뚝 서 있다. ⓒ박종무(왼쪽)

루어 볼 때 우리가 익숙히 알고 있던 지식이 아무래도 역사적 사실은 아닐 가능성이 높을 듯싶다.

간단히 설명하자면 아미사(蛾眉砂)란 풍수 용어로서 주산에서 내려온 지맥이 혈 자리에 닿기 전에 마치 눈썹처럼 솟아오른 지형을 의미한다. 앞서 이야기했듯 경복궁은 태조 이성계 시절 북악산을 주산으로 삼은 자리에 세워졌다. 이 과정에서 북악산 줄기가 내려온 지점을 따라 왕의 침실인 강녕전 및 궁궐의 중심인 근정전, 더 나아가 근정문과 광화문까지 배치했으니, 이때 아미사가 중요 포인트라 하겠다. 산줄기의 흐름이 끝나는 부분이 다름 아닌 아미사이기 때문.

실제로 조선 시대 사람들은 아미사, 즉 마지막 산줄기 끝 부분에다 집이나 궁궐 등을 지으면 주산의 기운을 그대로 담을 수 있다고 믿었다. 이러한 믿음은 당시 지도를 통해서도 알 수 있는데, 경복궁도를 살펴보면 풍수지리적 관점에 따라 북한산 산줄기가 북악산을 거쳐 교태전 바로 뒤에 위치한 아미산까지 이어진 듯 묘사하였으니까.

집현전 교리 어효첨이 상소하기를,
"지난번에 궁성 북쪽의 길을 막는 일 등으로 회의할 때 신은 마침 병으로 참예하지 못하였사온데,

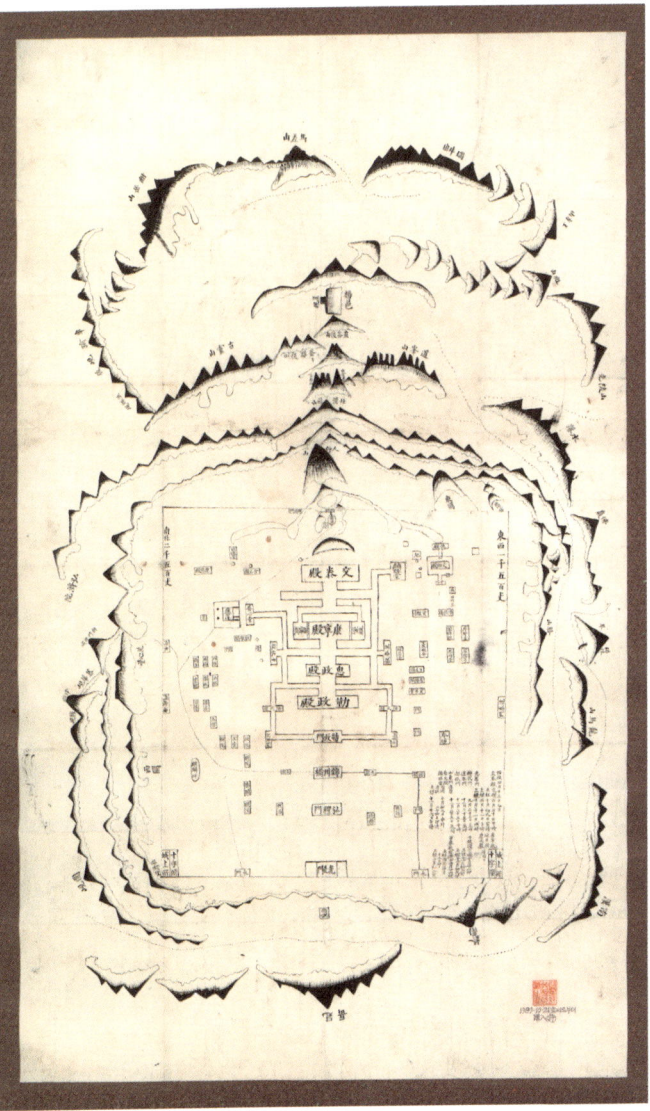

1865년 이후에 그려진 경복궁도. 풍수지리적 관점에 따라 산줄기가 교태전 뒤에 위치한 아미산까지 이어온 듯 묘사되었다. 서울역사박물관.

뒤에 그 의논을 듣자온 즉, 궁성 북쪽 길은 담을 쌓고 문(門)을 만들어 제한을 하고, 또 성안에는 흙을 쌓아 산(山)을 모으고, 명당(明堂)의 물에는 더러운 물건을 던져 넣지 못하도록 금하기로 했다 하옵는데, 신은 반드시 그렇게 할 것이 없다고 생각하옵니다."

《조선왕조실록》 세종 26년(1444) 12월 22일

그렇다면 왜 태종 시절 경회루를 지으면서 연못을 팔 때 나온 흙을 쌓아 인공산을 만들었다는 이야기가 전해졌을까? 우선 세종 시절에 경복궁 북쪽 길에 담을 쌓아 아무나 이동하지 못하게 한 후 경복궁 안에 위치한 산줄기, 즉 아미사에는 흙을 쌓으려 한 적이 있었다. 이렇게 흙을 쌓아 올리면 풍수지리적으로 길해진다는 이야기가 있었기 때문. 워낙 반대 의견이 많아 실제로 실행이 되었는지는 알 수 없으나 이런 논의가 꽤나 심도 있게 진행된 것은 분명한 사실이다.

다음으로 고종 시절 경복궁을 재건하는 내용을 기록한 《경복궁영건일기(景福宮營建日記)》에 따르면 경회루를 복원하는 과정에서 270여 년간 연못 아래 쌓인 진흙을 퍼낸 후 본래 자연 언덕으로 존재했던 아미사 위에 덧쌓았다고 함. 이러한 역사적 사실을 기반으로 시간이 훌쩍 지나 1980년 전후가 되자 경회루를 처음 세운 태종 시절 아미산을 인공으로 축조했다는 이야기로 변한 채 널리 알려진 것이다. 그렇게 북악산과 아미사를 잇는 경복궁 내 산줄기는 일제강점기 시절인 1915년 경복궁에서 개최하는 대규모 박람회를 위해 평탄화 작업을 하는 바람에 상당 부분 사라지게 된다. 경복궁 서북쪽에 위치한 녹산에서 산줄기 흐름이 끊긴 것이다.

한편 1895년 일본 자객에게 명성황후가 살해당하는 을미사변이 벌어지면서 경복궁에는 더 이상 왕이 머물지 않게 된다. 아관파천이라 하여 일본의 압박을 피해 러시아 공사관에서 한동안 지내던 고종은 이후 덕수궁을 짓고 그곳에서 지냈으니까. 경복궁 가장 북쪽 중앙에 위치한 건청궁이 바로 을미사변이 벌어진 장소로 1909년 철거되었다가 2007년 복원되었다. 조선 전기에는 없었던 건물.

그렇게 왕이 살지 않아 비어 있던 경복궁을 1904년 중추원 서기관인 김택영이 종친, 여러 신하들과 함께 구경하면서 붉은 모란꽃 61송이가 아름답게 피어 있는 아미사를 비슷한 발음을 지닌 아미산으로 비유하였는데, 이때부터 비로소 이곳을 아미산이라 불렀다고 전한다. 아미산은 중국의 불교 4대 명산 중 하나로서 보현보살이 거처하는 장소로 유명하지. 이김에 간단히 이야기하고 넘어가자면 중국의 불교 4대 명산은 오대산(문수), 보타산(관음), 구화산(지장) 아미산(보현)이다.

이처럼 아미산이라 불린 것은 생각보다 그리 오래되지 않았으니, 당연히 조전 전기 기록에는 경복궁과 연결된 용어로서 아미산은 전혀 등장하지 않는다. 흥미로운 이야기를 하나 하자면 세종 시절만 하더라도 경복궁 안에 실제로 인공산이 있었다는 사실이다. 물론 그 인공산이 지금까지 이야기한 아미산은 절대 아니고. 하하.

과학의 공간, 흠경각

이번에는 교태전 서쪽에 위치한 흠경각을 방문한다. 세종 시절만 하더라도 해당 건물 내부에는 앞서 이야기한 인공산이 있었으니, 관련 기록은 다음과 같다.

> 흠경각(欽敬閣)이 완성되었다. 이는 대호군 장영실이 건설한 것이나 그 규모와 제도의 묘함은 모두 임금의 결단에서 나온 것이며, 건물은 경복궁 침전(강녕전) 곁에 있었다.
>
> 《조선왕조실록》 세종 20년(1438) 1월 7일

> 풀 먹인 종이로 일곱 척(尺) 높이의 산을 만들어 집 복판에 설치하고, 그 산 안에다 옥루(玉漏)와 기륜(機輪)을 설치하여 물로써 처올리도록 하였다.
>
> 김돈, 《흠경각기(欽敬閣記)》

기록에 따르면 흠경각은 그 유명한 장영실이 만들었으며 건물 내부에다 일곱 척(尺), 즉 2.1m 높이로 인공산을 세운 후 산 안에는 기륜(機輪 = 기계 바퀴)을 설치하여 옥루(玉漏 = 흐르는 물)로 움직이도록 하였다. 참~ 장영실은 아버지가 원나라 사람, 어머니는 부산 동래의 기생이었기에 지금 기준으로 보면 혼혈이라 볼 수 있겠다. 워낙 기계 만드는 솜씨가 뛰어나 태종부터 세종까지 중용됐으며, 특히 세종 시절에는 당대 최고 수준의 천문 기기와 물시계를 만들었기에 지금까지도 그 이름이 널리 알려지고 있다.

다만 흠경각은 장영실 혼자 만든 것은 아니며 《흠경각기》라는 글을 쓴 김돈과 함께 진행한 프로젝트였다. 김돈은 태종 시절 과거 시험 문과에 합격한 후 세종 시절에는 집현전에 소속되어 활동한 인물로 천문과 과학 기술에 무척 해박하였다. 1433년에는 천문대인 간의대(簡儀臺), 1434년에는 물시계가 위치한 보루각(報漏閣)을 만들 때도 장영실과 함께 참여했다. 김돈 외에도 이순지, 정인지, 정초, 정흠지, 김단, 김빈 등이 당시 천문학에 남다른 실력을 뽐낸 인물들로 왕의 적극적인 지원과 이들의 노력 덕분에 세종 시절 천문학이 크게 발전할 수 있었다. 김돈의 기록에 따르면 장영실이 1438년에 제작한 흠경각의 기계가 참으로 엄청나긴 했던 모양이다.

흠경각. 세종 시절 흠경각 안에는 장영실이 만든 인공산이 있었다.
ⓒ박종무

　　금으로 해를 만들었는데 그 크기는 탄환만 하고,
오색구름이 둘러서 산허리 위를 지나도록 되었는
데, 하루에 한 번씩 돌아서 낮에는 산 밖에 나타나고
밤에는 산 속에 들어가며, 비스듬한 형세가 천행에
준하였고, 극(極)의 멀고 가까운 거리와 돌고 지는
분수(分數)가 각각 절기를 따라서 하늘의 해와 더불
어 합치하도록 되어 있다.

김돈, 《흠경각기(欽敬閣記)》

　　어느 정도냐면 기계를 이용하여 금으로 만든 해
가 하루에 한 바퀴를 돌되 낮에는 산 밖으로 밤에는

1871년에 만들어진 혼천의로 조선 최초의 혼천의는 세종 시절 여러 학자들의 연구 끝에 1433년 장영실에 의해 제작되었다. 국립중앙박물관.

산 속으로 들어가는 방식으로 낮과 밤을 묘사할 정도였으니까. 더 나아가 해의 움직임마저 실제 하늘의 절기에 따라 변화를 주었다고 한다. 한마디로 365일마다 조금씩 위치가 변하는 하늘 위 태양의 움직임마저 그대로 표현했다는 의미. 장영실은 1433년 간의대에 설치한 혼천의를 통해 습득한 기술을 바탕으로 흠경각 안에서 우주 질서를 재현했던 것이다.

해 밑에는 옥녀 넷이 손에 금방울을 잡고 구름을 타고 있으며, 사방(四方)에 각각 서 있어 인 · 묘 · 진

흠경각 옥루. 대전 국립중앙과학관.
← 영상으로 보는 흠경각 옥루의 작동 원리.

시 초정(初正)에는 동쪽에 서 있는 여자 인형이 매양 방울을 흔들며, 사·오·미시 초정에는 남쪽에 서 있는 여자 인형이 방울을 흔들고, 서쪽과 북쪽에도 모두 이렇게 한다. 밑에는 네 가지 귀형(鬼形)을 만들어 각각 그 곁에 세웠는데, 모두 산으로 향하여 섰으며, 인시가 되면 청룡신(靑龍神)이 북쪽으로 향하고, 묘시에는 동쪽으로 향하며, 진시에는 남쪽으로 향하고, 사시에는 돌아서 다시 서쪽으로 향하는 동시에 주작신(朱雀神)이 다시 동쪽으로 향하는데, 차례로 방위를 향하는 것은 청룡이 하는 것과 같으며, 딴 것도 모두 이와 같다.

더하여 산 중턱에는 인형이 들고 있던 방울을 흔들며 시간을 알려주는 데다, 매 시간마다 인형이 움직이며 방위를 알려주기도 했다. 이외에도 산 아래에는 종과 징을 치는 인형, 열두 방위를 맡은 인형도 있었다고 함. 이는 장영실이 1434년에 만든 물시계, 즉 보루각에 설치한 자격루를 업그레이드한 모습이라 하겠다.

전체적으로 종합해보면 1. 산 위에는 태양이 움직이고 2. 산 중턱에는 인형으로 옥녀와 사신(청룡, 백호, 주작, 현무)이 있으며 3. 산 아래에는 종과 징을 치는 관리와 12지신이 존재했는데, 이들 모두가 기계 장치를 통해 자동으로 움직였다. 이렇듯 혼천의와 자격루가 합쳐진 너무나도 정교하고 복잡한 시스템이라 당연하게도 관리가 힘들지 않았을까? 이에 따라 성종 시절에는 훼손된 상태로 오랜 시간이 지난지라 새로 수리를 한 적이 있으며, 명종 시절에는 화재로 불탄 것을 다시 복원하기도 했다.

산 동쪽에는 봄 3개월 경치를 만들었고, 남쪽에는 여름 경치를 꾸몄으며, 가을과 겨울 경치도 또한 만들어져 있다.

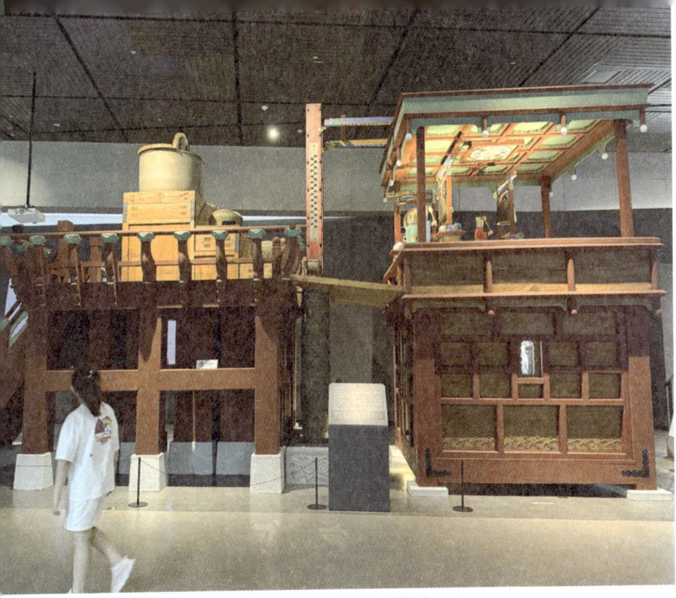

보루각 자격루. 대전 국립중앙과학관. ⓒ박종무
← 영상으로 보는 보루각 자격루.

마지막으로 산 주변으로는 동 = 봄, 남 = 여름,
서 = 가을, 북 = 겨울의 경치를 묘사하였다고 한다.
사실상 미니어처처럼 작은 세계를 만든 것으로 이
모두를 합쳐서 옥루기륜(玉漏機輪), 줄여서 옥루라
부른다. 현재의 흠경각에는 이러한 기계 장치가 존
재하지 않지만 이번 기회에 눈을 감고 상상해보면
좋을 듯싶다. 더하여 세종 시절 물시계가 위치한 보
루각은 경회루 남쪽에 위치했고, 천문 기구가 있던
간의대는 경복궁 서북쪽, 즉 세조가 새롭게 세자궁

을 만든 곳 북쪽에 위치했으니, 이 당시 흠경각과 더불어 조선의 과학을 상징하는 장소들이다.

아~ 맞다. 대전 국립중앙과학관에 흠경각의 옥루, 보루각의 자격루를 재현하여 보여주고 있는 만큼 혹시 관심 있는 분은 방문해보면 어떨까? 직접 보면 크기가 의외로 꽤 커서 놀랄 듯. 더불어 세종 시절 제작된 여러 정밀한 과학 기구도 이곳에 재현되어 전시 중인데, 이 시절 조선의 천문 과학은 세계에서도 손꼽히는 높은 수준이었다고 하니 충분히 자부심을 가질 만하다.

임금의 침소, 강녕전

　왕의 처소인 강녕전에 들어섰다. 강녕전을 중심으로 남쪽에는 왕의 집무실인 사정전, 북쪽에는 왕비의 처소인 교태전이 있으며, 회랑이나 담장으로 구별하여 각각 별도의 공간처럼 구성하였다. 반면 연생전, 경성전, 연길당, 응지당 등의 건물은 강녕전을 보조하는 역할로 만들어진 만큼 강녕전 영역에 함께하고 있다. 이는 고종 시절 재건된 경복궁을

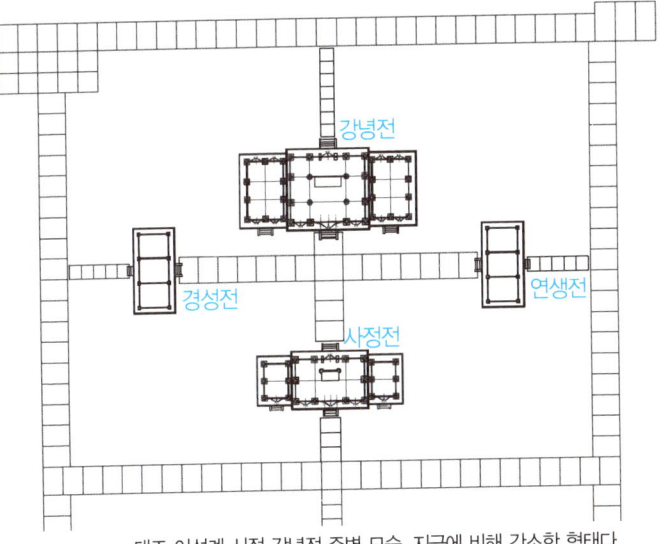

태조 이성계 시절 강녕전 주변 모습. 지금에 비해 간소한 형태다.

동궐도에서 묘사된 선정전 앞 천랑. 복도각이라 부르기도 하며 건물과 건물 사이를 연결하였다.

1990년대 이후 복원한 모습이라 하겠다.

시간을 거슬러 올라가 태조 이성계가 경복궁을 처음 지었을 때만 하더라도 지금과 달리 교태전은 없었고, 강녕전과 사정전이 한 영역에 함께하고 있었다. 전체적인 모습은 강녕전을 중심으로 동쪽에는 연생전, 서쪽에는 경성전, 남쪽에는 사정전이 위치하고 각각의 건물은 천랑(穿廊)으로 연결되어 있었다.

여기서 천랑이란 건물과 건물을 연결하는 복도로서 현재는 창덕궁 선정전, 창경궁 명정전 등에서 천랑의 모습을 일부 확인할 수 있으나 통일신라, 고려, 조선 전기만 하더라도 궁궐, 사찰마다 천랑이 꽤 많이 사용된 것으로 보인다. 장단점은 확실하다. 천랑이 있으면 비나 눈이 올 때, 햇빛이 강할 때도 별다른 문제 없이 이동할 수 있지만, 화재가 발생하면 건물과 건물 사이에 있는 천랑이 불을 옮기는 역할을 하는 단점이 있다.

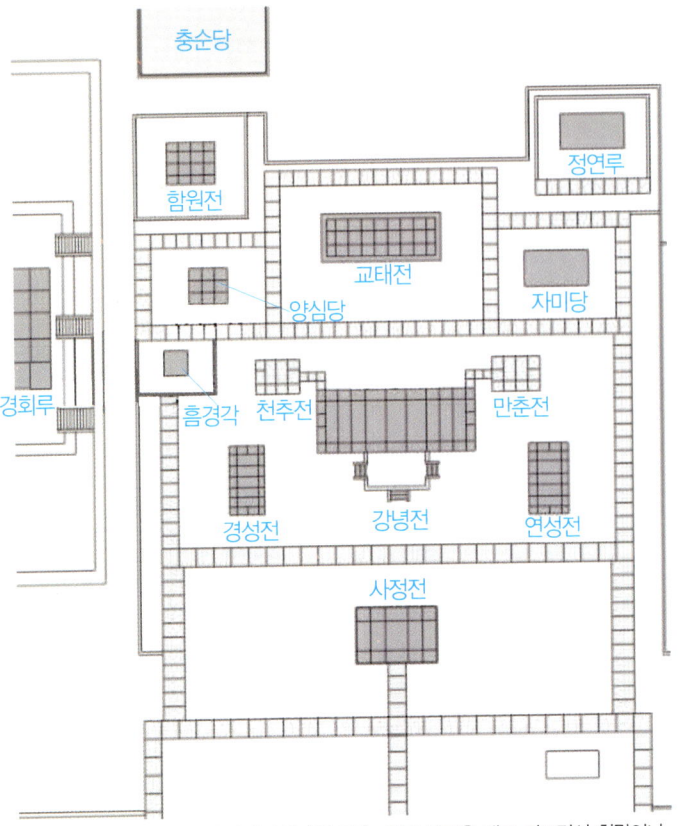

충순당

함원전

정연루

교태전

양심당

자미당

경회루

흠경각   천추전   만춘전

경성전   강녕전   연성전

사정전

세종 시절 강녕전 일대의 모습. 여러 건물을 새로 지으면서 회랑이나 담장으로 각 공간을 구별하였다. 이정국의 "조선 전기 경복궁의 침전(寢殿)과 후원의 건축 공간에 관한 연구" 참조.

이후 세종 시대 들어와 1429년에는 사정전을 고쳐 지었고, 1433년에는 강녕전을 고쳐 지었다. 한마디로 기존의 태조 때 만든 건물을 재건축한 것. 다음으로 1440년경에는 교태전을 새로 지었고, 이외에도 여러 건물을 새롭게 지으면서 일부는 강녕전 주변에 일부는 회랑과 담장으로 구별된 공간에 각각 자리 잡게 된다. 덕분에 태조 시절에 비해 강녕전 주변이 꽤나 복잡한 구조, 한마디로 미로 같은 모습이 되었구나. 이 과정에서 사정전과 강녕전 사이에 회랑을 만들어 각각의 영역을 나누어 구별토록 했으니, 바로 이 부분이 태조 시절과 가장 차이 나는 모습이라 하겠다.

그렇다면 세종은 왜 강녕전 주변으로 교태전을 포함한 여러 건물들을 세운 데다, 이 중 일부 건물은 회랑과 담장으로 영역을 구별한 것일까?

임금(태종)이 인생을 보고 말하기를,

"사관이 어찌 들어왔는가?"

하니, 인생이 대답하기를,

"전일에 문하부(門下府)에서 사관이 좌우에 입시하기를 청하여 윤허하시었습니다. 신이 그 때문에 들어왔습니다."

하였다. 임금이 말하기를,

"편전에는 들어오지 말라."

하니, 인생이 말하기를,

"비록 편전이라 하더라도, 대신이 일을 아뢰는 것과 경연에서 강론하는 것을 신 등이 만일 들어오지 못한다면 어떻게 갖추어 기록하겠습니까?"

강녕전 내부. ⓒ박종무

하였다. 임금이 웃으며 말하기를,
　"이곳은 내가 편안히 쉬는 곳이니, 들어오지 않
는 것이 맞다."

《조선왕조실록》 태종 1년(1401) 4월 29일

　국왕은 나라의 그 누구보다 공적인 존재이나 인
간인 만큼 사적인 공간도 당연히 필요했다. 예를 들
면 국왕에게 근정전은 공적인 장소인 반면 강녕전
은 사적인 장소라 할 수 있다. 문제는 처음에는 사
적인 장소로 만들어졌으나 공적인 장소로 변한 경
우다. 대표적으로 사정전이 그러한데, 태조가 경복
궁을 건설할 때만 하더라도 침소인 강녕전 바로 아

래 위치하여 국왕의 사적인 장소이자 편하게 정사를 보는 기능을 맡았다. 이러한 성격을 지닌 건물을 소위 편전이라 부른다.

오죽하면 역사를 기록하는 사관마저 편전에는 들어올 수 없도록 했으며, 이 문제를 두고 태종은 처음에는 타이르는 방식을 취하다가 나중에는 일부 허락을 받았을 때 외에는 사관이 편전에 들어오지 못하도록 엄한 명을 내리기도 했다. 이는 곧 국왕의 사적인 공간을 분명하게 구별하고자 했기 때문. 하지만 사관은 역사적 사명을 띠고 임금의 일거수일투족을 기록하고자 한 만큼 편전으로 사관이 들어오는 것을 갈수록 막기 어려워졌다. 그렇게 국왕과 사관의 오랜 대립 끝에 성종 시절이 되면 편전에도 사관이 들어오는 문화가 완전히 정착되기에 이른다.

강녕전, 만춘전, 천추전, 연생전, 경성전, 사정전 같은 것은 이른 바 정궁(正宮)이고, 함원전, 교태전, 자미당, 종회당, 송백당, 인지당, 청연루는 내(세종)가 세운 자그마한 집인데 정궁(正宮)이 아니니,

《조선왕조실록》 세종 31년(1449) 6월 18일

문제는 세종 시절이 되자 근정전을 포함하여 사

정전 더 나아가 강녕전까지 국가의 공식적인 의례가 종종 개최되는 장소가 되었다는 점이다. 이에 세종은 강녕전 주변으로 교태전을 포함한 여러 건물을 새로 만들어 편전, 즉 국왕의 사적인 공간으로 활용하고자 했다. 실제로 세종은 국왕의 공식적인 의례와 통치 행위가 진행되는 공간은 정궁으로, 이외에 국왕의 사적인 공간은 정궁이 아니라고 분명히 구별하기도 했었다.

결국 사정전과 강녕전의 영역이 회랑을 통해 각기 나뉜 것은 태조 시절만 하더라도 사정전이 국왕의 사적인 공간이었으나, 세종 시대를 거치며 공적인 색이 강해지면서 예전에 비해 편하게 사용하기 힘들어졌기 때문이다. 점차 공적인 공간으로 변모하니 아무래도 사관의 방문도 잦아졌을 테고 말이지. 그렇게 궁궐 내 공적인 공간이 확장되자 이에 비례하여 국왕의 사적인 공간, 즉 교태전을 포함한 여러 편전을 새롭게 지으면서 갈수록 궁궐 중심부가 여러 개의 편전을 지닌 복잡한 구조를 선보이게 된 것이다.

훈민정음이 창제되다

이달에 임금이 친히 언문(諺文) 28자를 지었는
데, 그 글자가 옛 전자(篆字)를 모방하고, 초성·중
성·종성으로 나누어 합한 연후에야 글자를 이루었
다. 무릇 문자에 관한 것과 한문으로 표기할 수 없는
우리말에 관한 것도 모두 쓸 수 있고, 글자는 비록
간단하고 요약되었지만 전환하는 것이 무궁하니,
이것을 훈민정음(訓民正音)이라고 한다.

《조선왕조실록》 세종 25년(1443) 12월 30일

1443년 12월 30일, 훈민정음이 창제되었다는 기
록이 《조선왕조실록》에 등장한다. 우리에게는 한글
이라는 명칭으로 익숙하며, 한국인, 더 나아가 요즘
은 세계에도 널리 알려졌다시피 세종대왕이 만든
독창적이면서도 과학적인 글자다. 그렇게 국왕이
새로운 글자를 만들었음을 알리자 얼마 뒤인 1444
년 2월 이를 반대하는 상소가 올라왔다. 반대한 이
들은 최만리, 신석조, 김문, 하위지, 정창손, 송처검,
조근 등 집현전 학자들로 이는 곧 세종이 그리 아끼

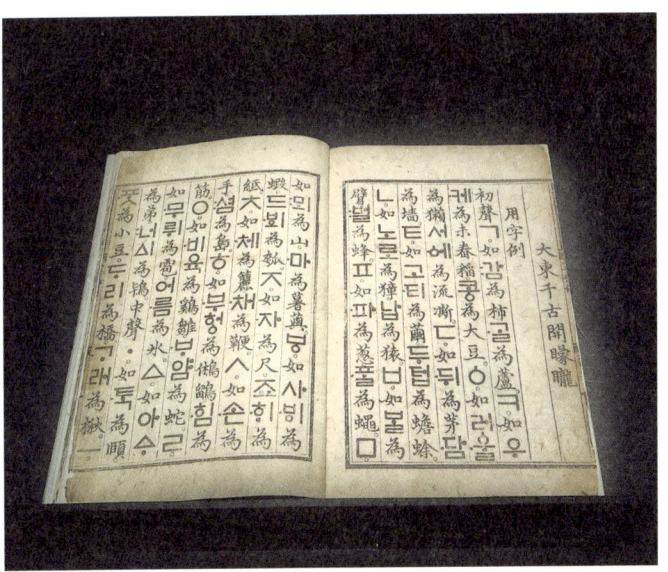

《훈민정음 해례본》, 간송미술관.

던 집현전마저 모르는 상황에서 새로운 문자가 만들어졌음을 의미한다.

그뿐 아니라 세종이 직접 새로운 문자 창제를 알리기 전까지 영의정 황희, 도승지, 사관 등 나름 국왕과 가까운 위치에서 활동한 그 누구도 이와 관련하여 작은 언급도 없어 놀라울 뿐이다. 그런 만큼 학계에서는 훈민정음 창제를 세종과 그의 아들인 문종, 세조, 안평대군 등이 매우 극비리에 참여한 왕실 프로젝트로 보고 있다. 이때 세종이 훈민정음 창제 프로젝트를 진행하지 않았다면 한반도에는 지금도 독창적인 문자가 존재하지 않을 가능성이 높다. 그만큼 우리 역사에 무척 중요한 일을 해낸 것. 이쯤 되어 갑자기 드는 궁금증은 과연 세종은 어느 장소에서 훈민정음을 만들었을까?

앞서 살펴보았듯 세종은 국왕의 사적인 공간인 편전을 계속하여 확장하였는데, 1440년경에 만들어진 교태전이 대표적이라 하겠다. 무엇보다 이렇게 새로 만들어진 건물들은 한동안 사관도 방문할 수 없는 비밀의 공간이었던 만큼 바깥으로 정보 유출 없이 훈민정음을 만드는 장소로서 안성맞춤이었지. 즉 강녕전보다 앞서 설명한 교태전을 포함한 여러 편전에서 훈민정음이 창제되었을 가능성이 무척 높다고 하겠다. 그런 만큼 경복궁 강녕전 주변에 위치한 여러 건물을 보면서 '이곳에서 훈민정음이 창제되었구나.' 라 생각해보면 어떨까?

임금이 승정원에 이르기를,
"내가 병이 있은 이후로 계축년(癸丑年, 1433)에 온양에서 목욕하고, 또 신유년(辛酉年, 1441) 봄에 온양에서 목욕하고, 금년에 또 이천의 온정에서 목욕하니, 내 병이 거의 조금 나았으나 그래도 영구히 낫지는 않았다. 이것은 내가 평생토록 지낼 병이므로 목욕으로 능히 치료할 수 없는 것이다. 그러나 목욕한 후에는 나은 듯 기분이 드니 또 온양에 목욕하고자 한다." 라 하였다.

《조선왕조실록》 세종 24년(1442) 11월 24일

안타까운 점은 훈민정음을 한창 만들던 시점에 국왕이 유독 안질이라 부르는 눈병으로 고생을 했다는 것이다. 당시 세종은 이미 10년 정도 눈병을 앓고 있었으나 1440년 전후로 그 병세가 더욱 심해졌다. 그래서 1441년부터 온천을 자주 방문하며 병을 치료하기 시작했는데, 실제로 병이 조금 나아지는 느낌을 받는다. 이를 미루어 볼 때 아무래도 훈민정음 창제를 위해 여러 자료를 검토, 연구하는 과정에서 눈병이 더욱 심해진 것이 아니었을까? 실제로 나 역시 거의 매일같이 책 원고를 쓰다보니 눈이 안 좋아져 다래끼가 생기거나 결막염으로 종종 안과를 방문하곤 하는데, 겨우 원고 쓰는 것으로 이 정도인 반면 훈민정음 창제는 무에서 유를 창조하는 전혀 다른 차원의 작업이다. 더하여 세종 시절에는 안경 및 안과도 없었으니 거참.

훈민정음 창제 직후 1444년이 되자 세종은 청주에 초정행궁을 짓고 2월과 7월 그렇게 2차례에 걸쳐 방문하여 총 120여 일을 지내게 된다. 이곳은 온천처럼 따뜻한 물이 아닌 탄산수가 나오는 장소로 이를 이용하여 눈병을 고치려는 의도였지. 상당 기간 동안 문자 창제를 그것도 신하들도 모르게 비밀리에 만든 스트레스가 상당했던 만큼 휴가가 필요했던 모양. 물론 휴가라 하여 완전히 쉬는 것은 아니고 왕비, 세자, 여러 신료들이 함께 이동하여 행궁에서 정사를 보며 휴식을 취하는 형태였다. 지금의 대통령도 마찬가지지만 국왕은 쉰다고 하여 아무것도 안 하며 쉴 수는 없기 때문.

이달에 훈민정음(訓民正音)이 이루어졌다(成).

어제(御製, 왕이 손수 쓴 글)에는

"나랏말이 중국과 달라 문자와 서로 통하지 아니하므로, 어리석은 백성들이 말하고 싶은 것이 있어도 마침내 제 뜻을 잘 표현하지 못하는 사람이 많다. 내 이를 딱하게 여기어 새로 28자(字)를 만들었으니, 사람들로 하여금 쉬 익히어 날마다 쓰는 데 편하게 할 뿐이다." (중략)

예조 판서 정인지(鄭麟趾)의 서문에는

"상세히 해석을 가하여 여러 사람들을 깨우치게 하라고 명하시니, 이에 신(臣, 정인지)이 집현전 응교(集賢殿 應敎) 최항, 부교리(副校理) 박팽년과 신숙주, 수찬(修撰) 성삼문, 돈녕부 주부(敦寧府 注簿) 강희안, 행 집현전 부수찬(行集賢殿 副修撰) 이개, 이선로 등과 더불어 삼가 모든 해석과 범례(凡例)를 지어 그 핵심 내용을 서술하여, 이를 본 사람으로 하여금 스승이 없어도 스스로 깨닫게 하였다.

그러나 그 연원의 정밀한 뜻의 오묘한 점은 신(臣) 등이 능히 발휘할 수 있는 바가 아니다. 삼가 생각하옵건대, 우리 전하께서는 하늘에서 낳으신 성인(聖人)으로 백대(百代)의 제왕보다 뛰어나시어, 정음 창제는 앞선 사람이 이룩한 것을 따른 것이 아니요, 자연의 이치를 따른 것이다. 참으로 그 지극한 이치가 없는 곳이 없으니, 사람의 힘으로 사사로이 한 것이 아니다. 무릇 동방에 나라가 있은 지가 꽤 오래 되었지만, 만물의 뜻을 깨달아 모든 일을 온전하게 이루게 하는 큰 지혜는 오늘을 기다리고 있었던 것이다."

《조선왕조실록》 세종 28년(1446) 9월 29일

1446년 국왕의 명으로 집현전 학자들에 의해 훈민정음 해례본이 완성되었으니 《조선왕조실록》에는 "訓民正音成"이라 하여 《훈민정음 해례본》이 완성됨을 밝히고 있다. 이는 곧 훈민정음이라는 문자 체계의 창제 원리와 사용 방법을 알리고자 만든 책으로 세월이 흘러 1940년 경상북도 안동시에 위치한 오래된 집에서 《훈민정음 해례본》이 한 권 발견되었다. 소식을 들은 간송 전형필이 큰돈을 주고 구입하여 지금은 간송미술관에서 만날 수 있다. 특히 《조선왕조실록》에는 해례본의 일부 내용만 축약 정리되어 있었으나, 전체 분량의 책이 발견되면서 한글 창제 원리에 대한 자세한 정보를 비로소 알 수 있게 된다.

정통 11년(1446년) 9월 상순. 자헌대부 예조판서 집현전 대제학 지춘추관사 세자우빈객 정인지는 두 손 모아 머리 숙여 삼가 쓰옵니다.

《훈민정음 해례본》 정인지 서문

여기까지 이야기를 진행하자 한글날이 왜 10월 9일인지 의문이 드는구나. 세종이 훈민정음을 만들었음을 밝힌 시점은 앞서 본대로 겨울인 음력 1443년 12월 30일이다. 다음으로 훈민정음 해례본이 완성되었다는 기록은 가을인 음력 1446년 9월 29일이다. 반면 훈민정음 해례본에는 책 완성 시점을 1446년 9월 상순(上旬), 즉 1일부터 10일 사이라 밝히고 있다.

문제는 일제강점기 시절 국어학자들이 《조선왕조실록》 1446년 9월 29일 기록인 "훈민정음 성(訓民正音成)"을 "훈민정음이 완성됐다"라 오역하면서 1926년 한글학회의 전신인 조선어연구회는 음력

9월 29일을 가갸날, 즉 한글날로 정한 것이다. 하지만 《훈민정음 해례본》이 발견되어 9월 상순(上旬), 즉 1일부터 10일 사이라는 기록이 알려지자 상순의 마지막 날인 1446년 9월 10일을 그레고리력으로 변환해 10월 9일을 한글날로 기념하였다. 그 결과 지금까지도 10월 9일이 한글날이 된 채 이어지는 중. 하지만 "훈민정음 성(訓民正音成)"은 《훈민정음 해례본》 완성을 뜻하는 만큼 실제 훈민정음이 창제된 날은 음력 1443년 12월 30일이 맞으며, 이를 그레고리력으로 바꾸면 1444년 1월 28일이라는 사실. 그래서일까? 개인적으로는 한글날을 1월 28일로 해야 하는 것 아닐까 하는 생각이 든다.

어쨌든 지금까지도 풀리지 않은 비밀이 은근 많은 훈민정음이라 하겠다. 이번 이야기를 통해 최소한 경복궁이 훈민정음의 탄생지임을 알면 좋겠다.

다양한 목적으로 사용된 사정전

어느덧 사정전으로 들어섰다. 나름 왕이 신하들과 국정을 논하는 장소로 유명하다. 양 옆으로는 동으로 만춘전, 서로는 천추전이 있는데, 조선 전기만 하더라도 이곳 영역에는 오직 사정전 건물 하나만 있었다. 오히려 만춘전과 천추전은 세종 시절만 하더라도 강녕전 양 옆에 위치한 부속 건물이었다.

임금이 강녕전에서 훙(薨)하시니, 춘추가 39세셨다.

《조선왕조실록》 문종 2년(1452) 5월 14일

문종이 경복궁 천추전에서 훙(薨)하니

《조선왕조실록》 단종 총서

무엇보다 《조선왕조실록》에서 문종이 강녕전 또는 천추전에서 죽었다는 상반된 기록이 존재한다. 그러나 달리 해석하면 천추전이 강녕전의 부속 건물인 만큼 천추전에서 죽어도 크게 보면 강녕전에

사정전. 왕이 신하들과 국정을 논하는 장소다. ©박종무

서 죽은 것과 다름이 없기에 사실상 상반된 기록이
아니라 하겠다. 이를 미루어 볼 때 고종 시절 경복
궁을 재건할 당시 천추전, 만춘전 같은 건물은 동일
한 이름을 사용하되 위치는 강녕전이 아닌 사정전
주변으로 옮겼음을 알 수 있다.

특히 일제강점기 시절 경복궁의 대부분 건물이
철거될 때도 사정전과 만춘전, 천추전은 살아남았
는데 6.25 때 만춘전은 운 나쁘게도 폭탄을 맞아 파
괴되기에 이른다. 결국 사정전과 천추전은 고종 시
절 모습을 이어가고 있는 반면, 만춘전은 1988년 복
원되어 지금까지 유지되고 있으며 이에 따라 사정
전은 보물로 지정되었다. 반면 이유는 모르겠지만

천추전은 아직 보물로 지정되지 않았음.

본조(本朝, 조선)의 문무관(文武官)은 아직 상참 제도가 없으며, 사정전에서 임금에게 일을 아뢸 때 절을 하는 의례도 없으니, 옛날의 전례에 어긋남이 있습니다. (중략) 여러 문무관은 들어가 사정전의 뜰로 나아가서 조참을 하고, 뒤에 의정부·육조(六曹)·공신(功臣)·삼군(三軍)·한성부(漢城府)·대간(臺諫) 중에 마땅히 임금에게 일을 아뢸 사람은 사정전으로 올라가서 아뢰고, 나머지 관원은 차례대로 물러가게 하소서.

《조선왕조실록》 세종 11년(1429) 4월 22일

어좌를 사정전의 북벽에 남향하여 설치하고 영의정 이하의 관원은 사정전 뜰 동쪽에 있고 부원군 이하의 관원은 서쪽에 있어 (중략)

《조선왕조실록》 세종 오례 상참의

앞서 근정문에서 이야기했지만 조회는 크게 조하(朝賀), 조참(朝參), 상참(常參)으로 나뉜다. 이 중 상참은 세종 11년인 1429년에 기존의 사정전을 다시 지은 뒤부터 비로소 매일 개최하는 조회로 자리 잡았다. 더 나아가 상참을 위한 제도도 정비되었으니, 사정전에 임금의 자리를 남향으로 두고 사정전 뜰에 동서로 신하가 배열하는 모습이 그것이다. 악대나 왕을 호위하는 병력이 따로 없어 규모가 작을 뿐 근정전, 근정문에서 개최되는 행사와 전체적인 형태는 크게 다르지 않았던 것. 이러한 과정을 통해 사정전은 왕이 편하게 정사를 보는 공간에서 거의 매일 여러 신하를 만나는 공적인 색이 강한 장소로 점차 변모하게 된다.

> 임금이 맞아 사정전으로 들어가서 다례(茶禮)를 행하였다.
>
> 《조선왕조실록》 세종 11년(1429) 5월 16일

> 사정전에 나아가 종친들의 격구를 보았다.
>
> 《조선왕조실록》 세종 14년(1432) 11월 11일

> 임금이 사정전에서 잔치하고 중궁(中宮, 왕비)이 강녕전에서 잔치하였다.
>
> 《조선왕조실록》 세종 22년(1440) 1월 2일

게다가 사정전에서는 중국 사신을 맞는 등 여러 행사가 개최되기도 했으며, 뜰에서는 종친들과의 격구 놀이가 펼쳐지기도 했다. 더 나아가 나라의 큰

잔치가 있을 때는 사정전과 강녕전이 동시에 사용되기도 했는데, 이때 국왕이 개최하는 행사는 사정전을, 왕비가 개최하는 행사는 강녕전을 주 무대로 삼곤 하였다. 한편 세조가 왕이 되고 얼마 뒤 사육신에 대한 국문도 다름 아닌 이곳에서 이루어졌다는 사실.

사정전에 나아가서 명하여 성삼문, 이개, 하위지, 박중림, 김문기, 성승, 유응부, 윤영손, 권자신, 박쟁, 송석동, 이휘, 노산군의 유모 봉보부인(奉保婦人)의 여종 아가지, 권자신의 어미 집 여종 불덕, 별감(別監) 석을중 등을 끌어와서 장(杖)을 때리면서 누가 함께했는지를 신문하였다.

《조선왕조실록》 세조 2년(1456) 6월 8일

쿠데타로 권력을 장악한 세조가 결국 왕까지 오르자 단종은 상왕이 되어 국왕의 자리에서 물러나게 된다. 이러한 상황을 분개한 이들이 있으니, 사육신이 바로 그들이다. 이들은 세종과 문종에게 특별한 은혜를 받은 데다, 세조를 제거하고 상왕을 복위시켜 지금의 잘못된 상황을 바로잡아야 한다는 남다른 의지를 지니고 있었다. 이를 소위 단종 복위 운동이라 한다.

하지만 거사가 실패로 돌아가면서 사정전 앞에서 국문을 당하고 형장의 이슬로 사라졌으니, 이 중 대표적인 인물인 성삼문, 박팽년, 이개, 하위지, 유성원, 유응부를 사육신이라 부른다. 참고로 위의 기록에서 박팽년이 나오지 않는 이유는 의금부 조사 과정에서 이미 고문을 받아 죽었기 때문. 더하여 실제로는 사육신을 포함하여 70여 명이 단종 복위 운동에 가담했기에 이들의 가족까지 포함하면 수백 명이 죽거나 유배를 떠나는 일이 이어졌다.

좌승지(左承旨) 구치관에게 명하여 의금부에 가서 성삼문 등에게 묻기를,

"상왕(上王, 단종)께서도 역시 너희들의 역모에 참여하여 알고 있는가?"

하니, 성삼문이 대답하기를,

"알고 있다. 권자신이 그 어미에게 고하여 상왕께 알렸고, 뒤에 권자신, 윤영손 등이 여러 번 약속을 올리고 기일을 고하였으며, 그날 아침에도 권자신이 먼저 창덕궁에 나아가니, 상왕께서 대도자(大刀子)를 내려주셨다."라 하였다.

《조선왕조실록》 세조 2년(1456) 6월 7일

주요 가담자 중 집현전 출신이 유독 많았던 만큼

얼마 뒤 세조에 의해 집현전은 폐지되었으며, 단종 또한 상왕에서 일개 왕자인 노산군으로 격하된 후 강원도 영월로 귀향을 가게 된다. 무엇보다 사육신이 단종 복위 운동 추진을 하고 있음을 단종도 잘 알고 있었고, 거사를 위해 칼까지 주며 지지 의사를 표시했기에 세조 입장에서는 더 이상 상왕으로 대접할 생각이 사라진 듯. 물론 설사 단종 복위 운동이 일어나지 않았더라도 세조 입장에서는 상왕이 된 조카 단종이 매우 껄끄러운 존재였던 만큼 오래 살려두기란 쉽지 않았겠지만….

얼마 뒤인 1457년 세종과 소헌왕후의 6남인 금성대군이 귀양지에서 다시 한 번 단종 복위 운동을 꿈꾸며 의병을 일으키려다 걸려 죽음을 맞이하는데, 이 시점에 단종도 죽임을 당하며 세종이 경복궁에서 오랜 시간 꿈꾸고 가꾼 적장자가 안정적으로 왕계를 잇는 계획은 실패로 마무리되었다.

자~ 그럼 사정전까지 구경을 마쳤으니 수정전을 가보기로 하자.

9. 집현전과 경회루

수정전과 궐내각사

　사정전 서쪽으로 나가자 경회루 남쪽으로 꽤 큰 건물이 보인다. 얼핏 보아도 사정전보다 크니, 월대라 불리는 돌 기단 위로 정면 10칸, 측면 4칸의 건물이 올라가 있다. 이처럼 수정전이 남다른 규모로 지어진 이유는 고종 시절 경복궁을 재건하면서 이곳을 왕의 편전 또는 왕이 자주 방문하는 관청으로 운영하고자 했기 때문이다. 특히 지금과 달리 과거에는 수정전도 강녕전이나 사정전처럼 행랑으로 둘러싸인 데다 여러 부속 건물이 주변에 위치하고 있었으나, 일제강점기를 거치며 수정전을 제외한 행랑과 부속 건물이 헐어져 사라지고 말았다. 그 결과 빈터에서 홀로 서 있는 외로운 모습이 된 것이지. 어쨌든 수정전 역시 고종 시절 모습을 그대로 유지하고 있는 만큼 보물에 지정되기에 이른다.

　이처럼 경복궁 서남쪽에 위치한 수정전을 포함한 여러 건물을 합쳐 소위 궐내각사(闕內各司)라 부르는데, 궐 안에 있는 관청이라는 의미. 왕의 비서기관인 승정원, 왕실의 의복과 재물을 관리하던 상

수정전. 궐 안에 위치한 관청 중 하나이다. ©박종무

의원, 왕실의 의술을 담당한 내의원, 내시들의 관청인 내반원, 왕실의 음식을 공급하던 사옹원, 천문과 길흉 택일을 담당한 관상감 등이 다름 아닌 궐내각사라 하겠다. 그리고 그 유명한 집현전도 궐내각사 중 하나로서 주 업무는 학문을 연구하고 왕의 자문에 응하는 기관이었다.

　다만 조선 전기 시절 궐내각사가 경복궁 서남쪽 중에서도 구체적으로 어디에 위치하고 있었는지는 기록의 미비로 정확히 알 수 없는 상황이다. 게다가 수정전이라는 건물은 조선 전기에는 아예 존재하지 않았으며, 오히려 집현전이 현재의 수정전 자리쯤에 위치했던 것으로 추정 중. 그래서인지 몰라도 이곳에서 종종 한글날 기념 행사가 개최되곤 한다. 아무래도 집현전의 경우 세종이 특별히 아낀 기관이자 훈민정음과도 인연이 있으므로 과거 집현전이 위치하던 수정전에서 한글 관련 행사를 펼치나봄.

집현전

처음에 고려의 제도에 의하여 수문전, 집현전, 보문각의 대제학과 제학은 2품 이상으로 임명하고, 직제학, 직전, 직각은 3, 4품으로 임명하였으나, 관청도 없고 직무도 없이 오직 문신으로 관직을 주었을 뿐이었는데, 이제 집현전만 남기고 나머지는 폐지하며 집현전의 관사(官司)를 궁중에 두고, 문관 가운데서 재주와 행실이 있고, 나이 젊은 사람을 택하여 이에 채워서, 오로지 경전과 역사의 강론을 일삼고 임금의 자문에 대비하였다.

《조선왕조실록》 세종 2년(1420) 3월 16일

집현전은 고려 시대부터 있었던 기관이지만 조선 초에는 단지 명칭과 관직만 이어졌을 뿐 그다지 활성화된 모습이 아니었다. 하지만 세종에 이르러 조선식 유교 의례와 제도 확립을 위해 수많은 역사 기록과 자료를 연구할 필요성이 제기되면서 다시 활성화되었다. 세종이 제도화한 의례의 상당 부분이 당, 송의 제도를 바탕으로 만든 만큼 그 근거와 배경을 역사 기록으로부터 찾는 과정이 중요했기 때문. 대략 새로운 제도 도입을 두고 왕과 대신 간여러 의견이 등장하면 이와 유사한 역사적 사례를 집현전이 찾아 참고하는 모습이 그것이다. 지금처럼 인터넷에서 원하는 자료를 찾으면 금방 나오는 시대가 아닌지라 당연하게도 일일이 수많은 책을 연구, 조사하여 축적한 정보가 매우 중요할 수밖에 없었다.

이를 위해 세종은 1420년 궐 안에 집현전 관사, 즉 관청을 세우고 젊은 연구원을 대거 보충하여 사실상 새로운 조직으로 재편성한다. 한때 집현전의 최대 인원은 32명에 다다랐으며, 최종적으로는 20명으로 고정되었다. 특히 세종부터 단종 시절까지 총 96명의 학자가 집현전을 거쳐 갔는데 전원이 그 어렵다는 문과 합격자이며, 이 중 수석인 장원 급제자가 16명, 2등이 6명, 3등이 11명, 4등이 7명 등으로 전체 집현전 학자 중 절반에 가까운 46명이 5등 안에 합격한 그야말로 최고 인재들을 모았음을 알수 있다. 지금으로 치면 고시 합격생 중 최상위만 뽑았다고 보면 좋을 듯.

이제 집현전 장서각(藏書閣)은 세우지 않을 수 없으니, 경(卿)들은 생각해보라.

사신이 왕래할 때 중국에서 고루 구하고, 문신을 파견하시어 나라 안에서 널리 사들이니, 서적이 날마다 더하고 달마다 불어나서, 장서궐(藏書闕)을 세우고 목록을 만들어서 간직하니, 지붕까지 차고 넘치어 동국(東國)이 있은 이래로 문적이 많기가 오늘날처럼 성한 때는 없었다.

《조선왕조실록》 세종 17년(1435) 6월 8일

다음으로 국왕이 창덕궁이 아닌 경복궁에서 주로 지내면서 집현전도 경복궁으로 옮겼으니, 1428년경에는 집현전 건물을 새로 짓는 김에 북쪽에는 책의 소장, 관리, 대출을 담당하는 장서각이 5칸 규모의 건물로 세워졌다. 이로써 전체적으로 연구기관인 집현전 + 도서관인 장서각으로 구성되었음을 알 수 있다.

이때 장서각에 소장된 책은 세종이 중국과 국내에서 적극적으로 구한 것으로 덕분에 지붕까지 책이 찰 정도였다고 전한다. 오죽하면 신하들이 동국, 즉 한반도 역사에서 이 정도로 책이 많았던 적은 없었다며 칭송했으니까. 엄청난 규모의 도서관을 운영하며 여기서 나온 자료를 바탕으로 다양한 책도 편찬하였는데, 이 중 1446년에 출간된 《훈민정음해례(訓民正音解例)》, 1447년 《용비어천가(龍飛御天歌)》, 1448년 《동국정운(東國正韻)》, 1448년 《운회언역(韻會諺譯)》 등은 훈민정음 창제 후 본격적으로 한글을 활용한 책으로 유명하다.

한편 세자 문종이 대리청정을 시작하면서 세자를 위해 만든 기관인 첨사원(詹事院)에 집현전 학자들이 적극 기용되기에 이른다. 아무래도 문과 최상위 합격생을 모아놓은 조직인 만큼 이를 발판 삼아 정치적 큰 꿈을 이루려는 이들도 은근 많았을 텐데, 차기 권력자인 세자와 함께하면 더 많은 기회가 생길 수밖에. 더하여 '대간(臺諫)'이라 하여 왕의 잘못된 행동과 관리의 잘잘못을 따져 비판하는 언론기관으로도 집현전 출신들이 많이 이동하면서 이들의 권력화는 더욱 강화되었다. 이처럼 세종 후기가되면 집현전은 단순한 학문 연구를 넘어 정치적인 기관으로 변모하게 된다.

그래서일까? 단종 시절 영의정 황보인, 좌의정 김종서처럼 세종, 문종대에 활약한 대신들이 어린 왕을 대신하여 정치를 주도하자 대신과 집현전 출신들 사이에 대립이 발생하기도 했다. 그 결과 세조의 쿠데타마저 집현전 출신이 은근 동조하거나 또는 일부는 적극 개입, 협조하는 일마저 벌어졌다.

대표적으로 정인지, 신숙주 등이 집현전 출신으로 세조를 적극 도운 인물이라 하겠다. 반면 단종 복위 운동에는 성삼문, 박팽년, 하위지 등의 집현전 출신이 참여하면서 집현전 출신 사이에도 서로 다른 꿈과 이상을 보이게 된다. 한때 동료였으나 어느덧 정치적 선택을 달리하며 각각의 운명마저 바뀐 것이다.

결과적으로 세조가 단종 복위 운동을 빌미로 집현전을 폐지하면서 역사 속으로 사라졌으나, 그럼에도 불구하고 그 영광의 시절이 너무나 화려했던 만큼 세종과 함께 지금까지 기억되고 있구나. 여기 수정전에 온 김에 집현전 이야기를 정리해보았다.

경회루. ©박종부

의정부의 정승들

수정전 북쪽에 있는 벤치에 앉아 경회루를 가만히 바라본다. 커다란 건물이 호수 위에 떠 있는 것 같아 참으로 운치 있고 멋지구나. 그렇게 바라보고 있으니 세종 시절 경회루에서 펼친 행사가 떠오른다. 세종을 도와 나라를 이끈 뛰어난 정승들이 있었으니, 대표적으로 황희, 허조, 최윤덕 등이 바로 그들이다. 비록 세종 시절을 배경으로 하는 드라마나 영화에서는 집현전 학자나 장영실보다 덜 언급되지만, 실제로는 세종보다 나이가 많고 정승이 되기까지 차곡차곡 경력을 쌓아 올린 엄청난 인물들이다. 흥미롭게도 1433년 경회루 행사에 마침 황희, 허조의 이름이 등장하는 데다 최윤덕이 세운 공이 크게 언급되고 있으니 한 번 살펴볼까?

임금이 경회루에 나아갔다. 의정부와 육조에서 큰 잔치를 알리고, 왕세자 및 종친과 여섯 대언들이 연회에 입시하였다. 임금이 황희 등에게 이르기를,
"파저강의 도적이 모두 평정되고 우리의 군사가

완전하매, 내가 승전을 종묘에 고하고자 하는데 어떤가."라 하니, 황희가 아뢰기를,

　"이는 실로 신 등의 생각이 미치지 못한 바입니다. 지금 상교를 들으니 참으로 이치에 합당합니다."라 하니, 임금이 곧 집현전에 명하여 옛 일을 조사하여 알리도록 하였다. 임금이 말하기를,

　"파저강 지방은 산천이 험하고 부락이 흩어져 있어, 정벌을 명할 당초에야 어찌 크게 이기리라 생각했겠는가. 지금 싸움에 이겼다는 보고서가 여러 번 이르니 퍽 기쁘다."라 하니, 황희 등은,

　"그러하옵니다."라 하고, 이조판서 허조는 아뢰기를,

　"우리 조선의 억만 년 무궁한 복조가 실로 이 거사(擧事)에서 싹틀 것입니다."라 하였다. 임금이 말하기를,

　"전자에 김을현(金乙玄)이 받들고 간 주본(奏本, 황제에게 보내는 문서) 안에, '국경을 지키는 장수를 보내어 군사를 거느리고 가서, 적당한 대로 계책을 베풀고 기회에 미쳐 병력을 배치하였다.'고 하였으며, 오늘에 야인을 다 평정하였으니 황제에게 알려주는 것이 이치에 합당한데, 어떻게 처리할까."라 하니, 황희 등이

　"상교가 지당하옵니다."라 하므로, 승문원에 명

하여 문서를 작성하게 하였다. 아홉 잔에 이르러 연회를 파했다.

《조선왕조실록》 세종 15년(1433) 5월 7일

1433년 최윤덕이 이끄는 조선의 1만 5000여 명 병력이 여진을 토벌하기 위해 압록강 북쪽에 위치한 파저강으로 진격하여 승리를 거두었다. 이번 승리를 기반으로 얼마 뒤 압록강 상류에 4군이 설치되는 만큼 한반도 역사에 있어 의미 있는 사건이라 하겠다. 소식을 들은 세종은 기쁨을 감추지 못하고 경회루에서 세자, 영의정 황희, 이조판서 허조를 비롯한 여러 신하들과 모여 큰 잔치를 즐겼다. 이때 세종이 전쟁에서 승리한 소식을 종묘에 고하는 의식을 진행하고자 하니, 황희가 그 의견이 옳다고 반응하자 집현전에다 유사한 옛 기록을 찾아 알리도록 명한다.

얼마 뒤인 5월 11일, 예조는 집현전으로부터 "당나라에서는 적을 평정할 때마다 싸움에 이겼다는 문서를 태묘(太廟)에 올리고, 문무 군신을 모아 승리를 선포했다."는 기록을 받아 전달하였고, 세종은 전달받은 기록에 맞추어 종묘에 승리를 고하도록 했다. 앞서 수정전에서 왕이 자문을 하면 집현전이 관련 옛 기록을 찾아 보고했다고 말했었는데, 나름 이번 일화가 예시라 하겠다. 마치 네이버나 구글의 검색 역할을 집현전이 한 것. 하하.

다음으로 세종이 역관 김을현을 명나라로 보내 조선이 승리했음을 알리는 것에 대한 의견을 묻자, 이 또한 황희가 옳다고 반응하니, 외교 문서를 담당하는 승문원에 황제에게 보낼 글을 쓰도록 하였다. 이렇듯 세종은 자신의 의견을 내보일 때마다 황희의 반응을 중요하게 여겼는데, 그가 합리적이면서도 실무 능력이 매우 탁월했기 때문이다. 실제로 황희는 세종 8년(1426)에 우의정, 세종 9년(1427)에 좌의정, 세종 13년(1431)에 영의정이 된 데다 이후 무려 18년간 영의정을 역임하였으니, 그만큼 세종의 신임이 상당했음을 알 수 있다. 조선 역사상 영의정을 가장 오래한 인물이기도 하다.

그렇다면 세종은 왜 이토록 황희를 중용했던 것일까?

> 생각하건대, 경은 덕과 그릇은 크고 두터우며, 지식과 국량은 침착하고 깊어 큰일을 잘 결단하며 헌장(憲章)을 밝게 익혔도다.
>
> 《조선왕조실록》 세종 14년(1432) 4월 20일

황희는 나이를 이유로 여러 번 사직을 청하였다.

세종이 즉위했을 때 이미 나이가 58세였던 만큼 당시 기준으로 상당히 고령이었으니까. 더 나아가 영의정이 된 시점에는 70에 가까웠으며 은퇴 때 나이는 87세였다. 그렇게 사직을 청할 때마다 세종은 허락하지 않으며 답하기를 황희를 일컬어 헌장을 잘 아는 인물이라 묘사하였다. 헌장(憲章)의 사전적 의미는 나라의 규범과 제도를 의미하니, 다름 아닌 세종이 황희에게 가장 기대하는 부분이 이것이었다.

사실 황희는 고려 말인 1389년에 과거 시험에 합격하여 태조, 정종, 태종, 세종을 모신 데다 태종 시절 6조 판서를 모두 역임한 남다른 경력을 지닌 인물이었다. 더하여 지금의 대통령 비서 실장인 지신사, 지금의 서울특별시장인 한성판윤, 지금의 감사원장인 대사헌, 지금의 강원도 도지사인 강원도 관찰사, 지금의 계엄 사령관인 평안도 도체찰사 등 중앙과 지방 가릴 것 없이 다양한 고위직을 역임한 경력이 있었다. 별다른 세자 교육 없이 젊은 나이에 즉위한 세종에게는 여러 방면에서 풍부한 실무 경험으로 내공이 깊은 황희가 자신의 부족한 경험을 보충해줄 수 있다고 여길 수밖에.

무엇보다 세종의 정책 중 급진적인 부분이 있으면 황희는 "조종(祖宗)의 예전 제도를 경솔하게 변경할 수 없다."며 반대 의사를 보이는 등 무분별한

황희 초상화, 국립중앙박물관.

제도 개혁을 막는 브레이크 역할을 담당하곤 하였다. 이는 다른 말로 헌장, 즉 옛 규범과 제도에 따라 기준을 잡아주는 역할이라 할 수 있으며, 이것은 세종이 원하는 황희의 모습이었다. 세종은 합리적으로 비판 의견을 제시하는 황희로 인해 매번 새로운 제도의 부족한 부분을 보완, 검토할 수 있었으며, 더 나아가 정치의 안정성까지 확보할 수 있게 된다. 물론 황희는 정승으로서 젊은 신료와 국왕 사이의 이견을 조정하고 보합하는 역할도 충실하였는데,

세종조에 불당 건설이 있었는데 대신이 이를 간하였으나 받아들이지 않았습니다. 그리하여 집현전 학사들이 또 간하였으나 허락되지 않으므로 모두 그 직책에서 물러났습니다. 그러자 세종께서 황희를 불러 이르기를 "시종이 모두 물러나니 어찌하랴?" 하니, 황희가 아뢰기를 "신이 불러오겠습니다." 하고 드디어 여러 학사들의 집을 돌아다니며 그들을 데려왔던 것입니다. 이때 태학(太學)의 유생이 길에서 황희를 만나 임금에게 잘 간하지 못한다고 책망했으나, 황희는 그 책망을 듣고도 노하지 아니하고 도리어 기쁜 표정을 지었으니, 대신의 도리는 마땅히 이와 같아야 합니다.

《조선왕조실록》 중종 13년(1518) 2월 2일

내불당 문제로 집현전뿐만 아니라 유생들까지
반발이 거세지자 세종은 영의정 황희에게 안타까움
과 어려움을 토로하였다. 그러자 황희 본인도 내불
당 설치를 적극 반대했음에도 불구하고 국왕을 위
해 집현전 학자들의 집을 일일이 돌아다니며 설득
하였으며, 일개 젊은 유생이 길에서 만난 86세의 영
의정을 책망해도 웃으면서 넘기는 모습을 보여주었
다고 한다.

　　그리고 다음 해인 1449년 10월 5일, 세종의 허락
으로 드디어 관직에서 은퇴하였으나 불과 몇 개월
뒤인 1450년 2월, 나이가 훨씬 젊은 세종이 먼저 세
상을 떠나고 말았다. 황희가 태종보다 4살이 많은
만큼 세종과 나이 차로는 아버지뻘이었으나, 당시
로는 경이로운 90세 나이까지 살았기에 벌어진 일
이었다.

　　한편 종묘 정전의 월대 남동쪽 아래에는 공신당
이라 하여 돌아가신 왕을 위해 가장 큰 공을 세운
인물의 위패를 모신 공간이 있다. 1395년 종묘와 함
께 공신당도 만들어졌으니, 이곳에 위패가 모셔진
인물을 소위 종묘배향공신(宗廟配享功臣)이라 부
른다. 이는 신하 개인을 넘어 가문에게도 엄청난 명
예라 하겠다. 바로 이곳에 황희 위패가 있다는 사
실. 1452년 2월 8일 황희가 죽고 1452년 4월 11일 3

년 상이 끝난 세종과 소헌왕후의 신주를 종묘로 옮기는 과정에서 문종은 공신당에다 황희의 위패를 봉안토록 하였거든. 이 당시 문종이 토론 끝에 세종의 공신으로 종묘 배향한 인물은 1. 황희, 2. 허조, 3. 최윤덕, 4. 신개, 5. 이수였으니, 이번 기회에 황희 이외의 인물도 잠시 소개를 해볼까 한다.

"태평한 시대에 나서 태평한 세상에 죽으니, 천지간에 굽어보고 쳐다보아도 홀로 부끄러운 것이 없다. 지위가 상상(上相, 정승)에 이르렀으며, 성상(聖上, 세종)의 은총을 만나, 간하면 행하시고 말하면 들어주시었으니, 죽어도 유한이 없다."라 하였다. 이날에 허조의 형인 허주가 들어와 보니, 허조가 혼연히 웃고, 그 아내가 들어와 보아도 역시 그러하였다. 아들 허후가 옆에 있는데 역시 보면서 웃고 다른 말은 다시없었다. 곧 죽으니 나이 71세이다.

《조선왕조실록》 세조 21년(1439) 12월 28일

1. 황희 다음으로 2. 허조는 문과 출신이자 황희보다 6살 아래로 앞서 살펴본 세종의 유교식 의례와 법전 정비 때 남다른 업적을 세운 인물이다. 그가 정리를 시작한 《국조오례의》는 결국 성종 대 완성되었으며, 마찬가지로 그가 정리한 《속육전(續六

典)》은 이후 《경국대전(經國大典)》의 토대가 되었다. 이처럼 조선의 의례와 법의 기반을 닦은 것.

더하여 원칙주의자인 데다 사람을 뽑는 능력이 뛰어났기에 주로 예조 판서, 이조 판서와 같은 자리를 맡아 활동하였다. 세종 시대를 대표하는 명재상 중 한 명으로 71세까지 살면서 좌의정까지 올랐으며, 후대에도 세종 시대 명재상을 꼽으면 언제나 황희와 더불어 허조가 선택될 정도로 남다른 명성이 이어졌다. 죽기 전 자신의 인생을 반추하던 중 세종과의 인연에 얼마나 만족했는지 웃으며 세상을 떠났다고 한다.

11월에 궤장(几杖)을 내렸는데, 이때에 병으로 심히 위독하였다. 일어나서 명(命)을 절하며 받으려 하니, 자식들이 말리며 말하기를,

"병환이 위태하니 움직여서는 안 됩니다."라 하매, 최윤덕이 정색하고 말하기를,

"내가 평생에 동료를 접하더라도 오히려 병으로 예(禮)를 폐하지 않았거늘, 하물며 임금이 주시는 것이겠는가."라 하고, 병을 참고 일어나 의복을 입고 나가서 맞이하여 집 아래로 내려가 절을 하고 받은 후 도로 들어가서 누웠다. 유언으로 불교식이 아닌 유교식으로 장례를 치르되 검소하게 하라 하고, 이

때에 이르러 죽으니 나이 70세이다.

《조선왕조실록》 세종 27년(1445) 12월 5일

3. 최윤덕은 무과 출신이자 황희보다 13살 아래로 세종 시절 대마도 정벌에 참가한 데다 4군 개척이라는 공을 세운 인물이다. 병조 판서를 역임하는 등 무인으로서 나라의 군사적인 부분에서 맡은 바를 다했다. 70세까지 살면서 무과 출신으로는 드물게 정승인 우의정 및 좌의정까지 올랐으며, 마찬가지로 무과 출신으로 종묘 배향 공신이 된 매우 드문 경우이기도 하다.

처음에 신개가 건의하여 양계(兩界, 북방 국경선)에 장성(長城)을 쌓을 것을 청하고, 황보인이 명을 받고 쌓는 것을 감독하였는데, 봄에는 평안도, 가을에는 함길도로 하여, 세종 22년에서 세종 32년에 이르기 무릇 11년이 되었으나, 다 준공하지는 못하였다.

《조선왕조실록》 세종지리지 평안도 강계 도호부 위원군

4. 신개는 문과 출신이고 황희보다 10살 아래로 세종 21년인 1439년부터 약 73개월간 사실상 정부의 수상을 맡았던 인물이다. 사실상 정부의 수상이

라 한 이유는 1439년 영의정 황희가 병으로 사직을 청하자, 세종이 집에서 근무하며 필요할 때마다 자문하는 방식으로 일의 부담을 줄여준 대신 우의정 신개에게 전반적인 정부 운영을 맡겼기 때문.

그렇게 영의정 황희는 중요한 일이 있을 때만 의정부에 출근하는 데다 좌의정은 허조가 죽고 61개월간 공석이었고 나중에 우의정이었던 신개가 승진하여 1년간 좌의정을 맡았기에 총 73개월, 약 6년간 신개가 의정부를 총괄하게 된다. 그는 정승으로 지내면서 세종이 계획한 북방의 장성 축조, 강경한 대여진 정책, 세금 정책에 있어 연분9등법과 전분6등법 추진 등을 과감히 진행하였다.

참고로 토지의 비옥도에 따라 6등급으로 나누는 전분6등법(田分六等法)과 한 해의 농사가 풍년인지 흉년인지를 9등급으로 구분한 연분9등법(年分九等法)이 연계되면 무려 54종류의 세금 부과가 가능했는데, 잘만 응용된다면 토지 비옥도와 풍년 흉년에 맞추어 백성들의 조세 형평성을 이룰 수 있었다. 이를 위해 세종은 1430년 백성 17만 2806명을 대상으로 여론 조사를 하여 찬성 9만 8657명, 반대 7만 4149명이라는 결론을 얻었지만, 황희의 세법은 기존의 수확량의 1/10 방식처럼 단순하게 운영해야 한다는 반대 의견으로 인해 그 뒤로도 보완을 거듭

하다 1444년 신개의 주도로 해당 제도를 확정하였다. 다만 이상적인 의도와 달리 실제로는 일을 수행하는 향리들의 자의적 평가와 더불어 적용 방식이 54종류나 되는 번거러움의 문제로 인해 시간이 지나자 다시금 황희의 주장처럼 고정 세율로 돌아갈 수밖에 없었지만 말이지.

이렇듯 남다른 추진력으로 세종의 신임을 받은 그였으나 1446년 73세의 나이로 죽으면서 오히려 10살 위인 황희보다 일찍 세상을 떠나게 된다.

이수는 병조 판서로 죽었으니, 무슨 업적이 있겠습니까? 그러나 세종대왕께서 어렸을 때부터 이수에게서 글을 배웠습니다. 세종대왕께서 30여 년간 정치의 아름다움을 이룬 것은 모두 학문 속에서 나왔으니, 그 공이 큽니다.

《조선왕조실록》 문종 1년(1451) 11월 12일

5. 이수는 앞서 이야기한 4명에 비해 관직 생활에서 큰 공은 없었으며 56세까지 살면서 벼슬도 병조 판서까지 오른 것이 최고였으나, 세종이 충녕대군이던 시절 스승으로서 학문을 가르친 공이 있었다. 이때 이수로부터 학문을 배워 세종이 크게 성장할 수 있었기에 종묘에 배향되었다.

맹사성은 벼슬하는 선비로서 비록 지위가 낮은 자라도 만나고자 하면, 반드시 관대(冠帶)를 갖추고 대문 밖에 나와 맞아들여 상좌에 앉히고, 물러갈 때에도 역시 몸을 구부리고 손을 모으고서 가는 것을 보되, 손님이 말에 올라 앉은 후에라야 돌아서 문으로 들어갔다.

《조선왕조실록》 세조 20년(1438) 10월 4일

이외에도 맹사성은 종묘 배향 공신 후보까지는 올랐으나 아쉽게도 최종적으로 빠졌는데, 그는 황희보다 3살 위로 1427년 좌의정에 황희, 우의정에 맹사성이 임명되면서 정승에 올랐다. 당시 영의정은 공석이었기에 약 4년간 좌의정 황희와 우의정 맹사성이 의정부를 총괄하였다. 이후 1431년에는 영의정에 황희, 좌의정에 맹사성이 임명되었고 이 체제가 약 4년간 유지된다. 그렇게 8년간 황희와 파트너로 정승을 지내며 세종 중반부를 책임진 인물이라 하겠다. 맹사성은 성격이 무척 부드럽고 공손했다고 하며 은퇴 후 79세로 눈을 감는다.

이렇듯 세종은 뛰어난 정승들의 도움으로 나라를 이끌 수 있었다. 이쯤 되니 안타까운 최후를 맞이한 정승들이 갑자기 떠오르는구나.

황희가 수상(首相)일 때 김종서가 공조 판서였는데, 어느 날 함께 공청에서 모이니 김종서가 사사로이 공조를 시켜 약간의 주과를 갖추어 올리게 하였다. 황희가 "이 물건이 어디에서 나왔는가?"라 물으니, 하인이 "공조 판서가 여러분께서 시장하실까 걱정하여 잠시 공비(公費)로 장만하게 한 것입니다."라 하였다. 황희가 큰소리로 "국가에서 예빈시(禮賓寺)를 의정부 근처에 설치한 것은 오로지 삼공(三公, 정승)을 위한 것이다. 시장한 데에 이르렀으면 마땅히 그로 하여금 준비해오게 할 일이지 어찌 공비로 장만한단 말인가. 지위가 높은 자를 먼저 치죄해야만 하인들이 징계되는 바가 있을 것이니, 내일 마땅히 죄를 청할 것이다."라 하고 나갔다.

김종서가 사사로이 황희 집에 가서 만나 사죄하려 했으나, 황희는 그를 보지 않았다. 이튿날 대궐에 들어갈 때 김종서가 중도에서 기다렸지만 또 만날 수가 없었다. 대궐에 이르러 아뢰려 할 때 재상들 중 김종서를 변호하는 자가 많으니, 황희가 "김종서는 현인이니 후일에 큰일을 맡을 것이다. 지금 죄를 청한다면 후회할 일이 많을 것이니 우선 내버려둔다." 하고, 즉시 김종서를 불러 그 앞에서 호되게 책망했다고 한다.

《조선왕조실록》 중종 14년(1519) 3월 1일

김종서는 1383년 출생이므로 황희보다 20살 아래였다. 특히 황희는 김종서를 차기 정승이 될 인물로 보고 무척 엄격하게 대했으니, 위의 기록이 바로 해당 일화 중 하나다. 공조 판서 김종서가 함부로 공조의 비용을 사사로이 사용하여 정승을 대접하자 그 잘못을 크게 꾸짖었다는 내용이다. 이외에도 김종서가 황희에게 혼났다는 일화가 여럿 전해지는데, 오죽하면 여진족을 상대로 싸우며 6진을 개척할 때도 그리 당당했던 김종서가 황희에게 두려움을 느꼈다고 주변에 말할 정도였다. 황희가 자신의 후계자로서 김종서를 강하게 키웠다고나 할까?

참고로 의정부는 정1품의 영의정, 좌의정, 우의정만 근무하는 장소가 아니었다. 삼정승을 보좌하는 역할인 종1품 좌찬성, 우찬성 그리고 종2품 좌참찬, 우참찬도 의정부에서 근무했거든. 이때 영의정·좌의정·우의정은 재상, 좌찬성·우찬성은 두 번째 재상이라 하여 이상(二相), 좌참찬은 삼재(三宰), 우참찬은 사재(四宰)라 불렀다. 여기까지가 소위 재상급 관직이기에 위의 일화에서 여러 재상이 김종서를 변호하던 모습을 어느 정도 상상할 수 있지 않을까 싶다.

특히 세종 시절인 1437년부터 의정부의 기능이 강화되면서 6조 판서 및 좌참찬과 우참찬의 경력을

1580년 '알성시은영연도(謁聖試恩榮宴圖)', 일본 교토 양명문고(陽明文庫). 정승이 근무하는 의정부에서 1580년 문무과 과거 합격생을 위한 축하 연회를 개최하고 있다. 조선 전기 의정부의 모습을 보여주는 작품이기도 하다.

가진 이들이 좌찬성, 우찬성이 되어 정승이 되기 위한 준비 기간을 가진 후 우의정 → 좌의정 → 영의정으로 승진하는 시스템이 자리 잡히게 된다. 실제로 김종서는 세종 시절에 판서 → 우찬성 → 좌찬성 → 문종 시절에 우의정 → 단종 시절에 좌의정으로 승진하니까.

한편 김종서는 1433년 함길도 관찰사가 되어 약 7년간 북방에서 육진을 개척한 것으로 무척 잘 알려져 있다. 덕분에 두만강을 국경선으로 확정할 수 있었으니, 지금까지도 한반도의 북방 경계선으로 이어질 만큼 중요한 역사를 만든 것. 6진 개척 이후에도 북방이 소란해지면 세종은 언제든 김종서를 불러 의견을 물었다. 그래서일까? 김종서를 6진 개척과 연결하여 장군이자 무인 출신으로 아는 사람들도 있는데, 그는 불과 16세에 그 어렵다는 문과에 합격한 인물이라는 사실. 뿐만 아니라《고려사(高麗史)》,《고려사절요(高麗史節要)》,《세종실록》을 편찬하는 일의 책임을 맡았을 정도로 문무 겸비가 무엇인지를 제대로 보여준 인물이었다.

그렇게 세종 시절 여러 방면에서 충분한 경력을 쌓은 후 문종 때 우의정, 단종 때는 70세의 나이로 좌의정에 올랐으니, 앞서 본 황희나 허조처럼 드디어 정승으로서 업적을 세울 때가 된 것이다. 하지만

1453년 쿠데타를 일으킨 수양대군에게 통한의 죽음을 맞이하고 말았으며, 이때 영의정이었던 황보인과 우의정이었던 정분도 죽임을 당한다.

황보인은 문과 출신이자 세종 시절 판서 → 좌참찬 → 우찬성 → 좌찬성 → 우의정 → 좌의정까지 올랐던 인물로 북방 영토 개척에 있어 김종서를 도와 성곽을 쌓았으며, 중앙 업무에서도 큰 무리 없는 임무 수행력을 보였다. 이후 문종부터 단종까지 상당한 경력을 바탕으로 영의정을 역임하였으나, 쿠데타의 희생양이 되고 말았지. 정분은 문과 출신으로 세종 시절 숭례문을 새롭게 건설하는 임무를 맡아 성공리에 완성하는 등 여러 건설 분야에 남다른 능력을 지닌 인물이며, 단종 시절 우의정이었기에 마찬가지로 죽음을 맞이한다.

이를 미루어 볼 때 수양대군이 쿠데타를 일으키면서 단종을 보좌하던 정승들을 반드시 죽이기로 마음먹었음을 알 수 있다. 설사 황희, 허조, 최윤덕 등이 이때까지 정승으로 있었다 해도 쿠데타를 막지 못했다면 유사한 운명을 맞지 않았을까. 결국 사람에게 시대를 잘 만나는 것이 얼마나 중요한지 알겠다. 아~ 세종도 황희, 허조, 최윤덕 등의 도움을 받았으나 정승들 역시 세종 시대를 만났기에 더욱더 큰 빛을 보일 수 있었구나.

사라진 경회루 담장

이제 벤치에서 일어나 연못을 따라 경회루를 한 바퀴 쭉 돌아본다. 아쉽게도 경회루 내부를 구경하려면 경회루 특별 관람을 온라인으로 사전 예매해야만 가능하다. 사전 예매는커녕 인왕산을 등산하다 계획 없이 경복궁에 온 까닭에 오늘은 밖에서 웅장한 경회루의 모습을 구경하는 것으로 궁궐 여행은 마감해야겠다. 이렇듯 내부를 보고는 싶은데 들어갈 수 없는 안타까운 마음 때문일까? 한 일화가 생각난다.

선조 시절 과거 시험에 합격하여 광해군 시절까지 활동했던 차천로의 《오산설림초고(五山說林草藁)》에는 흥미로운 이야기가 있다. 구종직이라는 인물이 문과 합격 후 교서관정자(校書館正字)라는 말단 관직으로 숙직을 하다 경회루를 구경하고 싶어 몇 개의 문을 통과하여 몰래 연못가를 거닌 일이 있었다. 그러다 마침 경회루로 오던 임금을 만났으니, 임금이 구종직의 신분과 밤중에 경회루에 나와 있는 까닭을 듣고는 "경전을 외울 줄 아느냐?"라고 묻자 그 자리에서 춘추 한 권을 줄줄 암송했다. 이에 임금이 크게 감탄하고, 이튿날 9품직에서 하루아침에 종5품으로 관직을 올려주었다는군. 이러한 구종직 이야기는 조선 후기 기록인 《연려실기술》,《성호사설》 등에도 약간의 내용 변경만 된 채 등장한다.

무엇보다 이야기 속 등장 임금에 대해 《오산설림초고》,《연려실기술》,《성호사설》 등은 성종으로 기록하고 있으나, 구종직이 40세의 늦은 나이로 문과에 합격한 시기가 세종 26년인 1444년이고 성종 시기에는 왕의 경연을 담당하는 상당한 고위직에 오른 데다 이미 나이가 70세에 이르렀다. 만일 실제로 있었던 사건이라면 세종 시대의 일로 볼 수 있을 듯.

그런데 구종직이 말단 지위로 있었다는 교서관은 궐내각사에 위치했다. 이에 지금도 수정전에서 경회루와 연못을 감상할 수 있듯 교서관에서도 어느 정도 경회루의 위용을 감상할 수 있을 듯한데, 왜 구종직은 군이 경회루를 구경하고 싶어 밤중에 몰래 연못가를 간 것인지 한편으로 의문이 드는걸.

경회루의 남문과 월화문, 근정문에 각각 금고(金鼓, 청동으로 만든 종)를 설치하고

《조선왕조실록》 세종 16년(1434) 7월 1일

경회루 담장. ©박종무

경회루 동장문(東墻門) 밖에 나아가서 활쏘기를
보았는데

《조선왕조실록》 세조 3년(1457) 10월 23일

경회루 북문을 거쳐 경회루 남문에 도착하여

《조선왕조실록》 선조 5년(1572) 10월 6일

기록에 따르면 경회루 및 연못을 중심으로 동쪽,
남쪽, 북쪽에 문이 있는 것으로 보아 과거에는 사방
으로 문과 담장이 설치되었음을 알 수 있다. 즉 지
금과 달리 주변에 담장이 있어 경회루와 연못을 바
깥에서는 볼 수 없으나, 반대로 경회루에 올라서면

담장 안의 연못과 더불어 담장 밖의 풍경도 감상할 수 있었던 것이지. 이에 궐내각사에서 일하는 관리들마저 담장 위로 솟은 경회루 지붕과 윗부분만 볼 수 있을 뿐 경회루의 전체적인 모습과 연못은 감상할 수 없었다. 오직 왕이 경회루 행사에 초대할 때 참석한 이들만 담 안으로 들어갈 수 있었으니까. 이에 막 과거에 합격한 구종직은 담장 안은 가본 적이 없는 데다 아직 왕의 초대를 받을 위치도 아니었기에 몰래 들어가 경회루를 구경했던 모양이다. 물론 국왕을 만난 후 벼슬이 크게 올라갔다는 일화의 경우 실제로 벌어진 일은 아닐 가능성이 높지만….

이러한 담장은 고종 때 경복궁을 재건하며 조선 전기와 마찬가지로 만들어졌으나 일제강점기 시절 철거되어 사라졌고 지금은 북쪽과 동쪽 담장만 복원된 채, 남쪽과 서쪽 담장은 관람자의 감상을 위해 담장 없는 상태를 계속 유지하고 있다. 향후 복원 계획에 따르면 남, 서 담장도 가까운 미래에 재건한다고 함. 혹시 담장 밖에서 바라본 모습이 궁금하신 분은 경회루 북쪽으로 이동하여 감상하면 어떨까 싶다. 물론 남쪽이나 서쪽에서 본 것과 비교하면 약간 심심해 보이지만. 하하.

경회루를 바라보니, 갑옷 입은 병사들이 늘어서

있고 홍분(紅粉)이 뜰에 그득하고 붉은 난간과 흰 섬
돌이 거꾸로 맑은 물결에 비치었다.

《조선왕조실록》 중종 32년(1537) 3월 14일

다만 중종 때 기록에 따르면 국왕과 명나라 사신
이 후원 언덕 위에 올라 경회루를 바라보자 난간과
섬돌이 물에 비치고 있었다는 대목이 나온다. 이를
미루어 볼 때 조선 전기만 하더라도 경회루를 감싼
담장의 높이가 그다지 높지 않았던 것 같다. 만일
담장이 현재 재현된 고종 시절 높이 정도라면 아무
리 후원 언덕 위라도 연못에 비치는 경회루의 모습
은 결코 보이지 않았을 테니까. 즉 현재 복원된 고
종 시절 경회루 담장보다 그 높이가 낮았음을 알 수
있다.

경회루를 만든 태종, 계속된 업그레이드

새로 큰 누각을 경복궁 서쪽 모퉁이에 지었다. 공
조판서 박자청에게 명하여 감독하게 하였는데, 그
모습이 굉장하며 넓게 탁 트여 있었다. 또 못을 파서
사방으로 둘렀다. 궁궐의 서북쪽에 본래 작은 누각
이 있었는데, 태조가 창건한 것이었다. 임금이 협착
하다고 하여 명하여 고쳐 지은 것이다.

《조선왕조실록》 태종 12년(1412) 4월 2일

기록에 따르면 경회루 이전에는 습지 옆에 작은
누각이 존재했다고 한다. 태조가 경복궁을 만들 때
부터 있었으나 너무 규모가 작아 그다지 태종의 마
음에 들지 않았던 듯. 당시 태종은 연못과 누각 만
들기를 무척 좋아했는지 1406년에는 창덕궁에 해온
정과 광연루라는 누각을 연못과 함께 조성하였으
며, 1411년에도 경복궁 서쪽에 위치한 장의동 본궁,
즉 왕이 되기 전 머물던 자신의 저택에도 연못과 화
려한 누각을 지은 적이 있었다. 그러더니 이번에는
경복궁에도 마찬가지로 못을 크게 넓히더니 누각을

새롭게 짓도록 한 것이다.

　　"내가 이 누각을 지은 것은 중국 사신에게 잔치
하거나 위로하는 장소를 삼고자 한 것이요, 내가 놀
거나 편안히 하자는 곳이 아니다. 실로 모화루(慕華
樓, 중국 사신을 영접하는 곳)와 더불어 뜻이 같다.
네가 가서 하륜에게 일러 이름을 정하여 아뢰어라."
　　김여지가 결과를 보고했는데, 경회루로 이름을
정하였다.

《조선왕조실록》 태종 12년(1412) 5월 16일

　　경회(慶會)라는 것은 임금과 신하가 덕으로 서로
만나는 것을 의미하니.

하륜, 《호정집(浩亭集)》 경회루기(慶會樓記)

　　이렇듯 연이어 누각과 연못을 만들어 조금 눈치
가 보였는지 태종은 중국 사신이 왔을 때 행사를 하
는 장소로 활용하고자 화려하게 만든 것이라 항변
한 후, 영의정 하륜에게 좋은 이름을 정하도록 명했
다. 그 결과 임금과 신하가 덕으로 만나는 장소라는
의미로 우리에게 익숙한 경회루라는 이름이 붙여졌
다. 이후 경회루는 태종의 말대로 중국 사신이 왔을
때 또는 붙여진 이름처럼 군신 간 행사를 위해 운영

되기도 했으나, 실제로는 이보다 당시 상왕이었던 형 정종과 만나 잔치를 하는 용도로 더 많이 활용하였다는 사실.

쿠데타를 일으켜 형제를 죽인 이력이 있는 태종은 국왕이 된 후 형 정종과의 남다른 우애를 널리 보여주어 자신의 이미지를 새롭게 포장하고자 부단히 노력했다. 뒤늦게라도 자신의 아들인 양녕, 효령, 충녕대군에게 모범을 보여주고 싶었을 테고 말이지. 그러더니 1417년 들어와 본래 상왕 정종과 자주 만나 잔치를 열던 장의동 본궁의 연못은 흙으로 메우도록 했는데, 아무래도 연못의 깊이나 누각의 완성도 등 여러 면에서 가장 나중에 만들어진 경회루가 더 훌륭했기에 장의동 연못의 활용도가 예전 같지 않았나봄.

경복궁에 거둥하여 경회루에서 군사와 귀화한 올량합(兀良哈)·올적합(兀狄哈) 등을 모아 활을 쏘게 하고, 털 공을 세 번 쏘아 세 번 맞힌 자에게 각궁(角弓) 하나씩을 상으로 주었다.

《조선왕조실록》 세종 6년(1424) 12월 13일

경회루 북쪽에서 말 타고 활을 쏘는 무예를 보니, 2품 이상이 4인, 3품 이하가 50인이었다.

　세종이 왕이 된 후 경회루는 더욱 다양한 용도로 활용되어 무과 시험을 보기도 했으며, 귀화한 여진족 출신 조선인을 불러 활을 쏘는 행사, 기마와 같은 군사 훈련, 가뭄 때는 기우제, 종친과 신하들과 잔치, 중국 사신을 위한 행사, 왕비가 개최하는 궁내 행사, 개량한 화포를 발사하며 성능을 확인하는 장소, 격구, 앞서 보았 듯이 북방 전쟁에서 승리한 후 축하 행사 등이 개최되었다.

　당시에는 경회루 남쪽으로는 궐내각사가 위치하고 있으나 북쪽으로는 건물이 거의 없고 후원이 널찍하게 자리 잡고 있었기에 말을 타고 활을 쏘는 등 역동적인 모습을 보이기에도 적합했나보다. 심지어 화포 쏘는 것까지 경회루에서 볼 정도였으니, 이러한 구경이 가능했던 이유 역시 경회루 주위를 둘러싼 담장이 비교적 낮았기에 가능했던 것이겠지. 담장이 높으면 경회루로부터 가까운 후원은 담장에 가려 잘 보이지 않았을 테니까.

　　상림원(上林園)으로 이어하였으니, 사정전과 경회루를 중수(重修)하기 때문이었다.

> 혜령군 이지가 일찍이 경회루 연못에 떨어져 죽
> 게 된 것을 세자가 마침 보고 구원하여 살았다.
>
> 《조선왕조실록》 세종 12년(1430) 6월 18일

이렇듯 활용도가 높아지자 세종은 경회루를 중수, 즉 다시 짓도록 했다. 그 결과 경회루는 세종 시절 더 확장된 형태로 만들어진다. 한편 정확한 시점은 알 수 없으나 태종의 서자이자 세종의 이복동생인 혜령군이 경회루 연못에 빠져 죽을 뻔한 것을 세자 문종이 구해준 일이 있었다. 혜령군은 1407년 생으로 세종보다 10살 어렸고 문종보다는 7살 많았는데, 어릴 적부터 철이 없더니, 커서도 마찬가지라 나름 세종의 골칫거리였다고 함.

실제로 경회루 연못은 수심이 2~3m로 꽤 깊은 편이다. 이에 태종 때에는 장의동 본궁에 만든 연못이 얕아 물고기가 제대로 활동하지 못해 죽는 일이 벌어지자, 자신이 만든 다른 궁의 연못에 사는 물고기까지 수심이 깊은 경회루 연못으로 옮긴 적도 있었다. 그만큼 사람이 빠지면 충분히 죽을 수도 있는 깊이였다는 사실.

> 노산군(단종)이 경회루 아래로 나와서 세조(수양
> 대군)를 부르니, 세조가 달려 들어가고 승지(承旨)와

사관(史官)이 그 뒤를 따랐다. 노산군이 일어나 서니, 세조가 엎드려 울면서 굳게 사양하였다. 노산군이 손으로 대보(옥새)를 잡아 세조에게 전해주니, 세조가 더 사양하지 못하고 이를 받고는 오히려 엎드려 있으니, 노산군이 명하여 부축하여 나가게 하였다.

《조선왕조실록》 세조 1년(1455) 윤6월 11일

세월이 지나 세종이 새로 지은 경회루에서 단종은 사방의 압박을 못 이기고 숙부인 수양대군에게 국왕의 자리를 물려주었으니, 1455년의 일이다. 당시 영의정이었던 수양대군은 경회루에서 옥새를 받은 직후 근정전으로 이동하여 즉위식을 열었다. 그렇게 국왕이 된 수양대군은 세조로 역사에 기록되며, 단종은 상왕이 된 채 창덕궁에서 지내다 앞서 이야기했듯 단종 복위 운동이 실패로 돌아간 후 죽음을 맞이한다. 반면 국왕에 오른 세조는 14년간 재위하다 1468년 50세의 나이로 죽었으며, 그렇게 후대 조선 왕들은 세조의 후손이 쭉 이어받았다.

신 등이 경회루의 돌기둥을 보니 꽃과 용을 새겼고 용마루와 처마가 곡선 구조로 올라가고 구리로 망새(鷲頭, 장식기와)를 만들었으며

《조선왕조실록》 성종 6년(1475) 5월 12일

중종 시절인 1536년에 제작된 자격루 유물 중 기둥 모양의 수수호 (受水壺)를 보면 용과 구름 문양이 보인다. 조선 전기 경회루 돌기둥 의 묘사도 이와 유사했을듯 싶다.

세종 때 중수된 후 40여 년이 지나 건물이 조금 기운 상태가 되자 성종은 경회루를 수리토록 했는 데, 말이 수리지 사실상 새롭게 지은 모양이다. 신 하들이 경회루의 돌기둥이 이전과 달리 용과 꽃을 새긴 데다 기와를 구리로 장식하여 너무 화려하다 며 비판할 정도였다. 한마디로 이전보다 기둥과 기 와 장식을 더욱 화려하게 꾸민 것이다.

그렇다면 조선 전기 시절 경회루는 과연 어떤 모 습이었을까?

조선 전기 경회루의 모습

경회루 옛터가 바로 여기다. 옛터는 연못 가운데
있어 부서진 다리를 통해 갈 수 있다. 다리를 덜덜
떨며 지나가노라니 나도 모르는 새 땀이 난다. 누각
의 주춧돌은 높이가 세 길쯤 된다. 무릇 48개 기둥으
로 되어 있으며 그중 여덟 개가 부서졌다. 바깥 기둥
은 네모난 기둥이고 안쪽 기둥은 둥근 기둥이다. 기
둥에는 구름과 용의 형상을 새겼는데, 바로 유구의
사신이 말한 세 가지 장관 중 하나이다.

유득공, 영재집(泠齋集) 춘성유기(春城遊記)

1770년 유득공은 임진왜란 후 폐허로 남아 있던
경복궁을 박지원, 이덕무와 함께 탐방하였다. 이때
경회루의 옛터도 방문하였는데, 48개 돌기둥의 높
이가 세 길, 즉 10m에 이른다고 묘사하였다. 지금의
경회루의 돌기둥도 48개로 개수는 동일하나 높이는
4.7m에 불과하니 그 두 배에 해당하는걸. 더하여
성종 시절 기둥에 새긴 용과 구름이 여전히 남아 있
어 외국 사신이 말한 모습 그대로라 전한다. 반면

지금의 경회루 기둥은 용 문양이 전혀 보이지 않는 매끈한 형태다. 이처럼 돌기둥의 숫자만 같을 뿐 높이와 모양이 다른 이유는 고종 시절 경복궁을 재건하면서 기존의 조선 전기 돌기둥을 모두 제거하고 새롭게 세웠기 때문이다.

마침 유득공이 묘사한 경회루의 모습은 영조가 1763년 자신의 칠순과 제위 40주년을 기념하는 행사를 경복궁 근정전에서 개최할 때 모습을 그린 그림에서도 얼핏 볼 수 있다. 그림 위쪽으로 높다란 돌기둥과 사각으로 잘 만들어진 연못이 보이니, 이곳이 다름 아닌 경회루의 흔적이다. 이처럼 당시에도 조선 전기 궁궐의 돌로 만든 기반은 그대로 남아 전해지고 있었다. 반면 그림 속 경회루 주변에 돌담의 흔적은 전혀 보이지 않고 유독 높다란 소나무가 북쪽에 줄지어 서 있는 것으로 보아 불현듯 조선 전기 시절 경회루 담장은 아무래도 나무로 만든 울타리가 아니었을까 하는 생각도 드는걸.

실제로 창덕궁 후원의 경우 취병(翠屛)이라 불리는 독특한 담장을 사용했으니, 여기서 취병이란 대나무를 이용하여 사각 지지대를 만든 후 그 안에다 겨울에도 시들지 않는 소나무, 주목나무, 측백나무, 향나무 등을 심어 생 울타리를 만든 것을 의미한다. 더하여 울타리 중간중간에는 꽃을 심어 담장 겸 정

송림

경회루

소간의대

궁 관리인 거주지

1763년 영조의 궁중 행사를 묘사한 '궁중행사도' 중 경회루 부분. 돌
기둥의 높이가 상당하게 그려져 있다. 서울역사박물관.

동궐도 중 창덕궁 후원의 주합루 부분. 연못과 주합루 사이에 취병
(翠屏)이라 하여 나뭇가지를 엮어 만든 울타리를 사용하고 있다. 고려
대박물관.

원 역할도 했다. 일제강점기를 지나며 궁궐 관리를
제대로 하지 않아 취병은 사라졌으나, 조선 시대만
하더라도 궁, 행궁, 양반의 정원에서 사용하던 담장
의 일종이었다. 아참~ 근래 들어와 과거 모습을 재
현하기 위해 창덕궁 주합루에 취병을 다시 설치하
였다는 사실. 혹시 취병을 직접 보고 싶은 분은 창
덕궁 후원을 방문해보시길….

　마찬가지로 경회루도 취병으로 담장을 만들었다
면 궁궐 관리가 잘 될 때는 울타리 안에 심은 나무
를 꾸준히 자르고 심어 일정 높이 이상 자라지 않도
록 매번 조절했을 것이다. 하지만 임진왜란 후 관리

를 하지 않으니 어느덧 담장 역할을 하던 나무 지지대는 사라지고 안에 심은 소나무 중 일부만 살아남아 처음 심은 모습대로 가로 줄을 지키며 크게 자란 것이 아닐까? 사실 소나무는 뿌리와 잎에서 갈로탄닌(Gallotannin)이라는 천연 제초제를 분비하는 특성이 있어 다른 식물뿐만 아니라 같은 소나무 묘목도 자라지 못하게 하는 성질이 있거든.

> "지난번에 신이 경회루의 설계도를 보니 3층에 이르는데, 만약 그렇다면 지나치게 사치한 것 같으니 옛 모습대로 수리하는 것이 좋을 듯합니다."라 하였다.
>
> 《조선왕조실록》 성종 4년(1473) 12월 14일

더하여 성종 시절 경회루를 새롭게 지으면서 이전과 달리 3층으로 지어 신하들의 비판을 받았다는 기록이 있어 주목된다. 이는 곧 성종 이전, 그러니까 세종 때 중수한 경회루는 2층이었으나, 성종 때 3층으로 업그레이드 되었음을 알 수 있다. 마침 앞서 광화문에서 소개한 1581년에 그려진 '기성입직사주도(騎省入直賜酒圖)'에서도 근정전 왼쪽에 위치한 2층 기와 건물이 경회루로서 그림으로는 표현이 안 된 아래 돌기둥을 포함하면 총 3층 건물로 묘사되었음을 알 수 있다. 물론 현재의 경회루는 보다

1581년에 그려진 '기성입직사주도(騎省入直賜酒圖)'. 근정전 왼쪽에 위치한 2층 기와 건물이 경회루다. 이로써 돌 기단을 포함하면 총 3층 건물로 묘사되었음을 알 수 있다.

시피 기둥 + 기와로 된 누각을 포함하여 총 2층으로 되어 있으며, 고종 시대 모습을 그대로 간직하고 있어 국보에 지정된 건축물이라 하겠다.

여기까지 살펴본 결과, 세종 대에 중수된 경회루는 2층 규모라는 것 외에는 구체적인 모습은 알 수 없지만, 성종 대 중수된 경회루는 돌기둥이 지금보다 2배나 높은 데다 화려한 용으로 꾸며졌으며, 기둥 위로는 구리로 장식된 기와 2층 건물이 올라선 모습이었다. 지금 경회루보다 훨씬 웅장했던 과거의 모습을 눈을 감고 슬쩍 그려본다.

임진왜란 후 경복궁

이제 경복궁 서쪽에 위치한 영추문을 통해 밖으로 나간다. 영추문 서쪽 통의동에는 여러 음식점이 있으니 슬슬 걷다 맘에 드는 곳을 하나 골라 밥을 먹고 집으로 가야겠다. 오늘 꽤 많이 걸어서 그런지, 너무나도 배가 고프네. 그럼 음식점을 찾으며 이야기를 마무리해야지.

한국인이라면 국사 시간이나 선조 시대를 배경으로 하는 영화 또는 드라마 등을 통해 알다시피 조선 전기 경복궁은 임진왜란 때 불타 사라졌다. 이후로 재건이 이루어지지 않으면서 270년간 폐허로 지내다 고종 시절 비로소 재건되었으니, 지금까지 남아 있는 경복궁이 바로 그것이다. 그렇다면 조선 후기 왕들은 왜 경복궁 재건을 포기했던 것일까?

전 승지 최유연이 상소하기를,
"신은 들으니 신라의 풍수 전문가 도선이 한성이 동향으로 방위가 놓인 것을 보고 첫째가는 명당이라 했다고 하는데, 오늘날의 인경궁(仁慶宮, 광해군

이 인왕산 서쪽에 짓던 궁궐)이 바로 그렇습니다. 이처럼 경복궁은 법궁(法宮)으로 이미 올바른 방위를 얻지 못했으니, 창덕궁과 창경궁은 모두 그 지엽으로서 결코 왕의 집터가 아닙니다."

《조선왕조실록》 인조 22년(1644) 2월 23일

임진왜란 이후에도 1619년 사르후 전투, 1623년 인조반정, 1624년 이괄의 난, 1627년 정묘호란, 1636년 병자호란이 이어지는 등 큰 혼란이 지속되자, 아무래도 궁의 터가 좋지 못하여 이런 일이 벌어진다는 이야기가 널리 퍼진 모양이다. 오죽하면 한반도 풍수지리의 원조이자 예언가로도 잘 알려진 신라의 도선대사가 동향으로 방위를 두면 한양이 최고의 명당이 된다고 했건만, 경복궁은 방위부터 잘못되었다는 주장이 왕에게 상소로 올라왔을 정도였거든. 어? 그런데 이와 유사한 이야기를 앞서 언급한 적이 있는 것 같은데?

태조는 크게 기뻐하여 스승의 예로써 대접하고, 이내 수도로 삼을 고을을 물으니, 무학이 바로 한양을 점쳐 말하기를, "인왕산을 진산으로 삼고, 북악산과 남산을 청룡과 백호로 삼으시오."라 하였다. 정도전이 난색을 보이며 말하기를, "예로부터 제왕은 모두 남면(南面)하고 다스렸다는 말은 들었어도 동향하였다는 말은 듣지 못하였습니다."라 하니, 무학이 말하기를 "내 말을 듣지 아니하면, 200년을 지나서 내 말을 다시 생각할 것입니다."라 하였다.

차천로, 《오산설림초고(五山説林草藁)》

광해군 무렵 차천로가 쓴 《오산설림초고》에 따르면 태조 때 무학대사가 인왕산을 주산으로 삼고 동향으로 궁을 세워야 한다고 주장하자, 정도전이 적극 반대하며 남향으로 경복궁을 만들었다고 한다. 그러자 무학대사는 자신의 의견을 따르지 않으면 200년 뒤 나라에 큰일이 벌어질 것이라 했으니, 200년 뒤 임진왜란이 벌어지며 정말로 나라는 큰 위기에 빠지고 경복궁은 불타 사라졌다고 하지. 이렇듯 궁을 동향으로 세워야 한다는 부분에 있어 도선대사와 무학대사가 동일했던 것이다.

물론 광해군 또는 인조 시절의 도선대사, 무학대사에 대한 언급은 태조 이성계가 경복궁을 세운 후 한참 지난 뒤의 이야기라 지금 눈으로 보면 신빙성이 어느 정도인지 의문이 들 수 있겠다. 무엇보다 《조선왕조실록》에는 무학대사가 경복궁을 세울 때 태조에게 풍수 자문을 했다는 기록만 있을 뿐 궁을 동향으로 두어야 한다며 정도전과 대립한 기록은 존재하지 않는다. 도선대사 역시 9세기 인물임에도 불구하고 《조선왕조실록》에서 태조, 태종, 세종, 문종, 세조, 성종, 중종, 명종 대까지 꾸준히 언급되나 궁궐의 동향과 관련된 이야기는 존재하지 않는다.

내 나이 9, 10세 때에 국초의 서운관이었던 이양달과 한 동네에 살았다. 이양달은 나이가 85, 6세였는데 정신이 쇠하지 않았다. 늘 말하기를,

"처음 한양으로 도읍을 정하였을 때 하륜이 '《도선비기(道詵秘記)》에 한수입명당(漢水入明堂)이라는 말이 있다.'고 하며 모악(母岳) 남쪽에 건설하자고 하였으니, 지금 연희궁(衍禧宮, 지금의 연세대 위치) 터다. 내가 '화악(華岳)의 남쪽도 실로 큰 땅이니 한수입명당이라는 말에 모자라지 않는다.'고 하여 중론이 결정되지 못하였다. 내가 또 《도선비기》에 서쪽에 공암(孔巖)이 있고 붉은 글씨가 쓰인 석벽이 있다고 하였는데, 공암이라면 모두 두 곳의 서쪽에 있으니 모름지기 붉은 글씨를 찾아서 결정을 내려야 한다.'라고 하였다. 인왕동 바위 위에서 붉은 글씨를 찾기에 이르렀는데 자획이 마멸되어 하나도 알아볼 수는 없었지만, 이것을 얻었기 때문에 도읍을 건설하는 논의가 정해졌다."

서거정, 《필원잡기(筆苑雜記)》 1487년

그러나 1487년 서거정이 집필한 《필원잡기(筆苑雜記)》에는 이양달로부터 들은 매우 흥미로운 이야기가 존재한다. 참고로 이양달은 풍수가로서 태조, 태종, 세종까지 크게 활약하여 80살의 나이로 세종에 의해 서운관판사(書雲觀判事)까지 오른 인물이다.

그런 그가 85, 86세 때 어린 서거정에게 자신이 활약한 한양 도읍을 정한 이야기를 해주었는데, 덕분에 당시 한양을 수도로 정하는 부분에 있어《도선비기》, 즉 도선대사의 예언서가 나름 큰 역할을 했음을 알 수 있다. 오죽하면 문과 출신인 하륜마저 《도선비기》를 바탕으로 지금의 연세대가 있는 장소를 명당이라 주장했으며, 더 나아가 인왕산 바위에서 《도선비기》가 언급한 붉은 글씨를 찾은 뒤로 경복궁 자리가 정해졌다고 할 정도니까.

반면 당대 《조선왕조실록》에는 수도를 정하며 《도선비기》를 주목한 부분이 그다지 드러나 있지 않으니, 이는 《도선비기》에 의존해 수도를 결정했다는 비난을 방지하기 위함으로 추정된다. 마찬가지로 무학대사의 동향 운운이 만일 실제 존재한 일이라면 이 역시 당시 분위기로 볼 때 《도선비기》를 바탕으로 주장했을 가능성이 높지만, 앞서 본 인왕산의 붉은 글씨처럼 굳이 《조선왕조실록》에는 관련 내용을 싣지 않았던 것이 아닐까?

국초에 승려 무학이 지은 《도참기(圖讖記)》에 역대 국가의 일을 예언하였는데, 임진년(1592)에는 '악용운근(岳聳雲根) 담공월영(潭空月影) 유무하처거(有無何處去) 무유하처래(無有何處來)' 란 글이 있었다. 이것이 무자년(1588), 기축년(1589)부터 세상에 알려지다가 임진년에 이르러서 크게 성행했으나 아무도 그 말을 해석하는 이가 없었다.

그러던 중 왜구가 갑자기 들이닥치자 조정에서 신립을 보내어 방어하도록 하였는데, 신립이 충주에서 패전하고 전군이 월낙탄(月落灘)에서 몰사했다. 이른바 '악(岳)' 은 곧 유악강신(維岳降申)이며, '용(聳)' 은 입(立)이라는 뜻이며, '운근(雲根)' 은 돌(石)이다. 그러므로 '악용운근(岳聳雲根)' 은 신립(申砬)이란 말이 된다. 또 '담공월영(潭空月影)' 은 달이 여울에 떨어진 것(月落灘)이니 물에 빠져 죽는다는 말이다. 그 아래 구절은, 도성 안의 백성은 피난 가고 왜구가 입성(入城)한다는 말이다.

《조선왕조실록》 선조 25년(1592) 4월 30일

한편 《조선왕조실록》 선조 편에는 임진왜란이 일어나기 수년 전부터 무학대사가 남긴 《도참기》가

유행했다며, 이를 해석하는 내용이 등장한다. 어려운 한문 해석은 가볍게 읽고 넘긴 채 살펴보면 예언은 놀랍게도 충주에서 신립이 왜군에게 패하고 도성으로 왜군이 밀려들어온다는 내용이었다고 함. 이는 실로 오랜만에 등장한 실록 속 무학대사 언급이라 하겠다. 사실 무학대사는 태종 시절 입적한 뒤로 잊힌 인물이 되어 《조선왕조실록》에서는 거의 언급된 적이 없었다.

문제는 나라가 혼란한 시점 다시금 등장한 무학대사는 앞서 도선대사처럼 예언서로 유명한 인물로 재해석되었다는 점이다. 마치 여태껏 도선대사가 하던 역할을 무학대사가 대신하는 분위기랄까? 상황이 이러하자 조선 초 경복궁 터를 두고 풍수가나 신료들이 길지냐 아니냐를 두고 크게 대립하던 일도 다시금 부각되었을 듯하다. "봐라~ 결국 도선대사나 무학대사 말을 듣지 않아 나라에 참화가 벌어진 것 아니냐." 식으로 말이지.

> 왕이 성지(性智)와 시문룡 등에게 인왕산 아래에다 새 궁궐의 터를 잡게 하였다.
>
> 《조선왕조실록》 광해군 8년(1616) 3월 24일

그러더니 광해군은 성지라는 승려 겸 풍수가의

조언을 받아 아예 인왕산 아래에다 궁궐을 만들었다. 지금은 사라진 인경궁으로 나라의 혼란이 지속되자 인왕산을 특별히 강조한 도선대사와 무학대사 이야기가 이 정도로 큰 영향을 미친 것이다. 덕분에 광해군 시절 창덕궁, 창경궁을 재건하며 한창 임진왜란의 피해를 복구하는 상황에서도 경복궁 재건에 대한 논의는 그다지 주목을 받지 못했다.

이후 효종, 현종, 숙종 시대에 들어와 나라가 다시금 안정기에 들어오면서 간간히 경복궁 중건에 대한 논의가 있었으나 이때는 이미 창덕궁이 중심 궁궐로 완전히 자리가 잡힌 상황이라 실제로 일이 진행되지는 않았다. 시간이 더 지난 영조, 정조, 순조, 헌종, 철종 때는 어느덧 옛 궁궐터이자 선대왕들이 통치했던 장소로 인식된 채 종종 경복궁 터를 국왕이 방문하거나 여러 행사를 진행했을 뿐이었다. 결국 나라가 한창 혼란할 때 경복궁의 풍수지리가 좋지 않다는 소문이 널리 퍼지면서 재건을 하지 않은 바람에 타이밍을 놓치며 무려 270년간 빈 터로 이어지고 만 것이다.

자~ 그럼 경복궁은 명당일까 아닐까? 오늘 쭉 경복궁을 둘러보았지만 솔직히 명당인지 아닌지는 개인적으로 잘 모르겠다. 다만 경복궁을 방문한 수많은 인파, 요즘에는 외국인 관람객도 가득한 모습을 보며 이곳의 위치 선정이 참으로 훌륭했다는 생각이 든다. 무엇보다 주위의 산이 궁궐과 함께하며 참으로 아름다운 풍경을 보이기에 수많은 관람객이 이곳을 방문하며 만족을 느끼는 것이 아닐까 싶다. 들기로 도심 속 산에 무척 익숙한 우리보다 외국인들이 산에 둘러싸인 경복궁의 풍경을 더 매력적으로 느낀다고 하니, 지금처럼 한국을 대표하는 역사 유적지이자 여행 관광지로서 오래오래 활약하기를 바랄 뿐이다.

오~ 걷다보니 드디어 식사할 곳을 찾았다. 오늘 여행은 여기서 마무리해야겠는걸. 다음에 다른 장소에서 또 만나요.

에필로그

이번 책 주제를 경복궁으로 정한 후 여러 자료를 읽고 준비하면서 한때 머리에 엄청난 계획을 그린 적이 있었다. 처음에는 신라부터 고려 궁까지 쭉 살펴보다 최종적으로 조선 전기 경복궁까지 잇는 한반도 궁 스토리텔링을 써볼까 했으니까. 하지만 원고를 집필하면서 본래 계획은 결국 포기할 수밖에 없었다. 쓰다 보니 경복궁 이야기만 해도 분량이 엄청난 데다 이상할 정도로 다른 궁 이야기를 넣을 기회가 만들어지지 않는 것이 아닌가? '저자도 어떻게 할 수 없다는 책의 운명인가?' 라는 생각과 함께 책의 운명을 계속 따라가다 보니 어느덧 마무리 부분을 쓰고 있는 나를 발견했다.

그러나 경복궁을 주제로 삼으며 정한 또 다른 목표는 기어코 이루었으니, 세종대왕을 주인공으로 삼은 스토리텔링이 바로 그것이다. 사실 많은 사람들의 생각과 달리 태조 이성계가 세운 경복궁은 광화문과 근정전, 그리고 왕의 침전과 편전 정도의 작은 규모에 불과했다. 사실상 궁의 뼈대만 갖춘 형태였다. 이는 수도를 이전하면서 나라의 큰 행사가 개최될 장소와 왕이 머물 장소부터 빠르게 구축하는 것이 목표였기 때문이다. 이후 쿠데타를 통해 국왕이 된 태종은 경복궁은 둔 채 창덕궁을 새로 짓고 지내다 상왕이 되자 창덕궁을 세종에게 물려주었다.

하지만 세종은 상왕 태종이 죽은 후부터 경복궁으로 거처를 옮긴 후 본격적으로 경복궁을 확장, 발전시켰다. 이 과정에서 세자가 지내는 동궁, 선대왕의 위패를 모시는 문소전, 왕비가 거처하던 교태전 등이 새롭게 만들어졌으며, 기존에 있었던 광화문, 경회루, 근정전도 수리하거나 새로 짓도록 하였다. 이와 함께 경복궁 구조에 맞추어 조선식 의례와 제도를 하나씩 정비하였는데, 이로써 경복궁은 법궁(法宮)으로서 위상을 완전히 갖추게 된다. 한마디로 경복궁을 처음 만든 이는 태조였지만 궁으로서 자리 잡도록 한 이는 세종이라는 의미.

그래서일까? 세종의 대표적인 업적인 1. 대신들과 함께 여진족을 압박하며 4군 6진을 확장하려는 계획, 2. 새로운 세금 제도인 전분6등법과 연분9등법 실시를 위한 토론, 3. 한글 창제 등도 경복궁에서 이루어진 일이라 하겠다. 이에 조선 전기 경복궁을 소개하며 세종대왕 이야기를 넣는 것은 어찌 보면 당연한 수순이었다.

　경복궁을 보면서 항상 아쉬웠던 점은 현재 경복궁은 고종 시절 재건된 모습이기에 조선 전기 경복궁을 그려보기 어렵다는 점이다. 개인적으로는 '국립고궁박물관 안에다 조선 전기 경복궁 모습을 미니어처로 재현하여 보여준다면 얼마나 좋을까' 라는 생각을 한 적도 있지만, 워낙 고증 자료가 부족하여 이 역시 쉽지 않을 듯하다. 그런 만큼 이번 책을 통해서라도 독자들이 조선 전기 경복궁의 모습을 대략적으로나마 그려볼 수 있다면 좋겠다. 물론 전해진 자료가 부족한 관계로 묘사하지 못한 부분도 은근 많은데, 이는 앞으로 새롭게 등장할 자료를 기다리며 여백으로 남기고자 한다.

참고문헌

구만옥, 집현전(集賢殿)의 조직과 운영 체계, 인문논촌, 2021.

국립서울문화유산연구소, 경복궁 광화문 월대 발굴조사 보고서, 2025.

김동욱, 경복궁 건물배치의 '三門三朝'설에 대한 의문, 건축역사연구, 2001.

김동욱, 조선초기 경복궁 수리에서 세종의 역할, 건축역사연구, 2002.

김동욱, 조선초기 경복궁의 공간구성과 6조대로 : 광화문 앞의 행사와 그 의미, 건축역사연구, 2008.

김동욱, 조선 초기 창건 경복궁의 공간구성 : 고려 궁궐과의 관계에 대해서, 건축역사연구, 1998.

김상태, 고대 동아시아 궁궐의 입지와 배치전개에 관한 연구, 동북아문화연구, 2014.

김성도, 조선 개창기의 한양도성과 경복궁에 대한 역사 고찰 —태조실록에서 지워버린 고려의 한양도성과 한양 궁궐의 역사를 중심으로—, 대한건축학회논문집, 2024.

김지현, 고려의 궁궐 운영과 조선 초의 궁궐 제도 정비, 건축역사연구, 2020.

김현수, 조선 시대 궁궐(宮闕) 건축의 원리와 그 사상적 기반으로서의 예(禮) 연구 —경복궁(景福宮)을 중심으로, 한국철학논집, 2016.

명세나, 조선 시대 오봉병(五峯屏) 연구 —흉례도감의궤(凶禮都監儀軌) 기록을 중심으로—, 이화여대석사논문, 2006.

명세라, 금속으로 표현된 해와 달 —조선 시대 五峯圖에 부착된 日月鏡을 중심으로—, 동악미술사학, 2023.

박희용, 조선 초기 경복궁 서쪽 지역의 장소성과 세종 탄생지, 서울학연구, 2012.

손명희, 영희전 감실 및 이안소의 공간 구성과 오봉산병풍의 특징, 文化財, 2023.

오규성, 조선 시대 궁궐 및 도성 중층문루의 기능과 구조, 명지대학교 대학원, 2016.

이도은, 근대이행기 이후 황토현 부근의 장소성 해체—재구축 과정, 서울과 역사, 2025.

이상협, 조선 시대 육조거리에 대한 고찰, 서울과 역사, 2012.

이은솔, 경회루의 다층적 공간 활용과 왕실 연향의 설행 양상 —세종·세조를 중심으로—, 한국음악

사학보, 2025.

이익주, 무학 자초의 정치 활동에 대한 재검토 – 한양 천도에서의 역할을 중심으로–, 서울학연구, 2021.

이정국, 조선 전기 경복궁 궐내각사의 건축공간에 관한 연구, 건축역사연구, 2011.

이정국, 조선 전기 경복궁 동궁(東宮)과 동조(東朝)의 건축공간에 관한 연구, 건축역사연구, 2012.

이정국, 조선 전기 경복궁의 침전(寢殿)과 후원의 건축공간에 관한 연구, 건축역사연구, 2011.

이현주, 고려 시대 남경(南京) 출토 막새의 변화양상과 의미, 한국중세고고학, 2025.

장지연, 태조대 景福宮 殿閣名에 담긴 의미와 사상적 지향, 한국문화, 2007.

장지연, 조선 전기 漢陽의 지세 인식과 風水 논란 및 설화, 역사문화연구, 2013.

전나나, 덕수궁 중화전 당가 구조와 오봉병의 원형에 대한 고찰, 한국미술사교육학회지, 2020.

정우진, 고제희, 조선 시대 궁궐 정전(正殿)의 배치형식에 투영된 풍수구조, 한국전통조경학회지, 2016.

정우진, 심우경, 경복궁 아미산의 조영과 조산설(造山說)에 관한 고찰, 한국전통조경학회지, 2012.

정해득, 조선 시대 궁궐 정문 시설물에 대한 고찰, 한국중세고고학, 2024.

지종학, 박종민, 조선 초 하륜의 무악산 궁궐터에 대한 풍수지리적 해석, 동북아문화연구, 2017.

한형주, 조선 전기 文昭殿의 성립과 그 운영, 역사민속학, 2007.

홍영의, 고려시기 개경의 궁궐 조영과 운영, 한국중세사연구, 2010.

홍현도, [경복궁도] 제작 시기와 배경 연구, 건축역사연구, 2023.

일상이 고고학, 나 혼자 경복궁 여행

조선 최고 전성기 경복궁을 거닐다

1판 1쇄 인쇄 2026년 4월 28일
1판 1쇄 발행 2026년 5월 15일

지은이 황윤
펴낸이 김현정
펴낸곳 책읽는고양이

등록 제4-389호(2000년 1월 13일)
주소 서울시 성동구 행당로 76 110호
전화 2299-3703
팩스 2282-3152
홈페이지 www.risu.co.kr
이메일 risubook@hanmail.net

ⓒ 2026, 황윤
ISBN 979-11-92753-51-5 03810